SCHUTZ FÜR CAROLINE

SEALs of Protection, Buch Eins

SUSAN STOKER

Copyright © 2019 Susan Stoker

Englischer Originaltitel: »Protecting Caroline (SEAL of Protection Book 1)«
Deutsche Übersetzung: Catharina Preuss für Daniela Mansfield Translations 2019

Alle Rechte vorbehalten. Dies ist ein Werk der Fiktion. Namen, Darsteller, Orte und Handlung entspringen entweder der Fantasie der Autorin oder werden fiktiv eingesetzt. Jegliche Ähnlichkeit mit tatsächlichen Vorkommnissen, Schauplätzen oder Personen, lebend oder verstorben, ist rein zufällig.
Dieses Buch darf ohne die ausdrückliche schriftliche Genehmigung der Autorin weder in seiner Gesamtheit noch in Auszügen auf keinerlei Art mithilfe elektronischer oder mechanischer Mittel vervielfältigt oder weitergegeben werden.
Titelbild entworfen von: Chris Mackey, AURA Design Group
eBook:
ISBN: 978-1-64499-035-3
Taschenbuch:
ISBN: 978-1-64499-036-0

Besuchen Sie Susan im Netz!
www.stokeraces.com
facebook.com/authorsusanstoker
twitter.com/Susan_Stoker
bookbub.com/authors/susan-stoker
instagram.com/authorsusanstoker
Email: Susan@StokerAces.com

EBENFALLS VON SUSAN STOKER

SEALs of Protection
Schutz für Caroline (Buch Eins)
Schutz für Alabama (Buch Zwei)
Schutz für Fiona (Buch Drei) **(erhältlich ab Anfang Feb 2020)**

Die Delta Force Heroes:
Die Rettung von Rayne
Die Rettung von Emily
Die Rettung von Harley
Die Hochzeit von Emily
Die Rettung von Kassie

PROLOG

Matthew »Wolf« Steel könnte nicht stolzer sein auf seine fünf Teamkollegen und Freunde. Navy SEAL-Teams waren notorisch eng verbunden und sein Team war keine Ausnahme. Die SEALs waren erschöpft. Sie hatten die letzten zwei Wochen an einem »geheimen Ort« verbracht, um den Anführer in einem Nest von Hunderten anderer Bösewichte ausfindig zu machen. Es war eine verdammt schwere Mission gewesen, aber eine, die sie letztendlich gemeistert hatten.

Wolf sah sich im Flugzeug um und beobachtete die schlafenden Männer. Er sollte eigentlich genauso fertig sein wie sie, aber er hatte immer noch viel zu viel Adrenalin im Körper, um sich entspannen zu können. Er wusste, dass er später zu nichts mehr zu gebrauchen sein würde, aber jetzt war er hellwach.

Christopher »Abe« Powers war der Erste, der Wolf ins Auge fiel. Abe war sein wahrscheinlich engster Freund im Team. Wolf dachte, dass er wohl der Einzige in der Gruppe war, der auch nur ein bisschen über Abes Hintergrund Bescheid wusste. Es war geradezu unheimlich, wie gut sein Spitzname zu Abe passte. Der Mann war so ehrlich, wie man nur sein konnte, und forderte die gleiche Ehrlichkeit von jedem, den er seinen Freund nennen sollte.

Wolf beobachtete, wie Abe sich auf seinem Sitz aufrichtete und dann wieder niederließ. Dann sah er zu Hunter »Cookie« Knox hinüber. Cookie war der jüngste Neuzugang in ihrem Team, aber niemand schaute deshalb auf ihn herab. Im Gegensatz zu vielen anderen Jobs spielte es keine Rolle, ob ein SEAL das Qualifikationstraining gerade erst abgeschlossen hatte oder schon seit Jahren im Team war. Ein SEAL war ein SEAL.

Die anderen Teammitglieder lernten Cookie immer noch besser kennen, aber er hatte sich bereits als großartige Ergänzung für ihr eng miteinander verbundenes Team erwiesen. Cookie war von allen der beste Schwimmer. Er war lustig, mitfühlend und zögerte nie, alles Nötige zu tun, um einen Job zu erledigen.

Faulkner »Dude« Cooper lenkte Wolfs Aufmerksamkeit durch sein Murmeln auf sich. Dude hatte noch nichts von seiner Ausrüstung abgelegt und saß zusammengequetscht auf dem kleinen Sitz im Militärflugzeug. Wolf erinnerte sich, wie Dude fast in die Luft gesprengt worden war, als er ein Gebäude sicherte. Als ihr verantwortlicher Sprengstoffexperte hatte Dude während einer ihrer Missionen eine Sprengfalle mit einer M14-Mine entdeckt, die an einem Türpfosten befestigt war. Die Mine hatte den Spitznamen »Toe Popper«, also »Zehenbombe«, weil sie die Leute, die einen Raum betraten, verstümmeln und verlangsamen sollte, anstatt sie zu töten.

Dude hatte den Typ der Mine sofort erkannt und versucht, den Sicherheitsclip wieder einzusetzen, um sie zu entschärfen. Aber etwas war schiefgegangen und die Bombe ging hoch und tat das, wozu sie ausgelegt war. Dude verlor Teile von drei Fingern seiner linken Hand. Der verbliebene Rest war mit Narben überzogen, weil er der Mine zu nahe gewesen war, als sie explodierte.

Wolf wusste, dass Dude aufgrund seiner Verletzung sensibler war, als er jemals seinen Teamkollegen gegenüber zugegeben hätte. Er hatte Dudes ausdrucksloses und kaltes Gesicht gesehen, nachdem eine Frau ihn wegen seiner verstümmelten Hand zurückgewiesen hatte. Wolf war dankbar, dass Dude immer noch Teil des Teams war. Mit seinem Instinkt für Sprengstoff wusste Wolf, dass ihr Team mit Dude in ihrer Mitte besser dran war.

Der Gedanke an Dudes Probleme mit Frauen veranlasste Wolf, über Sam »Mozart« Reed nachzudenken. Mozart war ein Mann, der sicherlich keine Schwierigkeiten mit Frauen hatte. Er war bei den Damen sehr beliebt und zögerte nie, aus einer einfachen Begegnung etwas zu machen, das Flirten und die Möglichkeit eines One-Night-Stands beinhaltete. Soweit Wolf wusste, war Mozart jedoch nie in Versuchung geraten, sich auf mehr einzulassen.

Wolf vermutete, dass Mozarts Abneigung gegen eine feste Beziehung mit einer Frau etwas damit zu tun hatte, dass seine kleine Schwester als Kind ermordet worden war. Wolf hätte aber nie versucht, in dieser Wunde herumzustochern. Ein Mann durfte seine Geheimnisse haben.

Wolf lachte in sich hinein und dachte an den letzten Mann in ihrem Team, Kason »Benny« Sawyer. Spitznamen waren fester Bestandteil eines SEAL-Teams. Jeder bekam einen, aber aussuchen konnte man ihn sich nicht und er musste nicht unbedingt sehr männlich sein. Benny war ein typisches Beispiel. Er hatte jahrelang versucht, die Jungs dazu zu bringen, seinen Namen zu ändern, aber sie hatten nur gelacht und ihn ignoriert. Das Team zog Benny gern mit der Frage auf, ob er einen neuen Namen wollte, nur um dann zu lachen und »Schade« zu antworten, wenn Benny zustimmte. Benny hatte sich seinen Spitznamen fair und ehrlich verdient und er konnte nichts tun, um das zu ändern.

Zum ersten Mal, seit er in das Flugzeug gestiegen war, fühlte Wolf sich müde und schloss schließlich die Augen. Er war froh, dass er nicht nur einen der interessantesten und aufregendsten Jobs der Welt hatte, sondern auch noch mit einer so großartigen Gruppe von Männern zusammenarbeiten konnte. Jeder dieser Männer hatte seine Stärken und Schwächen und es gab keine Geheimnisse innerhalb des Teams. Abe, Cookie, Mozart, Benny und Dude waren Kollegen, aber sie waren auch seine engsten Freunde.

Wolf seufzte, setzte sich auf seinen Platz und versuchte, es sich bequem zu machen. Das Team würde höchstwahrscheinlich ein paar Wochen Zeit haben, bevor es zu einer neuen Mission geschickt wurde, aber eine Auszeit war nie garantiert. Wolf wusste, dass sich das Team am Abend nach der Rückkehr in seiner Lieblingskneipe treffen würde, um ihr »Post-Mission« Ritual abzuhalten, bei dem es vor allem darum ging, Dampf abzulassen und sich in geselliger Runde zu unterhalten.

Die Mission hinter sich zu lassen war manchmal schwierig, aber ihre Tradition, ein paar Bierchen zu kippen, riss das Team irgendwie aus der militärischen Denkweise heraus und brachte es zurück zu dem, was wirklich wichtig war ... Freundschaft und Frauen.

Wolf ging davon aus, dass jeder von ihnen wusste, dass sie ihre Traumfrau höchstwahrscheinlich nicht in einer Kneipe treffen würden – insbesondere nicht in einer Kneipe in der Nähe des Militärstützpunktes, in der viele Frauen bereit waren, mit einem SEAL zu schlafen, nur um sich damit brüsten zu können. Aber es hinderte die Jungs nicht daran zu genießen, was hier so freizügig angeboten wurde.

Wolf ignorierte die kritische Stimme in seinem Kopf, die sagte, dass es ihm nichts ausmachen würde, sich in jemanden zu verlieben und sich niederzulassen. Es war ohnehin nicht so, dass er das planen könnte, er musste einfach mit dem Strom schwimmen. Hoffentlich würde es eher früher als später passieren, aber er würde nicht verzweifelt handeln.

Schließlich übermannte Wolf der Schlaf genau wie den Rest seines Teams, und alle schliefen erschöpft, während sie in Richtung Kalifornien und die Heimat flogen.

KAPITEL EINS

Wie in einem wahr gewordenen Traum war sich jede Frau in der Kneipe des Tisches voller hinreißender Männer in der Ecke bewusst. Offensichtlich waren sie beim Militär. Sie waren muskulös und strahlten eine gewisse Achtsamkeit aus, die von zu vielen Überseeeinsätzen herrührte. Jede Frau in der Kneipe hätte alles gegeben, um einen von ihnen mit nach Hause zu nehmen – sie sahen *so* gut aus.

Die sechs Teamkollegen und Freunde genossen zusammen ein letztes Bier, bevor einige von ihnen sich in den Urlaub verabschiedeten. Bekannt für die exzellente Auswahl an Bieren und als guter Ort, um Frauen abzuschleppen, verbrachten sie viel Zeit in dieser Kneipe, besonders nach einer Mission. Alle sechs Männer waren schon einmal mit einer Frau nach Hause gegangen, die sie dort getroffen hatten. Bisher hatte jedoch noch keiner von ihnen »die Eine« gefunden. Es war nicht so, als *wollten* sie sich nicht verlieben, es war nur noch keinem von ihnen passiert. In der Zwischenzeit genossen sie es, sich frei auszuleben.

Jeder der Männer hatte das ein oder andere Mal dieses Spielchen gespielt, aber Wolf mochte es am wenigsten, sich mit einem Mädchen zu treffen, das einfach nur einen SEAL abschleppen wollte. Er hatte in jungen Jahren am Beispiel seiner eigenen Familie gelernt, dass es wahre Liebe wirklich gab und man sie irgendwo da draußen finden konnte. Wolf war kein Heiliger, aber er stellte seine Sexualität auch nicht zur Schau.

»Bist du bereit für deinen Urlaub?«, fragte Dude Wolf.

»Ja, verdammt! Ich kann mich nicht erinnern, wann ich das letzte Mal eine Auszeit hatte ... verdammt, wann *irgendeiner* von uns eine Auszeit hatte.«

»Wohin fahrt ihr noch mal?«, fragte Dude.

»Mozart, Abe und ich fliegen nach Virginia, um Tex zu besuchen. Er hat uns in letzter Zeit bei immer mehr Missionen geholfen, weil er einige großartige Kontakte kennt, die die Navy nicht bieten kann.«

Wolf holte Luft und fuhr fort: »Nachdem Tex bei dieser Mission sein Bein verloren hatte, hat er sich zurückgezogen und es ist schon viel zu lange her, dass wir ihn gesehen haben. Da wir in ein paar Wochen für unsere nächste Mission von Norfolk aus starten, dachten wir, wir nehmen uns die Zeit und statten ihm vorher einen kleinen Besuch ab.«

Alle am Tisch nickten zustimmend bei Wolfs Erklärung, was er, Abe und Mozart in Virginia vorhatten. Benny, Dude und Cookie kannten Tex ebenfalls gut und waren froh, dass Wolf und die anderen etwas Zeit mit ihm verbringen würden.

»Es ist scheiße, dass er die Navy verlassen hat«, sagte Benny, »aber ich verstehe es. Wenn ich nicht bei euch im Team sein könnte, würde ich auch nicht bleiben wollen, nur um an einem Schreibtisch zu sitzen.«

»Ja, aber kannst du dir vorstellen, wie viel schwerer diese ganze Scheiße ohne ihn wäre?«, antwortete Mozart. »Im Ernst, ich habe keine Ahnung, wie Tex an seine Informationen kommt, aber ich denke nicht, dass wir einige unserer Missionen ohne ihn genauso schnell abgeschlossen hätten.«

»Ja, er ist wirklich verdammt gut mit diesem Computerkram«, schwärmte Cookie. »Tex findet jeden, egal wo er ist.«

Mozart nickte. »Ich hoffe jedenfalls, dass das stimmt. Er arbeitet an etwas Persönlichem für mich und ich brauche wirklich einen Erfolg.«

Wolf klopfte Mozart auf den Rücken. »Ich bin sicher, er schafft das. Mit genügend Zeit schafft Tex es immer. Hey, bist du bereit für Norfolk?«

Mozarts Stimmung hob sich bei Wolfs Frage sofort. »Ich kann es kaum erwarten! Ich habe gehört, es gibt einige fantastische Kneipen in der Nähe des Stützpunkts und nicht so viele SEALs, die um die Damen konkurrieren.«

Alle lachten. Die Gruppe wusste, wie sehr Mozart es gefiel, »Frischfleisch« zu finden, um es dann zu überzeugen, mit ihm auf sein Zimmer zu gehen.

Die Männer saßen bis spät abends in der Kneipe, unterhielten sich und genossen die gemeinsame Zeit. Normalerweise drehten sich die Gespräche um Frauen, Alkohol und ihren Job. Weil Wolf, Abe und Mozart aber am nächsten Morgen früh zum Flughafen mussten, setzten sie ihren üblichen Wettkampf, wer am meisten trinken konnte, aus und verbrachten ihre Zeit damit, sich zu entspannen und die eine oder andere Runde Billard zu spielen.

Schließlich, als der Abend zur Nacht wurde und die Menschenmenge in der Kneipe immer dichter und hemmungsloser, stellte Abe seine leere Flasche auf den Tisch und seufzte: »Verdammt, ich wünschte, wir müssten nicht so früh raus. Das Mädchen dort an der Bar schaut mich schon den ganzen Abend an.«

Cookie lachte. »So sehr ich es hasse, dir zuzustimmen, vor allem, weil ich fast wie Mozart klinge, aber ich glaube, du hast recht. Und wenn ich mich nicht irre, hat ihre Freundin ein paarmal zu *mir* rübergeschaut.«

Alle lachten, weil sie längst bemerkt hatten, dass die Mädchen an der Bar ihnen schon den ganzen Abend lang schöne Augen gemacht hatten. Es war offensichtlich, dass es den Frauen egal war, mit wem der Abend endete, solange sie mit einem SEAL nach Hause gingen, aber Cookie und Abe hatten sie schärfer ins Auge gefasst als die anderen.

»Die auf der rechten Seite ist Adelaide und die andere auf der linken Seite heißt Michele«, sagte Mozart wissentlich.

Wolf sah seinen Teamkollegen nur mit gehobener Augenbraue an, während alle anderen wissen wollten, woher Mozart die Frauen kannte.

»Die beiden sind ständig hier. Es *könnte* sein, dass ich die beiden vor ein paar Wochen wiiirklich gut kennengelernt habe. Ich bin mir sicher, dass sie bereit sein werden, dich ebenfalls besser kennenzulernen, wenn du zurückkommst, Abe.«

Niemand war über Mozarts Worte überrascht. Es war genau das, was sie von ihm erwarten würden, nämlich zwei Frauen gleichzeitig zu nehmen. Keiner von ihnen bezweifelte, dass Mozart die Wahrheit sagte und nicht nur prahlte. Die Gruppe kannte ihn zu gut.

»Ich bin eher der eine-Frau-nach-der-anderen Typ«, sagte Abe lachend. »Aber Adelaide sieht aus, als wäre sie mein Typ. Ich denke, ich werde sehen, ob sie in ein paar Wochen interessiert ist, wenn wir wieder zu Hause sind.«

Alle wussten, dass das eine Warnung war. Abe mochte es nicht, in fremdem Gebiet zu wildern. Die Männer lachten leise über seine Äußerung. Sie waren an Abes Macken gewöhnt, wenn es um Frauen ging.

»So viel Spaß es auch mit euch gemacht hat, ich werde aufbrechen«, verkündete Wolf der Gruppe, nicht im Geringsten beschämt, der Erste zu sein, der ging.

»Ja, ich auch«, stimmte Mozart ein.

»Also, den Rest von euch sehen wir in ein paar Wochen in Norfolk«, sagte Abe zu seinen Freunden und Teamkollegen, als er aufstand und sich Wolf und Mozart anschloss, um sich auf den Weg zu machen.

Die drei Männer klopften sich gutmütig auf den Rücken, als sie sich vom Rest der Gruppe verabschiedeten und zur Tür hinaus in die Nacht verschwanden.

Cookie, Benny und Dude verließen die Kneipe nicht allzu lange nach ihnen. »Bis morgen früh beim Training«, sagte Dude zu ihnen, als sie durch die Tür der Kneipe nach draußen gingen.

»Meinst du nicht, wir könnten wenigstens einen

Morgen frei vom Training bekommen, wenn die anderen schon weg sind?«, murmelte Cookie. Benny und Dude lachten, weil sie wussten, dass Cookie das Training liebte und es niemals verpassen würde, außer er war krank oder erholte sich von einer Verletzung.

»Schon klar, Cookie. Du weißt, dass der Kommandant einen Zehnkilometerlauf geplant hat, und du wirst der Erste von uns sein, der da ist.«

Cookie lachte nur. Die Männer nickten sich zu, stiegen auf dem Parkplatz in ihre Autos und fuhren durch die Nacht davon.

Ein ehemaliger Kommandant des SEAL-Teams hatte einmal gegenüber einem Offizier, der den Stützpunkt besuchte, erwähnt, dass diese Gruppe von sechs Männern eines der besten Teams wäre, die er jemals kommandiert hatte. Nicht wegen der Fähigkeiten, die sie während der Hellweek gelernt hatten, oder wegen ihrer Stärke, sondern wegen des Respekts, den sie füreinander hatten.

»Diese Männer würden alles füreinander tun. Sie sind der Inbegriff des Wortes ›Team‹. Wenn ich jemals gerettet oder beschützt werden müsste, wären es diese Männer, die ich mir für diese Aufgabe wünschen würde.«

KAPITEL ZWEI

Caroline rutschte unbehaglich auf ihrem Sitz herum. Sie hasste es zu fliegen. Sie war nie viel geflogen. Es waren einfach zu viele Leute, zu nahe beieinander. Sie versuchte, die Leute zu ignorieren, die durch den Gang zu ihren Sitzen gingen. Zumindest hatte sie einen Platz am Gang im vorderen Teil des Flugzeugs bekommen. Caroline schaute auf die Schuhe der Leute, die an ihr vorbeikamen. Es war ihr zu peinlich, den Leuten in die Augen zu schauen, wenn sie vorbeigingen. Das Boarding war der Teil des Fliegens, den Caroline am meisten hasste ... darauf zu warten, wer neben ihr sitzen würde. Aus dem Augenwinkel schaute sie auf den Mann, der am Fenster saß, und bemerkte, dass er sich bereits eingelebt hatte und Zeitung las. Er schien die anderen Passagiere, die an ihrer Sitzreihe vorbei schlurften, nicht zu beachten.

Turnschuhe, Flip-Flops, Turnschuhe, Slipper, Sandalen, Stiefel ... die Stiefel gingen nicht vorbei. Sie schaute auf und sah, dass ein Mann neben ihrem Sitz stehen geblieben war.

»Dann sitze ich wohl in der Mitte«, sagte er mit tiefer Stimme, bei der ihr ein Schauer über den Rücken lief.

Caroline nickte und stand auf, um ihn vorbeizulassen. Er streifte sie im Vorbeigehen und ließ sich auf dem Sitz neben ihr nieder. Der gefürchtete Mittelsitz. Der Mann war bestimmt nicht übergewichtig, aber auch nicht gerade klein. Er passte gerade so in den Sitz. Carolines Schulter rieb buchstäblich an seiner, als sie sich wieder hinsetzte. Die Armlehne würde sie jedenfalls nicht benutzen können.

Er war ein verdammt gut aussehender Mann, das stand fest. Er war groß. Als sie aufgestanden war, um ihn vorbeizulassen, hatte sie ihm kaum bis an die Schultern gereicht. Und gütiger Himmel, er war muskulös. Sie fragte sich für einen Moment, ob er vielleicht Bodybuilder war. Selbst mit beiden Händen würde sie seinen Bizeps nicht umschließen können. Der Mann trug ein langärmliges Hemd, aber sie konnte sehen, wie sich der Stoff über seinen Bizeps spannte. Außerdem trug er eine Cargohose von der Art mit den vielen Taschen. Als sie saßen, konnte Caroline sehen, dass seine Beine genauso muskulös waren wie der Rest von ihm. Sie wurde ein bisschen rot und wandte schnell den Blick ab. Wow! Er könnte Model sein und würde wahrscheinlich ein Vermögen verdienen. Sie wusste aber, dass dies eher unwahrscheinlich war. Er war zu robust, zu maskulin, zu ... naja ... männlich eben, um Model zu sein, egal wofür.

Der Mann neben ihr bewegte sich ein wenig, lehnte

den Kopf zurück gegen die Kopfstütze und schloss die Augen.

Caroline kämpfte mit ihrem Gewissen. Sie hasste den Mittelsitz. Das tat sie wirklich, aber es grenzte an eine Unmöglichkeit, dass dieser Mann den vierstündigen Flug zwischen ihr und dem anderen Mann auf diese Weise durchhalten würde. Seine Knie stießen an den Sitz vor ihm und er sah ziemlich eingequetscht aus. Sein muskulöser Körper füllte den gesamten kleinen Sitz aus. Er sah elend aus. Caroline seufzte und wusste, was sie zu tun hatte.

Wolf saß unbehaglich auf dem Flugzeugsitz. Äußerlich sah er entspannt aus, aber er war alles andere als das. Mit geschlossenen Augen verarbeitete Wolf die Geräusche um ihn herum. Die Passagiere, die an seiner Reihe vorbei zu ihren Sitzen gingen, das Rauschen der Zeitung von dem Mann zu seiner Rechten und das leise Seufzen der Frau, die zu seiner Linken saß.

Wolf, Mozart und Abe hatten einen Linienflug von San Diego zum Stützpunkt in Norfolk genommen. Sie waren im Moment außer Dienst und flogen in Zivil. Sie hatten den Flug in letzter Minute gebucht. Somit hatte er nur noch den Mittelsitz abbekommen und die anderen waren im Flugzeug verstreut. Wolf wollte eigentlich einen MAC-Flug nehmen, den Flugdienst, den das Militär Mitgliedern und Ehepartnern kostenlos zur Verfügung stellte. Aber er wusste, dass es keine Garantie gab, einen Platz zu bekommen, und die drei wollten so schnell wie möglich nach Virginia, um Tex zu besuchen. Sie redeten die ganze Zeit mit Tex, wenn er ihnen half, Informationen zu beschaffen. Aber in offizieller Funktion mit ihm zu sprechen war etwas anderes, als sich an einen Tisch zu setzen, ein Bier zu trinken und über etwas anderes als die Arbeit zu reden.

Wolf, Abe und Mozart sollten vor ihrem nächsten Einsatz Urlaub machen. In zwei Wochen würden sie von Norfolk aufbrechen. Der Gedanke an eine Auszeit und sich mit Freunden zu vergnügen war da sehr willkommen. Sie alle verbrachten viel zu viel Zeit in Gefahr. Zwei Wochen frei zu haben, bevor sie ihr Leben für die nächste Mission riskieren mussten, war einfach zu verlockend, um es abzulehnen.

Keiner von ihnen hatte in letzter Zeit viel Freizeit gehabt und Wolf, Abe und Mozart waren froh, ein paar Wochen so zu tun, als wären sie normale Bürger, bevor sie wieder aufbrechen mussten. Wolf war seit zehn Jahren ein SEAL und arbeitete seit acht Jahren mit Mozart und Abe zusammen. Sie waren nicht zusammen auf der Militärakademie gewesen, aber das war egal. In Feuergefechten, Taucheinsätzen und anderen lebensbedrohlichen Situationen hatten sie sich schon mehrmals gegenseitig das Leben retten müssen. Ihre Verbindung war enger als die der meisten Geschwister.

Wolf hätte es vorgezogen, mit seinen Freunden in der gleichen Reihe zu sitzen, aber weil sie den Flug so spät gebucht hatten, mussten sie die Plätze nehmen, die noch verfügbar waren. Mozart hatte angeboten, mit der Mitarbeiterin der Fluggesellschaft zu flirten, in der Hoffnung, dass sie ein Upgrade bekommen oder zumindest zusammensitzen könnten. Aber sie hatten sich schließlich bereit erklärt, es einfach hinzunehmen und die ihnen zugeteilten Plätze einzunehmen. Sie wussten, dass sie sowieso nicht alle nebeneinander in eine Sitzreihe passen würden. Ihre Schultern waren einfach zu breit, um bequem nebeneinander in eine Reihe enger Flugzeugsitze zu passen. Wolf wusste, dass seine Freunde genauso dachten wie er – sie würden ihren SEAL-Status nicht zur Schau stellen, nur um bevorzugt behandelt zu werden. Es war schlimm genug, dass die Frauen in den Kneipen zu Hause in San Diego sie nur abschleppen wollten, weil sie SEALs waren.

Wolf hasste es, es zuzugeben, aber diese ganze Kneipenszene war ihm langweilig geworden. Er war ohnehin wählerisch und hatte festgestellt, dass viele Frauen nur mit einem SEAL schlafen wollten, um später bei ihren Freundinnen damit anzugeben, dass sie es mit einem legendären SEAL getan hatten, egal *wer* dieser SEAL war. Das Traurige war, dass viele SEALs das auszunutzen wussten. Wolf konnte sich eingestehen, dass er einst genau das getan hatte, aber Zeit und Erfahrung hatten ihm gezeigt, dass diese Begegnungen ihn nur unzufriedener gemacht und verbraucht hatten. Wenn ihn jemand direkt nach seinem Abschluss an der Militärakademie gefragt hätte, ob er sich jemals von einer Frau benutzt fühlen würde, wenn sie mit ihm schlafen wollte, hätte er vermutlich laut gelacht.

Wolf wusste, wie wahre Liebe aussah. Seine Eltern waren seit fast vierzig Jahren zusammen. Sie waren noch immer so verliebt wie zum Zeitpunkt ihrer Hochzeit.

Früher war es ihm peinlich gewesen, aber in letzter Zeit fühlte er sich wehmütig. Sie gingen immer noch zusammen aus und hielten Händchen, wo auch immer sie waren. Sein Vater überraschte seine Mutter mit romantischen Geschenken und ab und zu einer besonderen Reise. Wolf wollte, was seine Eltern hatten. Er wollte jemanden, bei dem er er selbst sein konnte. Er wollte, dass jemand ihn brauchte. Er wollte jemanden brauchen. Wolf nahm an, dass es nicht besonders männlich war, diese Dinge zuzugeben, aber das war es, was er wollte.

Wolf hatte keine Ahnung, wie er diese besondere Frau finden sollte. Es war ihm allerdings klar, dass er ihr nicht in einer Kneipe begegnen würde. Das andere Problem war, dass er ein SEAL war. Er wurde in beschissene kleine Länder geschickt, um Menschen zu töten und für den Frieden zu kämpfen. Hin und wieder nahmen sie auch an einer Rettungsmission teil. Er durfte mit niemandem über die Einzelheiten sprechen oder generell darüber, was er beruflich tat. Er hatte keine Ahnung, wie das in einer Ehe funktionieren würde. Er hatte miterlebt, wie viele seiner SEAL-Freunde heirateten, nur um sich dann wieder scheiden zu lassen, weil die Ehefrauen einfach nicht mit der Geheimhaltung und der Ungewissheit umgehen konnten, wann und ob ihre Ehemänner jemals wieder nach Hause kommen würden.

Um fair zu sein, endeten nicht alle Ehen wegen der Geheimhaltung und der Gefahr, die es mit sich bringt, ein SEAL zu sein. Einige endeten, weil einer der Eheleute den anderen betrogen hatte. Manchmal waren es die Frauen und manchmal die Männer. Wolf zuckte mit den

Schultern. Es hatte keinen Sinn, davon besessen zu sein. Hoffentlich würde er eines Tages jemanden finden, mit dem er sich niederlassen konnte. Wenn es nicht während seiner Militärkarriere geschah, dann vielleicht, wenn er in den Ruhestand ging. Es gab kein Gesetz, das untersagte, dass jemand in den Vierzigern die wahre Liebe fand und heiratete.

Wolf zuckte zusammen, als er eine Hand auf seinem Arm spürte. Er hatte nicht aufgepasst und sich tatsächlich erschrocken. Sein Team würde sich vermutlich totlachen. Wolf war bekannt dafür, dem Feind immer einen Schritt voraus zu sein und eine gute Vorstellung davon zu haben, was dieser als Nächstes tun würde. Jetzt ließ er sich von einer Zivilistin überraschen.

Er öffnete die Augen und sah die Frau an, die neben ihm am Gang saß. Sie war gewöhnlich. Sie trug Jeans, Turnschuhe und ein langärmliges T-Shirt. Ihre braunen Haare waren am Hinterkopf zu einem unordentlichen Knoten zusammengebunden. Sie schien Anfang dreißig zu sein. Sie trug keine Ringe, hatte nur sehr wenig Makeup aufgelegt und ihre Nägel waren nicht lackiert. Sie hatte kleine goldene Ohrstecker und sah ihn erwartungsvoll an. Er seufzte innerlich. Als er jünger war, hatte es Wolf gefallen, wenn Frauen sich in ihn verguckt hatten, doch das war mit der Zeit alt geworden. Zugegeben, diese Frau sah nicht so aus, als wäre sie der Typ, der sich auf einen Mann stürzen würde, aber er hatte gelernt, dass der Anschein täuschen kann, wenn es darum ging, was Frauen wollten.

Wolf schaute in ihre Richtung und glaubte, dass die Frau darüber nachzudenken schien, ihm etwas zu sagen.

Das allein war schon faszinierend, da Frauen seiner Erfahrung nach dazu neigten, einfach zu sagen, was sie wollten. Ihr Zögern machte ihn neugierig zu erfahren, was sie ihm zu sagen hatte, und er wartete geduldig, während sie ihre Gedanken sortierte.

KAPITEL DREI

Caroline war nervös. Sie wollte mit diesem Bild von einem Mann neben ihr sprechen, aber sie wollte nicht, dass er sie sofort durchschaute, wie die meisten Männer es taten. Den größten Teil ihres Lebens war Caroline in der Masse untergegangen. Sie hatte an der Highschool nie einen Freund gehabt und war zu keinem der Schultänze gegangen, nicht einmal zum Abschlussball.

Ein Typ hatte tatsächlich einmal die Nerven gehabt, ihr zu sagen, dass sie nicht das »Zeug für eine Freundin« hätte. Wenn sie an diesen vermutlich dahergeredeten Kommentar zurückdachte, tat ihr das heute noch weh. Caroline wusste, dass sie kein Topmodel war, aber sie fand sich auch nicht unbedingt hässlich. Sie war nicht so groß, wie Männer sich das von einer Frau zu wünschen schienen, aber sie war auch nicht klein und niedlich. Caroline war einfach durchschnittlich, von der Spitze ihres mit braunem Haar bewachsenen Kopfes bis zur Unterseite ihrer normal großen Füße.

Während sie aufwuchs, war sie immer nur ein

»Kumpel« gewesen. Die Jungs sprachen gern mit ihr, aber nur um Carolines Meinung über andere Mädchen zu erfahren und ob sie sie mochten. Es war furchtbar deprimierend, aber sie hatte sich daran gewöhnt. Als sie schließlich alt genug war, dass es ihr wirklich etwas ausmachte und sie tatsächlich zu Schultänzen oder Verabredungen gehen wollte, war Caroline fest in die »Kumpel-Kategorie« einsortiert und saß allein zu Hause, während die anderen ausgingen und sich amüsierten.

Die Darstellung der »perfekten Frau« in den Medien beeinflusste nicht nur Frauen und Mädchen, sondern auch Männer. Alle Männer schienen die schlanke, freche, offene Frau zu wollen, die sie ihr Leben lang im Fernsehen und in Zeitschriften gesehen hatten. Von Realityshows über Moderatorinnen bis hin zu Sitcoms wurde die Welt heutzutage mit makellosen Frauen überschwemmt, die von früh bis spät wunderschön aussahen.

Das war einfach nicht Caroline. Sie war kein Genie, aber auch nicht dumm. Sie arbeitete hart in ihrem Job und trug ihren Teil dazu bei, die Welt am Laufen zu halten. Aber wenn sie spät abends im Bett lag, wünschte sie sich oft, einen Mann zu finden, der sie wahrnehmen würde. Die wahre Caroline.

Ihre Eltern hatten sich erst in fortgeschrittenem Alter für ein Kind entschieden und waren beide kürzlich verstorben. Sie vermisste sie. Sie waren ihre treuesten Unterstützer gewesen. Was auch immer sie tun wollte, sie hatten sie stets ermutigt und ihr gesagt, dass sie es schaffen würde. Ohne ihre Eltern und ohne enge Freunde, die sie dort halten würden, hatte Kalifornien nicht mehr denselben Reiz für Caroline, den es früher gehabt hatte.

Sie dachte über den Mann neben ihr nach. Er hatte wahrscheinlich viele enge Freunde. Er sah vertrauenswürdig aus. Caroline musste beinahe selbst über ihre eigenen Gedanken lachen. Wie zum Teufel könnte jemand vertrauenswürdig aussehen? Das war lächerlich. Ging es nicht in vielen Krimis darum, dass der Mörder wie der »Typ von nebenan« aussah?

Caroline schüttelte sich. Sie musste ihren Gedankengang unterbrechen oder sie würde noch deprimierter werden, als sie es bereits war. Wen kümmerte es, wenn dieser Kerl sie nicht wahrnahm? Sie würden nur ein paar Stunden nebeneinandersitzen und dann getrennter Wege gehen, sobald sie in Virginia gelandet waren. Verdammt, sie wusste, dass er sie nicht wirklich zur Kenntnis genommen hatte. Als er sich hingesetzt hatte, hatte er förmlich durch sie hindurchgeschaut, als hätte er sie noch nie gesehen, obwohl er sie erst kurz zuvor schon getroffen hatte. Das passierte ihr andauernd, immer und immer wieder. Sie sollte sich mittlerweile daran gewöhnt haben, aber diesmal schien es ihr etwas auszumachen.

Caroline hatte gezögert, ihn zu berühren. Sie wollte den Mann nicht wirklich stören, aber es lag nicht in ihrer Natur, ihn auf diesem Mittelplatz leiden zu lassen. Und es war offensichtlich, dass er litt. Er sah auf dem Sitz wie eingeklemmt aus. Caroline wusste, dass er spätestens nach der Landung in Virginia Schmerzen haben würde, wenn er den gesamten Flug so sitzen bleiben würde.

Caroline riss die Hand zurück, nachdem er zusammengezuckt war. Sie wollte ihn nicht erschrecken und dann kam ihr der Gedanke, dass er sie wirklich verletzen könnte, wenn er beschloss, sie anzugreifen. Nicht dass sie das geglaubt hätte, aber wenn jemand so schnell und plötzlich reagierte, war er es nicht gewohnt, überrascht zu werden.

Jetzt sah er sie erwartungsvoll an. Sie hatte seine Aufmerksamkeit erregt und nun musste Caroline auch etwas sagen. Sie bereitete sich mental darauf vor, indem sie sich innerlich selbst gut zuredete. Sie musste es nur schnell sagen, bevor sie die Nerven verlor.

»Ähm ... möchten Sie vielleicht die Plätze tauschen?«

Er antwortete nicht, hob aber die Augenbrauen, als wollte er fragen, warum sie dieses Angebot machte.

Meine Güte, sogar wie er die Augenbrauen hob war sexy. »Sie sehen etwas eingequetscht aus«, sagte Caroline unverblümt und ehrlich heraus. »Ich kann mit Ihnen tauschen, dann haben Sie hier am Gang wenigstens ein bisschen mehr Beinfreiheit.«

Wolf starrte die Frau an. Warum bot sie das an? Er war sich nicht sicher, aber er war kein Idiot und würde ihr Angebot bestimmt nicht ablehnen. Es war erbärmlich. Wenn sie sich später während des Flugs an ihn heranmachen würde, würde er sie höflich zurückweisen. Mein Gott, er war wirklich abgehoben und eingebildet. Er beschloss zu glauben, dass die unscheinbare Frau neben ihm einfach etwas Nettes für einen Fremden tun wollte. Er würde einfach solange davon ausgehen, bis sich herausstellte, dass er unrecht hatte. Sollte sich zeigen, *dass* er sich geirrt hatte, würde ihm schon etwas einfallen. Als er sich schließlich entschieden hatte, nickte er einmal und sagte schlicht: »Danke.«

Caroline stand auf und ließ den Mann auf den Gang treten. Sie rutschte an ihm vorbei und setzte sich auf den Mittelsitz. Es war etwas sehr Intimes, dort Platz zu nehmen, solange der Sitz noch warm von seinem Körper war. Besonders wenn sie darüber nachdachte, *welcher* Körperteil gerade dort verweilt hatte. Caroline versuchte, diesen Gedanken aus ihrem Kopf zu verbannen. Meine Güte. *Schluss mit den unanständigen Gedanken!*, ermahnte sie sich.

Caroline wusste, dass er es nicht nötig hatte, von ihr angegeifert zu werden. Sie nahm an, dass sich ständig Frauen an ihn heranmachten. Nachdem sie ihren Verdacht eines »Bodybuilders« zu den Akten gelegt hatte, vermutete sie nun, dass er wahrscheinlich beim Militär war. Sie hatte noch nie einen »normalen« Mann getroffen, der so aussah, wenn er nicht beim Militär war. Vor allem wenn man bedenkt, dass sie von San Diego flogen, wo sich einer der größten Marinestützpunkte der USA befindet.

Als der Mann sich nach seinem Rucksack hinunterbeugte, den er unter dem Mittelsitz verstaut hatte, hielt Caroline ihn auf.

»Es ist okay, lassen Sie den einfach da. So haben Sie mehr Platz für Ihre Beine.«

»Sind Sie sicher?«

»Natürlich. Ihre Tasche ist mir wirklich nicht im Weg, ich bin klein.« Sie kicherte vor sich hin.

KAPITEL VIER

Wolf sah die Frau genauer an, nachdem er es sich gemütlich gemacht und sich in seinem Sitz am Gang angeschnallt hatte. Er war dankbar für den zusätzlichen Platz, den sie ihm gegeben hatte, indem sie ihm erlaubte, seine Tasche unter dem Sitz vor ihr zu lassen. Aber er verstand nicht, warum sie das machte.

Die Frau wandte sich von Wolf ab und schnallte sich an. Es schien nicht so, als wollte sie mit ihm flirten oder seine Aufmerksamkeit auf sich lenken. Aber die Tatsache, dass sie das nicht tat, schien ihn umso neugieriger zu machen. Vielleicht war das die ganze Zeit ihr Plan gewesen?

Wolf war kein Mann, der es gewohnt war, von anderen Menschen selbstlos behandelt zu werden. Er lebte in einer Welt, in der die Menschen betrügerisch und hinterhältig waren und alles für ihren eigenen Vorteil taten. Himmel, in bestimmten Teilen der Welt gingen sie sogar über Leichen, wenn es um mehr Macht, mehr Geld oder manchmal sogar um mehr zu essen ging.

Zugegeben, das Aufgeben eines bequemeren Sitzplatzes in einem Flugzeug war nicht zu vergleichen mit den Dingen, die Wolf andere Leute hatte tun sehen, um sich einen Vorteil zu verschaffen. Aber genau das machte es so ungewöhnlich.

Caroline konnte die Blicke des Mannes spüren. Es beunruhigte sie. Caroline rutschte unbehaglich auf ihrem Platz herum. Sie war es nicht gewohnt, dass Männer sie so musterten. Sie war schlicht und uninteressant. Das wusste sie, genau wie alle anderen auch. Caroline war nicht die Art von Person, die wegen ihres Aussehens besondere Aufmerksamkeit bekam. Und gewiss gehörte sie nicht zu der Sorte, die die Aufmerksamkeit eines Mannes auf sich zog. Sie hatte schon vor langer Zeit gelernt, das zu akzeptieren. Doch trotz ihres schlichten Aussehens hatte Caroline ein ziemlich gesundes Selbstwertgefühl. Wie jeder Teenager hatte sie sich schwer damit getan, erwachsen zu werden. Aber alles in allem hatte Caroline gelernt, sich selbst wirklich zu mögen. Sie war intelligent, hatte eine interessante Persönlichkeit und selbst wenn die Männer bei ihr nicht Schlange standen, war sie mit sich selbst und ihrem Leben im Großen und Ganzen zufrieden.

Wenn Caroline an ihre Kindheit und ihre Eltern dachte, musste sie lächeln. Ihre Eltern hatten sie stets ermutigt, sie selbst zu sein. Ihr Lächeln wurde noch breiter, als sie sich daran erinnerte, wie sie ihrem Vater erzählte, was sie nach dem Abitur tun wollte. Viele Väter wären enttäuscht gewesen, aber nicht ihrer. Er hatte sie nur auf die Stirn geküsst und gesagt: »Du kannst alles tun, was du willst, Caroline. Du bist das klügste

Mädchen, das ich kenne, und ich bin sehr stolz auf dich.« Caroline behielt diese Erinnerung fest in ihrem Herzen und holte sie immer heraus, wenn sie sich niedergeschlagen fühlte.

Caroline warf einen kurzen Blick auf den Mann, der jetzt am Gang saß, und errötete. Er beobachtete sie immer noch.

Wolf bemerkte, wie die Frau ihn ansah und dabei errötete, als sie seine Blicke auf sich spürte. Wann hatte er das letzte Mal eine Frau erröten sehen? Er konnte sich nicht erinnern. Es war an der Zeit, dass sie sich vorstellten. Er streckte ihr die Hand entgegen. »Matthew«, sagte er leise. Wolf kannte nicht viele Leute, die keine Verbindung zum Militär hatten. Normalerweise benutzte er seinen Spitznamen, wenn er sich vorstellte. Er war ein so tief verwurzelter Teil von ihm, aber er wollte die Frau nicht erschrecken. Wolf war nicht gerade ein normaler Name für jemanden in der zivilen Welt.

In der Hoffnung, dass sie reagieren würde, wartete er darauf, dass sie ihm ihre Hand gab. Wolf konnte durch den Händedruck viel über Menschen lernen. Viele Frauen dachten, dass sie die Hand eines Mannes nicht drücken sollten, wenn sie sich trafen, und ließen ihre Hand einfach schlaff und zitternd in seiner Hand liegen. Er hasste das. Wolf hatte keine Ahnung, woher das kam, aber wenn Frauen wüssten, wie sehr das Männer abtörnte, würden sie mit Sicherheit damit aufhören.

Caroline nahm vorsichtig seine Hand, schüttelte sie jedoch kräftig. Sie hoffte nur, dass er ihre Hand nicht zu fest zusammendrücken würde, um zu zeigen, wie stark er war. Er könnte ihr leicht die Finger zerquetschen. Das war ihr in der Vergangenheit bereits passiert, zumal sie oft mit Männern zusammenarbeitete. Viele Männer wollten dominant erscheinen und quetschten ihre Hand viel zu fest zusammen. Nur strahlte das keine Dominanz aus, sondern nur, was für ein Arschloch der Mann war.

»Caroline«, erwiderte sie leise.

Wolf schüttelte ihre Hand und war angenehm überrascht von ihrer weichen von Hornhaut durchsetzten Haut. Offensichtlich war sie niemand, der nur rumsaß. Auf irgendeine Weise musste sie mit ihren Händen arbeiten.

Natürlich musste er bei dem Gedanken an die Textur ihrer Handfläche sofort darüber nachdenken, wie es sich anfühlen würde, wenn sie seinen Körper streicheln würde. Wolf schämte sich sofort. Lieber Gott, es war offensichtlich viel zu lange her, dass er mit einer Frau zusammen gewesen war, wenn ein einfacher Händedruck ihn schon anmachte. Er rutschte auf seinem Sitz herum und versuchte, seine Erregung vor der kleinen Frau zu verbergen, die unschuldig neben ihm saß.

Caroline war ebenfalls angenehm überrascht von seinem Händedruck. Der Mann drückte ihre Finger nicht zu fest und seine Stimmung schien sich etwas aufzuhellen, nachdem sie ihre Hände fallen gelassen hatten. Sie bemerkte, dass er etwas unruhig auf dem Sitz umherrutschte, dachte aber, dass er nur nach einer bequemen Position in dem engen Sitz suchte.

Sie lächelten sich kurz an, bevor sie ihre Aufmerksamkeit auf den Flugbegleiter im vorderen Teil des Flugzeugs richteten.

Eine andere Flugbegleiterin bat über Lautsprecher

darum, alle elektronischen Geräte auszuschalten oder in den Flugzeugmodus zu versetzen und sich auf den Start vorzubereiten.

Caroline sah zu, wie der Flugbegleiter im Gang den Passagieren zeigte, wie man sich anschnallt, wie man bei einer Wasserlandung die Schwimmweste benutzt und wie man diese wackeligen Sauerstoffdinger bedient, die bei Druckverlust von der Decke fallen. Caroline wollte lieber nicht an die Panik denken, die im Flugzeug entstehen würde, sollte eines dieser Szenarien tatsächlich eintreten.

Caroline bemerkte, dass der Flugbegleiter sehr gelangweilt wirkte. Sie konnte sich vorstellen, dass es ermüdend war, diese Demonstration vor einem Flugzeug voller Leute zu geben, die ihn nur ignorierten. Aber war es nicht seine Aufgabe, zumindest *so zu tun*, als wäre er enthusiastisch? Sie hatte diese Videoclips von Flugbegleitern online gesehen, die Spaß machten und tanzten. Sie war noch nie mit jemandem geflogen, der das wirklich getan hätte. Aber dieser hier sah geradezu verärgert und desinteressiert über die gesamte Routine vor dem Flug aus. Es war seltsam.

Caroline zuckte innerlich mit den Schultern. Es war nicht so, als hätte sie irgendetwas dagegen tun können, also wandte sie sich dem *SkyMall*-Magazin in der Sitztasche vor ihr zu. Sie blätterte monoton durch die Zeitschrift und betrachtete gleichgültig die überteuerten Sachen, während das Flugzeug auf die Landebahn rollte und abhob.

Nachdem sie sicher die Reiseflughöhe erreicht hatten, steckte Caroline das Magazin wieder in die

Tasche vor sich und lehnte den Kopf gegen die Rückenlehne, so wie Matthew es getan hatte, als er sich zum ersten Mal hingesetzt hatte. Sie war müde, aber der Mittelsitz eignete sich mangels Möglichkeit, den Kopf irgendwo anzulehnen, denkbar schlecht zum Schlafen. Sie wollte auch nicht das Risiko eingehen, mit dem Kopf nach hinten gelehnt einzuschlafen. Sie würde wahrscheinlich schnarchen wie eine Achtzigjährige. Auch wenn es den sexy Mann neben ihr vermutlich nicht interessierte, wollte sie sich trotzdem nicht blamieren. Sie hatte schließlich *etwas* Würde.

Caroline sah zu Matthew hinüber und bemerkte, dass er auch nicht schlief. Er hatte ein Bein in den Gang ausgestreckt und eines unter den Sitz vor sich. Seine Augen waren geschlossen und seine Hände ruhten verschränkt auf seinem Bauch. Hin und wieder rutschte er auf seinem Sitz herum, öffnete die Augen und schloss sie wieder. Sie lächelte. Zumindest fühlte er sich auf dem Sitz am Gang wohler, als wenn er in der Mitte eingequetscht worden wäre.

Wolf öffnete stöhnend die Augen. Auf keinen Fall konnte er hier schlafen. Flugzeugsitze waren einfach zum Kotzen, ein weiterer Grund, nicht Linie zu fliegen. Er hatte keine Ahnung, warum er seine Augen nicht von ihr lassen konnte, also warf er erneut einen Blick auf die Frau neben ihm und fing Carolines Lächeln ein, das über ihr ganzes Gesicht strahlte. Wolf dachte, dass sie nicht gerade hübsch im klassischen Sinn war, aber sie sah auf jeden Fall interessant aus.

»Also, sind Sie öfter hier?« Er konnte dieser kitschigen Anmache einfach nicht widerstehen. Etwas sagte ihm, dass Caroline es lustig finden und ihn nicht ernst nehmen würde. Als Wolf ihr sanftes Lachen hörte, wusste er, dass er recht hatte.

»Haha. Eigentlich fliege ich nicht sehr oft. Ich bin auf dem Weg zu einem neuen Job in Norfolk. Normalerweise würde ich mit dem Auto fahren, aber meine neue Firma übernimmt alle Umzugskosten, einschließlich der Überführung meines Wagens nach Virginia. Also dachte ich mir, anstatt meine Zeit mit einer tagelangen Überlandfahrt zu verschwenden, fliege ich einfach und nutze die eingesparte Zeit, um Norfolk besser kennenzulernen, bevor ich mit der Arbeit beginnen muss.«

»Klingt vernünftig«, stimmte Wolf zu, erfreut darüber zu hören, dass sie eine vernünftige Frau zu sein schien. Er hatte schon zu viele Frauen getroffen, denen es nur um Geld, Ruhm, Mode oder was auch immer ging.

»Was haben Sie in Norfolk vor? Oder ist es nur ein Zwischenstopp?«, fragte Caroline interessiert. Sie wollte nicht neugierig wirken, aber da er das Gespräch begonnen hatte und an dem, was sie gesagt hatte, interessiert zu sein schien, wollte sie die Unterhaltung am Laufen halten.

Wolf wusste, dass er vorsichtig sein musste, wenn es um seinen Job ging, aber da sie gerade nicht auf dem Weg zu einer Mission waren, dachte er, größtenteils offen sprechen zu können. »Zwei Kumpels und ich sind auf dem Weg nach Virginia. Wir befinden uns gerade zwischen zwei Missionen ... äh ... Jobs.«

»Ich hatte gedacht, Sie wären beim Militär«, sagte Caroline sachlich und ohne Überraschung oder Ehrfurcht in der Stimme.

»Wie haben Sie das denn erraten?«

Caroline wusste nicht, ob er es ernst meinte oder sich nur einen Spaß mit ihr machte. »Ich weiß nicht, ob das jetzt Sarkasmus war oder nicht. Mir ist einfach aufgefallen, dass Sie in sehr guter körperlicher Verfassung sind, Kampfstiefel anhaben und ehrlich gesagt eben wie ein Soldat aussehen.«

Wolf lachte. »Ich habe nur Spaß gemacht, Caroline. Aber ja, Sie haben recht. Ich bin bei der Navy. Ich bin ein Navy SEAL.« Wolf war über sich selbst überrascht. Normalerweise platzte er nicht sofort damit heraus, dass er ein SEAL war. Irgendetwas an dieser Frau strahlte Vertrauen aus. Er war sich nicht sicher, was er von ihr als Reaktion auf seine Enthüllung erwarten sollte, war allerdings ehrlich überrascht, dass sie diesem Umstand keine weitere Beachtung schenkte und ihre Unterhaltung mit ihm fortsetzte, als hätte Wolf nie erwähnt, dass er Mitglied einer der am meisten verehrten und respektierten Militäreinheiten des Landes war.

»Und was haben Sie während Ihres Urlaubs vor?«

»Wir haben einen Freund in Virginia, der im Gefecht ein Bein verloren hat und aus medizinischen Gründen in den Ruhestand versetzt wurde. Wir werden einfach bei ihm einfallen und etwas abhängen. Wahrscheinlich werden wir auch dem Stützpunkt einen Besuch abstatten. Wir haben uns aber alle entschieden, dass wir eine Auszeit brauchen, und wollen versuchen, das Geschäftliche auf ein Minimum zu beschränken.«

»Ach du meine Güte, das tut mir leid mit Ihrem Freund. Das ist ja eine schöne Scheiße. Ich bin sehr froh, dass die Leute heutzutage anerkennen, was Sie für unser

Land tun. In der Highschool kannte ich jemanden, der mir erzählt hat, ihr Vater wäre nach seiner Rückkehr aus dem Vietnamkrieg angespuckt und im Allgemeinen wie Dreck behandelt worden. Das war eine Schande und ich freue mich, dass die Soldaten unseres Landes heute bessere Unterstützung erhalten. Ich denke, es ist eine gute Idee für Sie und Ihre Freunde, sich eine Auszeit zu nehmen und zu versuchen, nicht über Ihren Job zu reden«, stimmte Caroline zu. »Es kann schwierig sein, sich wirklich zu entspannen, wenn man im Urlaub über Geschäfte redet.«

Wolf genoss das Gespräch mehr, als er gedacht hatte, und fragte: »Also, warum fliegen Sie für diesen neuen Job quer durchs ganze Land?«

Erfreut, dass er Interesse an ihr zeigte, erzählte Caroline es ihm und hoffte, dass es ihn nicht abschrecken würde – manche Männer mochten keine klugen Frauen. »Ich bin Chemikerin und habe mich für einen Tapetenwechsel entschieden, da meine Eltern kürzlich verstorben sind. Ich habe recherchiert, wo ich arbeiten will, habe mich beworben und wurde von einer großartigen Firma im Osten des Landes eingestellt. Ich freue mich sehr darauf loszulegen.«

»Also, was genau machen Sie als Chemikerin?« Wolf war beeindruckt von dem, was er bisher gehört hatte.

Caroline lachte etwas. Sie war nicht gerade überrascht über diese Frage. Es schien, als hätten die meisten Menschen keine Ahnung davon, was sie in ihrem Job die meiste Zeit tat. Selbst wenn sie versuchte, es zu erklären, konnte sie die leeren Blicke in ihren Augen sehen. Nun, er hatte gefragt, also würde sie es ihm darlegen. Sie genoss es, mit ihm zu reden, und er schien ziemlich intelligent zu sein. Sie hatte hohe Erwartungen, dass er es verstehen würde.

»Es gibt zwei grundlegend verschiedene Welten, wenn es um Chemiker geht. Die makroskopische Welt in der Chemie ist die, woran die meisten denken, wenn sie sich Chemiker vorstellen. Es beinhaltet ein Labor und weiße Kittel und Experimente mit verschiedenen Stoffen und Verbindungen. Die Dinge in der makroskopischen Welt können Sie tatsächlich sehen, hören und anfassen. Auf der anderen Seite steht die mikroskopische Welt. Hierbei handelt es sich um Dinge, die Sie nicht berühren, hören oder sehen können. Es handelt sich hauptsächlich um Modelle und Theorien.«

»In welcher arbeiten Sie?«, fragte Wolf und folgte ihrer Erklärung scheinbar ohne Probleme.

»Ich bin ein angestellter Chemikerfreak im Laborkittel«, antwortete Caroline und lachte über sich selbst.

Wolf dachte nicht lange nach, sondern nahm ihre Hand in seine und sagte: »Sie sind kein Freak, Schätzchen. Sie sind eine Wissenschaftlerin in einem Laborkittel, die mit ihren Händen zaubern kann.«

Heiliger Strohsack. Dieser Mann war gefährlich. Carolines Magen verkrampfte sich bei seinen Worten. Hatte jemals ein Mann etwas Schöneres zu ihr gesagt? Sie glaubte es nicht. Sie versuchte, seine Worte abzuschütteln, und scherzte leichthin: »Für die Magie benutze ich eigentlich einen Zauberstab.«

»Erzählen Sie mir mehr über Ihren Job. Er klingt wirklich sehr interessant.« Wolf spürte Carolines Widerwillen und ergänzte: »Bitte.«

Etwas verlegen, obgleich sie nicht genau wusste warum, erzählte Caroline ihm zögernd mehr. »Ich bin in der angewandten Chemie tätig. Ich arbeite für ein Unternehmen und erledige kurzfristige Forschungsarbeiten, was immer gerade ansteht. Dabei kann es sich um Produktentwicklung oder die Verbesserung eines bereits vorhandenen Produkts handeln. Es gibt auch reine Chemiker, die an längerfristigen Forschungsprojekten arbeiten. Was immer ihnen in den Sinn kommt, beziehungsweise wofür sie die Finanzierung erhalten, auch wenn es dafür keine kurzfristige Anwendung gibt.«

»Also, was machen Sie den ganzen Tag bei der Arbeit?« Wolf fand Caroline faszinierend. Er hatte noch nie eine Chemikerin getroffen. Na klar, Wolf hat Leute getroffen, die gut in Chemie waren und ein Händchen dafür hatten, Bomben für das Militär zu bauen oder sie zu entschärfen, wie zum Beispiel Dude. Aber ein Bombenspezialist zu sein war nicht dasselbe wie ein Chemiker. Es war eher so, dass Wolf mit jemandem wie Caroline in seiner gewohnten Welt nicht in Kontakt kam.

»Nun, das kommt natürlich auf den Tag und das Projekt an«, sagte sie und legte ihre letzte Befangenheit ab, während sie über ihr Lieblingsthema sprach. Caroline hatte keine Ahnung, dass ihr Enthusiasmus sie noch hübscher machte und dass Wolf es aufregend fand, wie begeistert sie erzählte.

»Manchmal analysiere ich Substanzen und versuche herauszufinden, was darin enthalten ist, wie viel jeweils von einem Stoff enthalten ist oder beides. Ich kann auch Substanzen neu erschaffen. Manchmal stellen wir synthetische Substanzen her, um etwas zu kopieren, das in der Natur vorkommt, ein anderes Mal arbeiten wir daran, etwas von Grund auf neu zu entwickeln. Und manchmal muss ich auch ganz langweilige Dinge tun, wie zum Beispiel Testtheorien entwickeln.«

Sie lachten beide und Wolf wusste, dass sie sich wahrscheinlich niemals langweilen würde. Die Röte, die sich auf Carolines Gesicht zeigte, während sie über das sprach, was sie gern tat, war verdammt sexy. Wolf konnte nicht glauben, dass er diese Frau anfangs für schlicht gehalten hatte.

Während einer kurzen Gesprächspause hörten sie beide, wie der Mann am Fenster im Schlaf schnarchte. Caroline legte eine Hand vor den Mund, um nicht zu laut zu lachen und ihn aufzuwecken. Sie konnte ihr Kichern jedoch nicht unterdrücken und sie genoss es, mit dem großen bösen SEAL neben ihr zu lachen.

Caroline war angenehm überrascht von dem Gespräch mit Matthew, das immer ansprechender wurde. Zu oft bildeten sich gut aussehende Männer ein, sie wären Gottes Geschenk an die Frauen, und handelten dementsprechend. Als sie noch in Kalifornien gelebt hatte, hatte sie SEALs getroffen, die wirklich widerlich waren, weil sie dachten, dass jede Frau sich an sie ranmachen sollte.

Matthew war interessant und er hatte tatsächlich zugehört, was sie zu sagen hatte. Gott, sie musste sich zusammenreißen. Sie waren zwei Fremde in einem Flugzeug. Sobald sie in Norfolk gelandet waren, gingen sie getrennter Wege und würden sich nie wiedersehen. Er war nur höflich. Das war enttäuschend, aber genauso war es.

Während sie geduldig darauf warteten, dass der Flugbegleiter mit den kostenlosen Getränken an ihrer Reihe vorbeikam, unterhielten sich Wolf und Caroline weiter darüber, warum sie traurig waren, San Diego zu verlassen – Caroline für immer und Wolf nur so lange, wie seine neue Mission dauern würde.

Schließlich erreichte der Flugbegleiter ihre Reihe. Caroline hatte Durst und war froh, den Getränkewagen zu sehen. Der Angestellte schien immer noch ein bisschen mürrisch zu sein und verwickelte die Leute nicht in Gespräche. Er fragte die Leute in der Reihe vor ihnen, was sie trinken wollten, und bediente sie schweigend. Er tat dasselbe, als er zu ihrer Reihe kam. Der Mann am Fenster war aufgewacht und fragte nach Wodka mit Eis. Caroline bestellte eine Limonade ohne Zucker und Wolf bat um einen Orangensaft. Jeder von ihnen erhielt einen bis zum Rand mit Eis gefüllten Becher und das Getränk, während der Flugbegleiter an ihnen vorbeiging, um die restlichen Fluggäste zu bedienen.

Caroline goss ihr Getränk in den Becher und nahm einen Schluck. Plötzlich hielt sie inne. Was zum Teufel? Sie hob den Becher an die Nase und roch daran. Caroline stellte das Getränk schnell wieder auf ihr Tablett und sah, dass Matthew gerade aus seinem Plastikbecher trinken wollte. Ohne lange darüber nachzudenken, wie intim oder seltsam es aussehen würde, griff Caroline nach Wolfs Becher und ließ ihn auf das kleine Tablett vor ihm sinken.

KAPITEL FÜNF

Wolf drehte sich überrascht um, als Caroline sein Getränk auf das Tablett stellte. Was zur Hölle machte sie da? Er hatte gedacht, dass sie gut miteinander auskamen, aber verdammt noch mal, sie kannten sich sicherlich nicht gut genug, sodass sie auf diese Weise in seinen Privatbereich eindringen durfte.

Er sah zu ihr hinüber, bereit, sie zur Rede zur stellen, und war überrascht festzustellen, dass sie ziemlich blass war.

»Nicht ...«, war alles, was sie zunächst sagte. Wolf konnte erkennen, dass Caroline versuchte, ihre Gedanken zu ordnen.

Wolfs Sinne waren alarmiert. Was auch immer los war, diese Frau war verdammt nervös. Wolf hatte ein schlechtes Gewissen, weil er noch vor einer Sekunde gedacht hatte, sie würde ihre Grenzen überschreiten. Er betrachtete Caroline genauer und sah Gänsehaut auf ihren Armen. Scheiße. Was auch immer sie dachte, es war ernst.

Matthew gab ihr die Zeit, ihre Gedanken zu sammeln, was Caroline sehr zu schätzen wusste. Ohne dass er erneut fragen musste, was los war, beugte sich Caroline zu ihm hinüber und warnte ihn mit leiser, dringender Stimme: »Irgendwas stimmt nicht mit dem Eis. Ich kann es riechen. Als würde es noch etwas anderes enthalten.«

Wolf nahm sein Getränk wieder auf und hob es sich an die Nase. Er konnte sehen, dass Caroline ihn aufhalten wollte, aber sie tat es nicht. Er gab vor, einen Schluck zu trinken, und roch daran, wie sie es zuvor getan hatte ... nichts. Er konnte nichts außer dem Orangensaft in seinem Becher ausmachen. Er sah sie an und sagte leise: »Ich rieche nichts.«

Caroline war frustriert. Sie konnte sehen, dass Matthew ihr glauben wollte, aber es fiel ihm schwer, da er selbst nichts in seinem Getränk feststellen konnte. Sie schaute weg. Großartig, jetzt dachte er, sie wäre verrückt. Aber das war sie nicht. Sie war verdammt noch mal eine Chemikerin und verdiente damit ihren Lebensunterhalt. Dem Getränk war eine Chemikalie zugesetzt, dessen war sie sich sicher. Aber wie könnte sie ihn überzeugen, ohne verrückt zu klingen?

Sie wandte sich wieder Matthew zu und stellte fest, dass er sie immer noch ansah.

»Was ist los?«, fragte er leise. »Erklären Sie es mir, damit ich es verstehen kann.«

Carolines Respekt für Matthew stieg. Er war sich nicht sicher, ob er ihr glauben sollte, aber er war klug genug, ihr Zeit zu geben, um ihn zu überzeugen. Sie wusste, dass sie es auf eine Weise erklären musste, die er verstehen konnte.

Caroline wusste, dass sie zu ihm durchdringen musste, und tat ihr Bestes, um ihn davon zu überzeugen, dass sie wusste, wovon sie sprach. Sie senkte die Stimme noch weiter, damit die Menschen um sie herum sie nicht hören würden. Sie lehnte sich zu ihm hinüber und sah ihm beim Sprechen in die Augen. »Ich weiß nicht genau, was es ist, aber als Chemikerin bin ich ausgebildet, die verschiedenen chemischen Gerüche von Verbindungen wahrzunehmen. Ich kann es nicht genau zuordnen, aber es ist nicht natürlich.«

»Ist es auch in meinem Drink?«, fragte er sie genauso leise und reichte ihr seinen Becher.

Sie roch daran und nickte sofort.

»Scheiße«, sagte Wolf leise. Er glaubte ihr. Er war kein sehr leichtgläubiger Mensch, dem man leicht etwas vormachen konnte, aber diese Frau hatte etwas sehr Vertrauenswürdiges an sich. Sie hatte keinen Grund, ihn anzulügen. Carolines Stolz als Chemikerin war zu groß, als dass sie ihm etwas vormachen würde. Das konnte er allein aus ihrer Unterhaltung während der letzten Stunde ableiten. Außerdem konnte er sich keinen Reim daraus machen, was sie davon haben sollte, ihn anzulügen, und ganz offensichtlich war sie absolut außer sich.

Sein nächster Gedanke beschäftigte sich damit, was zum Teufel in diesem Flugzeug los war. Wenn Caroline recht hatte, wer versuchte dann, die Passagiere im Flugzeug unter Drogen zu setzen? Wer steckte dahinter? Ging es um alle Passagiere oder nur um ihn und Caroline? Hatten sie nur ihn ins Visier genommen oder auch Mozart und Abe? Er dachte zum ersten Mal wieder an seine Teamkollegen, nachdem er angefangen hatte, sich mit Caroline zu unterhalten. Wie weit war der Flugbegleiter mit dem Getränkewagen schon gekommen? Hatten sie schon etwas getrunken? Scheiße, er musste sie warnen.

Wolf beugte sich vor, um nicht belauscht zu werden, und flüsterte: »Bleiben Sie sitzen. Ich muss meine Männer warnen.«

Caroline sah zu, wie Matthew sein Getränk auf ihr Tablett stellte und sein eigenes Tablett hochklappte. Sie stellte keine Fragen, während er aufstand und seine Tasche aus dem Gepäckfach über den Sitzen holte. Er nahm sich Zeit, in der kleinen Reisetasche nach etwas zu suchen, dann verriegelte er das Gepäckfach und setzte sich wieder.

Wolf fühlte sich etwas besser, nachdem er wieder Platz genommen hatte. Er hatte Mozart und Abe signalisiert, dass Gefahr bestand und sie nichts essen oder trinken durften. Sie hatten dieses Signal eingeführt, nachdem sie festgestellt hatten, dass die Nahrung, die ihnen bei einer Mission serviert wurde, bei der sie eingesperrt worden waren, mit Drogen versetzt war. Seine Männer würden wissen, dass etwas nicht stimmte, aber wie sollte man ihnen mit Sicherheit Bescheid geben?

Caroline beobachtete ihn genau. Könnte er sie benutzen? Nein, nicht benutzen, aber sie könnte ihm helfen. Er hatte seinen Sicherheitsgurt noch nicht wieder angelegt, drehte sich auf seinem Sitz um und wandte sich Caroline zu. Er nahm eine ihrer Hände in seine und strich abwesend mit seinem Daumen über ihren Handrücken, während er darüber nachdachte, wie er sie über seinen

Plan in Kenntnis setzen sollte. Schließlich seufzte er und sah ihr in die Augen. Caroline beobachtete ihn aufmerksam. Ihre großen braunen Augen waren leicht geweitet. Ihr Griff um seine Hand zeigte ihm, dass sie ängstlicher war, als es den Anschein hatte.

Wolfs Beschützerinstinkt kämpfte darum herauszukommen. Er fühlte und konnte sehen, wie ihr ganzer Körper zu zittern begann. Er wollte sie unter dem Sitz verstecken und ihr sagen, sie solle erst wieder herauskommen, wenn sie sicher auf dem Boden gelandet waren, aber er wusste leider auch, dass das keine Option war. Er brauchte sie.

»Caroline, ich brauche Ihre Hilfe«, gab er leise zu. Er sah, wie sie sofort nickte. Lieber Gott, sie fragte nicht einmal, wofür er ihre Hilfe brauchte, sondern war sofort einverstanden. Er spürte, wie etwas in ihm aufkeimte, verdrängte es aber wieder. Jetzt war nicht der richtige Zeitpunkt dafür.

»Meine Männer sitzen auf den Plätzen 18C und 24D. Ich muss ihnen mitteilen, was los ist. Da wir aber nicht genau wissen, was wirklich vor sich geht, muss ich den Ball flach halten. Können Sie mir helfen?«

»Natürlich, Matthew«, sagte Caroline mit ein wenig zittriger Stimme zu ihm. »Obwohl ich mir nicht sicher bin, was ich tun kann. Ich bin nur eine Zivilistin ...«

Wolf drückte ihre Hand, die er immer noch festhielt. »Deshalb wird es auch funktionieren. Niemand wird sich etwas dabei denken, wenn Sie durch den Gang gehen. Wenn ich plötzlich aufstehe und mit meinen Teamkollegen sprechen würde, würde ich auf jeden Fall auffallen.

Ich werde eine kurze Notiz schreiben. Wenn Sie aufstehen und auf die Toilette im hinteren Teil des Flugzeugs gehen, können Sie die Nachricht an Mozart weitergeben, der auf 18C sitzt.«

»Mozart?«, war Carolines Kommentar.

Wolf lächelte ein wenig und schmunzelte darüber, dass Caroline mitten in einer ernsten, beängstigenden Situation immer noch die Nerven hatte, Mozarts Namen infrage zu stellen.

Er erklärte schnell: »Es ist sein Spitzname, wir haben alle Spitznamen.«

Caroline nickte. Jetzt wollte sie wissen, wie sein Spitzname lautete, wusste aber, dass gerade nicht die richtige Zeit dafür war. Vielleicht würde sie eines Tages den Mut aufbringen, ihn danach zu fragen ... wenn sie das hier überstehen würden ... was auch immer *das hier* war. Sie erinnerte sich daran, dass er zwei Freunde im Flugzeug hatte, und fragte: »Was ist mit Ihrem Freund in Reihe vierundzwanzig?«

Wolf legte seine andere Hand auf ihre immer noch zusammengepressten Hände. »Wenn Sie an ihm vorbeigehen, halten Sie sich an seiner Schulter fest anstelle des Sitzes und drücken Ihren zweiten und vierten Finger fest nach unten.« Er deutete auf ihren Handrücken. »Er wird wissen, was das bedeutet.«

Wolf erwartete, dass Caroline fragte, was die Geste bedeutete, aber sie tat es nicht. Sie nickte nur mit dem Kopf und zeigte ihm das Handzeichen. »So?«, fragte sie.

Wolf nickte zustimmend und konnte sich nicht zurückhalten. Er hob ihre Hand, die er noch immer festhielt, und küsste sie auf den Handrücken. Er drückte seine Lippen einen Moment zu lange darauf, als gesellschaftlich akzeptabel gewesen wäre.

»Das ist alles, was Sie tun müssen, und dann kommen Sie gleich wieder hierher, nachdem Sie auf der Toilette waren«, sagte er ernst, während er ihr in die Augen sah und wollte, dass sie verstand, in welcher Gefahr sie sich befand, in welcher Gefahr sie sich alle befanden. »Versuchen Sie nicht, die Heldin zu spielen. Wenn etwas schiefgeht, machen Sie sich keine Sorgen. Machen Sie einfach so normal wie möglich weiter. Ziehen Sie nicht unnötig Aufmerksamkeit auf sich. Meine Jungs wissen Bescheid, dass etwas los ist, und werden auf Sie aufpassen. Sie sehen, dass Sie neben mir sitzen. Wenn Sie aufstehen, werden sie in Alarmbereitschaft sein. Haben Sie irgendwelche Fragen?«

Caroline schüttelte den Kopf. Sie war nervös, aber sie konnte das schaffen. Sie wollte sitzen bleiben und den Kuss verarbeiten, den Matthew ihr auf die zarte Haut ihres Handrückens gegeben hatte, aber sie hatte keine Zeit. Sie wusste, *wenn* sie die Zeit dafür hätte, würde sie es wahrscheinlich überanalysieren, und außerdem musste sie sich darauf konzentrieren, das umzusetzen, worum Matthew sie gebeten hatte.

Matthew kritzelte schnell etwas auf eine Serviette. Seine Schrift sah für Caroline aus wie Kauderwelsch, also wusste sie, dass es sich um einen Code handeln musste, aber das war eigentlich auch egal. Sie wusste, dass er die Situation wahrscheinlich zusammengefasst hatte, damit seine Freunde in Alarmbereitschaft waren ... wofür auch immer. Hoffentlich ergab es für den Mann in Reihe achtzehn Sinn. Sein anderer Freund bekam keine

Nachricht in Papierform, aber hoffentlich verstand er, was auch immer es bedeutete, ihre Finger in seine Schulter zu drücken. Da waren so viele »Hoffentlichs« in dem, was sie vorhatte, aber sie hatten keine andere Wahl. Matthew legte die Serviette in ihre Hand und drückte sie sanft zusammen.

»Sie schaffen das, Caroline«, flüsterte Wolf.

Es war an der Zeit. Caroline stand auf und machte sich so flach sie konnte, um sich an Matthew vorbeizuquetschen. Er wollte nicht wieder aufstehen und zu viel Aufmerksamkeit auf sich ziehen. Sie fühlte seine Hand an ihrer Taille, als sie sich vorbeidrückte. Die Hitze von seiner Hand war intensiv, aber sie versuchte, es zu ignorieren. Aber gütiger Himmel, wenn sie sich in dieser Situation irgendwo anders aufgehalten hätten, wäre sie ein komplettes Seelenwrack gewesen. So sehr sie sich auch wünschte, dass Matthew sie auf sexuelle Weise berühren würde, er versuchte nur, sie zu beruhigen. Er machte sich nicht an sie heran. Sie musste ihr Gehirn dazu zwingen, sich zu konzentrieren. Dieses wollte aber nur, dass er mit den Händen noch einmal ihren Körper berührte.

18C, 18C, wiederholte Caroline vor sich hin, als sie den Gang zum hinteren Teil des Flugzeugs hinunterging. Sie bemerkte vage die anderen Passagiere, die ohne Bedenken ihre kostenlosen Getränke genossen. Caroline hatte keine Ahnung, ob ihre Drinks auch mit Drogen versehen waren, aber sie hatte das ungute Gefühl, dass es wahrscheinlich so war. Sie musste sicherstellen, dass sie die Notiz an die richtige Person übergab. Sie konnte einfach nicht zulassen, die falsche Person zu kontaktieren und dass jemand anderes die Serviette mit dem seltsamen Code in die Hände bekam. Sie schaute auf die Sitznummern, während sie an den Reihen vorbeiging, und konzentrierte sich darauf sicherzustellen, dass sie es nicht vermasselte.

Sie wusste sofort, wer Mozart war. Sie hätte sich keine Sorgen um das Zählen der Reihen zu machen brauchen. Er sah so groß und kräftig aus wie Matthew. Gerade als sie sich ihm näherte, »stolperte« sie und streckte die Hand aus, um ihren Sturz abzufangen, direkt in Mozart hinein.

»Es tut mir so leid«, rief sie entschuldigend, als sie sich aus seinen Armen löste und ihre Hände von seiner Brust nahm, auf der sie gelandet war. »Ich bin so ungeschickt.«

Der Mann nickte nur und half ihr, sich aufzurichten. Er sagte nichts zu ihr und Caroline wurde rot, als wäre sie nicht mit Absicht in ihn gestolpert. Sie musste sich zusammenreißen. Meine Güte. Diese sexy Männer würden noch ihr Tod sein.

Sie richtete sich auf, sammelte sich und ging weiter in Richtung Toilette. Sie holte tief Luft. Eine Nachricht zugestellt, die andere auf dem Weg. Sie hatte Mozart die Notiz an die Brust gedrückt und gespürt, wie er sie festhielt, als er sie abstützte. Sie wollte am liebsten lachen. Es schien, als wäre sie ziemlich gut in diesem Spielchen.

Caroline nahm an, dass sie die Toilette genauso gut benutzen konnte, wenn sie schon mal hinten im Flugzeug war. Wer wusste, wann sie bei allem, was hier vor sich ging, die nächste Möglichkeit dazu bekommen würde. Die praktische Seite ihres Verstandes schien niemals Pause zu machen. Sie kam gerade auf der Toilette an, als die Flugbegleiter den Getränkeservice beendet hatten. Caroline drückte sich mit einem entschuldigenden Lächeln an dem Mann vorbei, der ihre Getränke serviert hatte, schloss die Toilettentür, erledigte schnell ihr Geschäft und wusch sich die Hände, nachdem sie fertig war.

Gerade als sie die Toilette verlassen wollte, hörte Caroline, wie sich zwei Männer direkt vor der Tür unterhielten. Sie wurde blass, nachdem sie das Gespräch belauscht hatte, und wartete, bis sie weggegangen waren. Mein Gott. Es war ziemlich dumm, über ihren Plan zu reden, wo die Leute sie hören konnten. Caroline vermutete, dass bald alle ohnmächtig werden würden, also spielte es wohl keine Rolle. Sie musste zu Matthew zurückkehren und ihm sagen, was sie mit angehört hatte. Mist.

Sie verließ die Toilette und schaute sich nicht zurück um. Sie ging einfach geradewegs nach vorne und hielt sich an den Rückenlehnen fest, als sie den Gang entlangging. Nachdem sie Reihe vierundzwanzig erreicht hatte, packte sie den Mann, der auf dem Platz am Gang saß, lässig mit der rechten Hand und ging dann weiter zu ihrem Platz. Matthew wartete bereits, half ihr mit einer Hand an ihrer Taille zurück auf ihren Sitz und sah sie fragend an. Caroline nickte einmal und ließ sich schwer in ihren Stuhl sinken. Sie griff nach ihrem Sicherheitsgurt, aber Matthew hielt sie auf.

»Lassen Sie den ab, nur für den Fall der Fälle«, sagte er zu ihr. Caroline nickte erneut. Mist, sie hätte darüber nachdenken sollen. Sie konnte keinen klaren Gedanken mehr fassen. Sie musste sich zusammenreißen.

»Matthew«, stellte sie eindringlich fest, »bevor ich die Toilette verlassen habe, habe ich gehört, wie sich zwei Flugbegleiter unterhalten haben. Sie haben gesagt, alles sei vorbereitet und sobald die Passagiere schlafen, würden sie anfangen.«

KAPITEL SECHS

Wolf sagte nichts, griff einfach nach Carolines Hand, drückte sie und legte sie sich aufs Bein. Heilige Scheiße, wo waren sie nur hineingeraten? Abwesend strich er mit seinem Daumen über ihren Handrücken, während er darüber nachdachte, was zum Teufel los war.

Er fühlte sich jetzt besser, wo er wusste, dass Mozart und Abe wachsam und bereit waren. Gott sei Dank waren sie zusammen auf diesem Flug. Zu dritt hätten sie wenigstens eine *kleine* Chance zu verhindern, was hier vor sich ging. Er war angespannt und bereit loszulegen, *irgendetwas* zu tun, aber sie wussten noch nicht, wer ihre Gegenspieler waren.

Offensichtlich waren zwei der Flugbegleiter beteiligt, da Caroline gehört hatte, wie sie über ihren Plan gesprochen hatten. Aber wer noch? Sie müssten sitzen bleiben und abwarten. Er hasste das. Wolf musste unweigerlich an den 11. September denken und fragte sich, ob die Leute in den Flugzeugen, die mit dem World Trade Center kollidiert waren, gewusst hatten, dass etwas nicht stimmte. Es war ein hilfloses Gefühl. Die Passagiere in dem Flugzeug, das am selben Tag in Pennsylvania abgestürzt war, hatten offensichtlich alles versucht, um einen Absturz des Flugzeugs ins Weiße Haus zu verhindern, dabei aber leider ihr Leben verloren.

Wolf wollte nicht sterben, aber er wusste, dass es jederzeit passieren könnte. Sein Job war nicht gerade einer der sichersten. Ironischerweise war er im Urlaub und in genauso großer Gefahr wie auf einer Mission. Es war verrückt.

Wolf drehte sich zu Caroline um.

»Sie waren unglaublich«, flüsterte Wolf. »Sie haben das geschafft, obwohl Sie Angst hatten, und dabei weder auf sich noch auf mich Aufmerksamkeit gezogen.«

Caroline antwortete nur mit einem kurzen Lächeln. Wolf wusste, dass er nicht die gleiche Nummer wie sie hätte durchziehen können, ohne dabei auf sich aufmerksam zu machen. Verdammt, er hätte nicht einmal *gewusst*, dass etwas vor sich ging, wenn sie nicht gewesen wäre. Er hasste es, dass sie das durchmachen musste. Und noch mehr hasste er den Gedanken, dass sie, was auch immer hier vor sich ging, vielleicht nicht überstehen würde.

Wolf dachte weiter über die Situation nach und wurde sich bewusst, dass es im Flugzeug ziemlich ruhig geworden war. Es war auch anfangs nicht laut gewesen, aber es war offensichtlich, dass die wenigen Gespräche, die es gegeben hatte, verstummt waren. Er drehte den Kopf nur ein winziges Stückchen zur Seite und sah, dass die drei Leute auf den Sitzen ihm gegenüber die Augen geschlossen hatten und schliefen ... oder Schlimmeres.

Er hatte keine Ahnung, ob sie bewusstlos waren, schliefen oder sogar tot waren.

Gerade als er Caroline sagen wollte, sie müssten so tun, als ob sie schliefen, und abwarten, was als Nächstes passieren würde, überraschte sie ihn, indem sie ihm zuvorkam.

»Matthew, wir müssen so tun, als hätten wir unsere Drinks ausgetrunken und als hätte es uns genauso erwischt wie alle anderen.« Offensichtlich hatte sie ebenfalls die Stille der anderen Passagiere bemerkt.

Wolf nickte. »Ich habe das Gleiche gedacht. Gut kombiniert.« Er sah, wie sie rot anlief. Sie überraschte ihn immer wieder. Die Frauen, die er bisher in seinem Leben gekannt hatte, wurden nicht durch ein einfaches Kompliment rot. Es war schade, dass er im Moment nicht die Zeit hatte zu sehen, welche anderen Komplimente er ihr machen könnte, nur um zu beobachten, wie ihr Gesicht in der bezaubernden Röte aufleuchtete, das gerade ihre Wangen bedeckte. Er verdrängte den Gedanken, wie weit hinunter diese Schamesröte wohl reichte. Falsche Zeit, falscher Ort, aber bei Gott, wie gern wollte er es wissen.

Caroline nahm widerwillig ihre Hand von seiner und lehnte den Kopf zurück gegen die Kopfstütze. Sie wagte es nicht, die Augen zu öffnen, um zu sehen, was los war. Sie mussten so tun, als wären sie genauso bewusstlos wie die anderen Passagiere. Sie wusste, dass Matthew seinen Kopf auch nach hinten geneigt und die Augen geschlossen hatte. Sie mussten nur abwarten.

Caroline hasste es zu warten. Sie war schrecklich darin. Sie wurde immer nervös. Ihre Mutter hatte sie immer geneckt, dass sie nicht einmal fünf Minuten still sitzen konnte, als sie noch klein war. Sie war immer in Bewegung. Caroline lächelte innerlich bei der Erinnerung an eine Geschichte, die ihre Mutter ihren Gästen gern erzählt hatte. Als Caroline ungefähr vier Jahre alt war, waren sie in einem Vergnügungspark und überall waren lange Schlangen. An den Imbissstuben, den Fahrgeschäften und natürlich für die Toilette.

Anscheinend hatte Caroline es satt, in der Schlange zu warten. Als sie für die Toilette anstanden, war sie direkt auf den Rasen neben dem Gebäude gegangen, hatte die Hose heruntergezogen und dort hingepinkelt. Carolines Mutter war beschämt, aber alle anderen um sie herum fanden es sehr komisch.

Caroline wurde traurig bei dem Gedanken an ihre Mutter. Sie vermisste sie. So oft im letzten Jahr wollte sie einfach den Hörer abheben, nur um mit ihr zu reden. Sie wusste, dass sie ihre Eltern viel zu früh in ihrem Leben verlieren würde, sie waren schließlich schon älter. Aber es war schwieriger, als sie gedacht hatte.

Sie wurde aus ihren Gedanken gerissen, als Matthew sich auf seinem Platz bewegte. Sie musste sich eingestehen, dass sie Angst hatte. Sie hatte Angst vor dem, was vor sich ging, und sie hatte keine Ahnung, wie sie da wieder herauskommen sollte. Es konnte nichts Gutes bedeuten, in einem Flugzeug Tausende Meter über dem Boden gefangen zu sein, mit Leuten, die darauf aus waren, Ärger zu machen. Welche Art von Ärger das war, blieb abzuwarten.

Caroline dachte darüber nach, wie froh sie sein konnte, dass Matthew neben ihr saß. Zuerst war sie besorgt gewesen. Er war schließlich ein großer Mann. Aber durch die sanfte Art, wie er ihre Hand gehalten und wie er sofort Maßnahmen ergriffen hatte, um seine Teamkollegen zu warnen, fühlte sie sich besser. Sie hatte keine Ahnung, ob er und seine Kumpels sie hier rausholen könnten, aber allein die Tatsache, dass er hier war, ließ sie sich nicht ganz so einsam fühlen. Sie hatte keine Ahnung, was sie getan hätte, wenn er nicht da gewesen wäre. Sie hätte den Geruch des Eises bemerkt, hätte aber nicht gewusst, was sie tun sollte. Sie hätte nur hilflos dasitzen können. Sie zitterte ein bisschen. Gott, was für eine Scheiße.

Dreißig lange Minuten, nachdem sie sich darauf geeinigt hatten, so zu tun, als wären sie ohnmächtig, machten die Terroristen den nächsten Schritt. Fast alle Passagiere saßen auf ihren Sitzen und bewegten sich nicht, entweder waren sie ohnmächtig oder befanden sich in einem noch schlimmeren Zustand. Wolf konnte jetzt keine Zeit damit verschwenden, darüber nachzudenken. Er dankte Gott dafür, dass Caroline gerochen hatte, was auch immer sich in dem Eis befunden hatte. Er schauderte, als er darüber nachdachte, was passiert wäre, wenn er nicht neben ihr gesessen hätte. Eigentlich wusste er, was passiert wäre. Er, Mozart und Abe wären auf ihren Plätzen ohnmächtig geworden, genau wie alle anderen Leute im Flugzeug.

Wolf sah, wie zwei Passagiere und die beiden Flugbegleiter an ihrer Sitzreihe vorbeikamen und in den vorderen Bereich des Flugzeugs gingen. Er schloss die Augen, als zwei von ihnen durch den Gang gingen und die Passagiere untersuchten, um sicherzugehen, dass sie alle bewusstlos waren. Wolf hörte sie leise reden, als sie an ihm vorbeikamen.

»Hat Smythe die Koordinaten?«

»Ja, sobald wir uns um die Passagiere gekümmert haben, die noch wach sind, wird er die Piloten überwältigen und uns auf Kurs bringen.«

Wolf spannte sich an. Scheiße.

Die wenigen Leute, die noch wach waren, wurden von den Terroristen in den hinteren Teil des Flugzeugs zur Bordküche gebracht. Wolf hörte einige Frauen schreien und weinen und das Stöhnen einiger Männer, aber im Großen und Ganzen ging die Operation sehr leise vor sich. Unheimlich leise. In all den Schlachten und Missionen, an denen er teilgenommen hatte, hatte Wolf so etwas noch nicht erlebt. Normalerweise schrien und weinten die Leute und laute Schüsse und Granatenfeuer waren zu hören – nicht diese Stille und blinder Gehorsam der Passagiere. Es irritierte ihn, was bei seinem Hintergrund viel zu sagen hatte.

Er ließ die Augen nur einen Spaltbreit geöffnet und beobachtete, wie einer der Terroristen, der sich als normaler Passagier ausgegeben hatte, und einer der Flugbegleiter das Cockpit betraten. Es war zu einfach. Einer der Flugbegleiter klopfte einfach an die Tür und bat darum, mit dem Piloten zu sprechen. Da er keinen Grund zur Sorge hatte, öffnete der Co-Pilot, ohne zu zögern, die Tür. Er wurde sofort blutig niedergeschlagen, während der Pilot umgehend getötet wurde. Es war nicht schwer, nur ein schneller Schnitt durch die Halsschlagader. Sein immer noch zuckender Körper wurde aus dem Cockpit gezerrt und vor die Bordküche im vorderen Teil des Flugzeugs zum Ausbluten geworfen. Der Co-Pilot war noch am Leben, aber schwer verletzt. Der andere Flugbegleiter zog ihn teilnahmslos an einem seiner Beine zu den anderen Passagieren in den hinteren Teil des Flugzeugs.

Wolfs Herzfrequenz beschleunigte sich in Vorbereitung auf den kommenden Kampf. Er musste vorsichtig sein, da einer der Terroristen nun die Kontrolle über das Flugzeug hatte. Er war bei der Navy in den Grundlagen des Fliegens fast aller Flugzeugtypen geschult worden. Er fühlte sich zwar am wohlsten hinter dem Steuerknüppel eines Hubschraubers, aber er hatte auch einige Zeit in einem großen Verkehrsflugzeug wie diesem verbracht. Da er am nächsten zum Cockpit saß, wusste er, dass es an ihm war, dorthin zu gelangen und die Kontrolle über das Flugzeug zu bekommen.

Mozart und Abe könnten das Flugzeug auch fliegen, aber Wolf müsste sich darauf verlassen, dass sie sich um die anderen Terroristen kümmerten. Er hätte selbst alle Hände voll zu tun. Er hoffte aufrichtig, dass beim Kampf um die Kontrolle über das Flugzeug keiner der anderen Passagiere verletzt würde, aber jetzt konnte er nicht weiter darüber nachdenken. Sein oberstes Ziel war es, die Kontrolle über das Flugzeug zurückzugewinnen.

Wolf wusste, dass er jetzt losschlagen musste, aber zum ersten Mal in seinem Leben als SEAL zögerte er. Er wollte nicht, dass Caroline irgendwie in die Schussbahn geriet, aber er hatte keine andere Wahl. Er bewegte heimlich seine Hand, legte sie auf ihren Oberschenkel und drückte sie, spürte, wie sich ihre Muskeln unter seiner Handfläche anspannten. Caroline schob langsam ihre Hand hinüber und legte sie auf seine. Sie saßen einen

Moment so da und fühlten sich beide nach diesem kurzen, aber intensiven Kontakt etwas besser. Wolf wusste, dass es Zeit war zu gehen. Er konnte nicht länger warten, ihr Leben hing davon ab. Er drehte seine Hand um, um Carolines Hand ergreifen zu können, und drückte sie einmal fest. Er sah Caroline sanft lächeln und sie sagte: »Viel Glück!« Wolf ließ sie los und holte tief Luft. Es war so weit.

Ohne sich noch mal umzuschauen oder ein weiteres Wort zu verlieren, sprang Wolf von seinem Sitz auf und stürmte zur Vorderseite des Flugzeugs. Voll in Kampfmodus löschte er jeden fremden Gedanken in seinem Kopf aus, einschließlich der mutigen Frau, die er in seiner Reihe hatte sitzen lassen. Als er durch den Gang nach vorne lief, hörte Wolf einen Schrei und warf einen kurzen Blick zurück, um zu sehen, wer es war.

Mozart und Abe kämpften mit zwei Terroristen im hinteren Teil des Flugzeugs, aber der dritte kam direkt auf ihn zu. Der Ausdruck auf seinem Gesicht war reiner Hass. Scheiße. Wolf hatte keine Zeit, sich um ihn zu kümmern. Er musste sicherstellen, dass der vierte Terrorist das Flugzeug nicht zum Absturz brachte. Für eine Sekunde hoffte er, dass der Typ, der jetzt am Steuer saß, nicht wusste, was vor sich ging. Als er spürte, wie das Flugzeug nach unten schoss, wusste er aber, dass dieser Gedanke sinnlos war. Wolf hatte keine andere Wahl, als sich zuerst auf den Piloten zu stürzen. Er würde sich den Kerl, der auf ihn zukam, vorknöpfen, wenn es so weit war, was vermutlich eher früher als später passieren würde.

Wolf sah erstaunt, wie plötzlich ein Bein aus einer der

Sitzreihen schoss und der Mann darüber stolperte. Caroline! Er drehte sich um und lief mit voller Kraft auf das Cockpit zu. Teufel noch mal! Er wollte zu Caroline, aber er konnte jetzt nicht zurück. Er hatte Angst um sie und es war ungewöhnlich, dass Wolf den Fokus verlor, aber im Augenblick konnte er nichts für sie tun. Er musste die Kontrolle über das Flugzeug erlangen, sonst wären sie alle tot. Ihre Hilfe könnte ihm gerade genügend Zeit verschafft haben, den Mann im Cockpit zu überwältigen, bevor der andere Terrorist ihn einholte.

KAPITEL SIEBEN

Caroline konnte nicht glauben, dass sie gerade einem Terroristen ein Bein gestellt hatte. Einem verdammten Terroristen! Sie war verängstigt. Sie hatte neben Matthew gesessen und wusste, dass er im Begriff war, seinen Zug zu machen. Sie konnte die Anspannung in seinem Körper förmlich spüren, wie das Adrenalin durch seine Blutbahn schoss. Sie wollte ihn bitten, nicht zu gehen, bei ihr zu bleiben und einfach alles passieren zu lassen. Aber er war ein SEAL. Sie wusste, dass er nicht einfach herumsitzen und Terroristen das Flugzeug übernehmen lassen würde. Er würde mittendrin sein. Zur Hölle, er und sein Team wären der einzige Grund, sollte einer von ihnen diesen Albtraum überleben, *wenn* sie ihn denn überleben sollten.

Als er seine Hand auf ihren Oberschenkel gelegt hatte, wusste sie, dass es Zeit war. Selbst für eine Million Dollar hätte sie sich in diesem Moment nicht davon abhalten lassen, Matthew noch einmal zu berühren. Sie wusste nicht, ob sie ihn jemals wiedersehen würde. Aber in den paar Stunden, die sie miteinander verbracht hatten, in denen sie sich kennengelernt hatten, war er ihr wichtig geworden. Sie konnte ihm nur noch viel Glück wünschen und lächeln – wie klischeehaft. Es war dumm. Sie war nur eine einfache Frau für ihn. Nur eine weitere Frau, die ihn für umwerfend hielt und ihn mit nach Hause nehmen wollte, um ein paar gemeinsame Stunden im Bett mit ihm zu verbringen. Caroline hatte es sich bis jetzt nicht eingestanden, aber ja, sie wollte ihn, sie wollte ihn mehr als alles andere. Gott, es war so unangebracht und es würde ohnehin nicht passieren, aber das hinderte sie nicht daran, sich nach ihm zu verzehren.

Sie wusste nicht, was sie tun könnte, um zu helfen. Sie wollte unbedingt *irgendetwas* tun, aber sie war nur eine Chemikerin, keine SEAL-Kämpferin. Caroline sah, wie Matthew von seinem Platz aufsprang. In diesem Moment noch ein schlafender Mann, im nächsten ein roher SEAL auf Mission. Er lief zum vorderen Teil des Flugzeugs und Caroline schaute zwischen den Sitzen hindurch, wie Matthews Teamkollegen mit zwei Terroristen im hinteren Teil des Flugzeugs beschäftigt waren. Sie waren direkt nach Matthew in Aktion getreten. Offensichtlich war Matthew auf dem Weg ins Cockpit, um sich den Kerl vorzuknöpfen, der das Flugzeug flog.

Somit war einer der Mistkerle unbeachtet. Entsetzt sah sie, wie er den Gang des Flugzeugs entlanglief und direkt auf Matthew zukam. Caroline spürte, wie das Flugzeug zum Sinkflug ansetzte. Ihr Herzschlag verdreifachte sich. Mist. Mist. Mist. Der Typ am Steuer versuchte, das Flugzeug zum Absturz zu bringen. Matthew müsste es mit zwei Terroristen aufnehmen. Sie wusste, dass er all seine Konzentration brauchte, um die Kontrolle über das Flugzeug zurückzuerlangen, damit sie nicht alle ums Leben kamen.

Ohne weiter nachzudenken, rutschte sie zum Gang und als der Terrorist an ihr vorbeilaufen wollte, streckte sie einfach ihr Bein aus. Verdammt, das tat ihr mehr weh, als sie gedacht hatte. Im Fernsehen sah man andauernd, wie anderen ein Bein gestellt wurde. Sie hatte keine Ahnung, dass das so schmerzhaft sein würde.

Der Kerl fiel hin wie ein nasser Sack. Er landete hart auf seinen Händen und Knien, aber Caroline wusste, dass er nicht lange unten bleiben würde. Ohne über die Konsequenzen nachzudenken, sprang sie von ihrem Sitz auf und klammerte sich an seinem Rücken fest. Sie musste ihn nur beschäftigen, bis einer von Matthews Teamkollegen kommen und ihr helfen würde. Zumindest hoffte sie, dass einer der anderen Jungs bald auftauchen und ihr helfen würde …

Gerade als Caroline dachte, sie hätte den Mann fest im Griff, warf er sie über seine Schulter in den Gang, kletterte auf sie und schaute ihr direkt ins Gesicht. Es war alles so schnell gegangen, dass sie keine Zeit hatte, aufzustehen oder ihm auszuweichen.

Verdammt, dachte Caroline und sah den Mann über ihr an. Er war sauer, aber das war sie ebenfalls. Der Mistkerl versuchte, sie alle zu töten. Caroline zuckte zur Seite, als seine Faust auf ihr Gesicht zukam. Er erwischte sie an der Schläfe, aber es hätte wesentlich mehr wehgetan, hätte er sie tatsächlich im Gesicht getroffen. Sie trat so fest sie konnte mit ihren Knien nach oben und schaffte es, ihn am Oberschenkel zu treffen. Nicht wohin sie eigentlich gezielt hatte, aber es verschaffte ihr etwas Zeit.

Caroline kämpfte weiter mit dem Mann, beide versuchten, den anderen zu schlagen oder zu kratzen und die Oberhand zu gewinnen. Der Terrorist war wesentlich schwerer und muskulöser als sie, aber davon ließ sie sich nicht abhalten. Sie kämpfte wie eine Raubkatze. Sie hatte das Adrenalin auf ihrer Seite und das starke Verlangen, nicht zu sterben.

Caroline kratzte und schlug mit den Fäusten, Knien und Füßen um sich. Gerade als der Typ dachte, er hätte die Oberhand gewonnen, wandte sie sich aus seinem Griff und landete einen Glückstreffer. Unglücklicherweise hatte er aber auch ein paarmal getroffen. Caroline hatte im Moment nicht allzu viele Schmerzen. Sie nahm an, das Adrenalin verhinderte, dass die Schmerzen bis zu ihrem von Panik erfüllten Gehirn vordrangen. Sie wusste aber, dass sie verletzt war und später Schmerzen haben würde ... wenn es denn für sie ein Später gäbe.

Jeden Augenblick würde jemand kommen und ihr helfen ... daran musste Caroline glauben. Plötzlich wurde das Gewicht des Mannes auf ihr angehoben und Caroline sah den wilden Ausdruck in seinen Augen, als ein Messer seine Kehle durchschnitt. Caroline musste die Augen schließen, als das Blut über ihren Körper und ihre Arme spritzte. Es war warm und roch nach Kupfer. Caroline dachte, sie hätte eigentlich ausflippen müssen, aber sie war so dankbar, dass sie noch am Leben war und obendrein diesen Mann daran gehindert hatte, zu Matthew zu gelangen. Gott sei Dank war einer seiner Teamkollegen ihr endlich zu Hilfe gekommen.

Der Mann, den Matthew zuvor Mozart genannt hatte, riss den inzwischen toten Terroristen von Caroline hoch und warf ihn hinter sich in den Gang, bevor er über sie sprang und in Richtung Cockpit lief. Er hatte sie vollkommen ignoriert, aber das war Caroline egal. Sie war nur froh, dass Matthew Hilfe bekommen würde. Während eines Terroranschlags gab es keine Zeit dafür, sich vorzustellen oder Fragen zu stellen. Sie hörte vage, wie einige der Frauen im hinteren Teil des Flugzeugs hysterisch weinten, und wusste, dass sie vom Boden aufstehen musste. Nicht zuletzt musste der Gang geräumt werden.

Caroline setzte sich langsam auf und bemerkte erst jetzt, dass sie an der Seite verletzt war. Eigentlich tat alles weh, aber ihre Seite schmerzte *wirklich*. Sie schaute auf und wusste, dass jetzt nicht die Zeit dafür war, darüber nachzudenken. Die Frauen im hinteren Teil des Flugzeugs brachen in Hysterie aus. Matthews anderer Teamkollege aus der vierundzwanzigsten Reihe versuchte, die Passagiere im hinteren Teil zu beruhigen. Sie konnte die beiden Terroristen sehen, gegen die die SEALs gekämpft hatten und die nun tot im hinteren Teil des Flugzeugs lagen. Nun, sie nahm jedenfalls an, dass sie tot waren. Alles, was sie von dem einen Terroristen sehen konnte, waren seine Füße, die in den Gang ragten. Er war teilweise in eine der Sitzreihen gezogen worden. Der andere lag mitten im Gang, genau wie der tote Kerl, gegen den sie gekämpft hatte.

Die gesamte Szene wirkte surreal. Wäre sie nicht mittendrin gewesen, hätte sie gedacht, dass alles nur ein schlechter Traum wäre. Alle Passagiere um sie herum waren entweder bewusstlos oder tot aufgrund dessen, was sich in dem Eis befunden hatte. Abgesehen von den weinenden Frauen im hinteren Teil war es gruselig still. Sie sah zur Vorderseite des Flugzeugs. Sie konnte Matthew und Mozart im Cockpit sehen. Die Tür hing zerschmettert in den Scharnieren. Matthew musste sie kaputt geschlagen haben, um ins Cockpit zu dem Terroristen zu gelangen. Ein anderer Mann lag regungslos vor der Tür. Offensichtlich der Terrorist, der das Flugzeug geflogen hatte. Sein Kopf war zu ihr gedreht und seine Augen starrten sie inhaltslos an.

Caroline wandte sich von dem unheimlichen Blick des Toten ab, nur um auf die Leiche neben sich im Gang zu blicken. Das Blut floss noch immer aus der Schnittwunde am Hals und sickerte langsam in den billigen Teppich. Caroline konnte sehen, wie die Lache mit jeder Sekunde größer wurde.

Langsam stieß Caroline sich vom Boden ab und versuchte, ihre Schmerzen zu ignorieren. Sie versuchte auch, das Blut des Terroristen zu ignorieren, den Mozart getötet hatte. Überraschenderweise flippte sie nicht aus. Sie hatte keine Ahnung warum. Sie *sollte* eigentlich ausflippen, aber sie wollte Matthew und sein Team nicht beunruhigen. Es war etwas eitel von ihr, aber sie wollte, dass sie einen guten Eindruck von ihr hatten.

Bevor Caroline es sich selbst ausreden konnte, packte sie den Mann, der versucht hatte, erst Matthew und dann sie zu töten, an den Beinen und zog ihn langsam nach vorne. Er war schwer und ihn zu ziehen war schwieriger, als sie gedacht hatte. Wie im Nebel sah sie, wie das Blut aus seinem Hals sickerte und den Gang rot färbte, als sie ihn an den Sitzreihen vorbeizog. Sie zerrte ihn bis zur Bordküche und legte ihn auf den anderen Mann, der schon dalag. Sie musste den Gang freimachen, damit Rettungssanitäter zu den Passagieren gelangen konnten, sobald sie landeten.

Nachdem sie das erledigt hatte, war sie sich nicht sicher, was sie sonst noch tun konnte. Sie hörte, wie Matthew im Cockpit ihren Namen sagte. Caroline hatte immer noch einen Tunnelblick und hörte alles wie mit einem Echo. Sie steckte den Kopf ins Cockpit.

»Geht es Ihnen gut?«, hörte sie Matthew fragen.

Caroline nickte nur benommen.

»Ist irgendetwas von dem Blut von Ihnen?«

Caroline schüttelte den Kopf. Sie verstand die Frage nicht wirklich, schüttelte aber trotzdem den Kopf.

»Ist der Co-Pilot in Ordnung?«

»Äh, tut mir leid, Matthew, ich weiß es nicht.« Caroline konnte kaum zwei Sätze hintereinander sprechen. Sie hatte nicht einmal daran gedacht, nach dem Co-Piloten zu schauen. Nun, sie hätte es tun sollen.

Mit leiser, beruhigender Stimme fragte Wolf: »Können Sie noch einmal nachsehen, ob er in der Verfassung ist, hierherzukommen und zu helfen?«

Caroline sah nicht zu Mozart, der gerade auf dem Sitz des Co-Piloten Platz genommen hatte, sondern nickte einfach. Sie wirbelte herum und lief in den hinteren Teil des Flugzeugs. Sie bemerkte den besorgten Ausdruck auf Matthews Gesicht nicht, als sie sich abwandte und nach dem verletzten Co-Piloten suchte. Sie konnte nur denken: *Matthew braucht den Co-Piloten, Matthew braucht den Co-Piloten, Matthew braucht den Co-*

Piloten ... sie wiederholte es immer wieder, damit sie es nicht vergaß.

Als sie hinten im Flugzeug ankam, drehte sich der andere SEAL zu ihr um. Caroline konnte sich nicht erinnern, ob Matthew ihr seinen Namen genannt hatte. Sie hatte genug damit zu tun, sich zu erinnern, warum sie hier war.

»Matthew braucht den Co-Piloten«, sagte sie hölzern zu dem Mann. Caroline hatte keine Ahnung, ob ihr Satz irgendeinen Sinn ergeben hatte, aber er musste sie verstanden haben, weil er nickte und sich zu den Leuten umdrehte, die sich im hinteren Teil des Flugzeugs befanden. Caroline wusste nicht, was sie weiter tun sollte, und kehrte schließlich auf ihren Platz zurück.

Sie hatte Angst und das Adrenalin, mit dem sie die letzten dreißig Minuten überstanden hatte, ließ nach. Caroline nahm die unbenutzten Servietten, die sie in die Tasche vor ihrem Sitz gestopft hatte, und versuchte, etwas von dem Blut auf ihrem Hemd und ihren Armen abzuwischen. Sie war beeindruckt von dem Ergebnis dieser Aktion und dachte, sie war überraschend erfolgreich gewesen. Sie sah, wie sich der Co-Pilot auf den Weg zum Cockpit machte. Nicht lange danach kam Mozart heraus und ging nach hinten zu seinem Teamkollegen. Auf seinem Weg bemerkte er sie und blieb stehen.

»Sind Sie sicher, dass es Ihnen gut geht, Madam?«, fragte Mozart höflich.

»Ja, danke«, antwortete sie, ohne näher darauf einzugehen oder von ihren fortgesetzten Bemühungen, das Blut abzuwischen, aufzublicken. Sie hatte im Moment einfach keine Nerven.

Mozart hielt einen Moment inne und starrte sie an. Als Caroline merkte, dass er nicht gegangen war, hob sie schließlich den Blick und starrte zurück. Was wollte er von ihr hören? Dass es ihr nicht gut ging? Dass sie verletzt und verängstigt war und aus diesem blöden Flugzeug *raus* wollte? Obwohl das alles stimmte, wäre nichts davon im Moment sehr hilfreich gewesen, also schwieg sie. Ihre Nerven hingen nur noch an einem seidenen Faden, bevor sie ausflippen würde. Schließlich nickte Mozart und ging weiter.

Caroline saß auf dem Gangplatz in ihrer Reihe, die Füße auf dem Sitz und die Arme um die Beine geschlungen. Sie fühlte sich etwas aufsässig und weigerte sich, den Sicherheitsgurt anzulegen. Wenn sie einen verdammten Terroranschlag überleben konnte, könnte sie auch das Risiko eingehen, nicht angeschnallt zu sitzen. Sie wusste, dass es lächerlich war, das Gefühl zu haben, auf dem ihr zugewiesenen Platz sitzen zu müssen. Es war nicht so, als würde es jemanden interessieren, wo sie saß. Auf den meisten anderen Plätzen saßen immer noch die anderen Leute. Sie hätte sich gern zurück auf den Mittelsitz gesetzt, konnte es aber nicht ertragen, neben dem Kerl am Fenster zu sitzen. Er war in sich zusammengesunken. Sie war erleichtert zu sehen, wie sich seine Brust hob und senkte. Es wäre schrecklich, wenn all die Menschen um sie herum tot wären. Andererseits war sie froh, dass sie nicht bei Bewusstsein waren, bei allem, was passiert war. Nach der Reaktion der wenigen Leute im hinteren Teil des Flugzeugs zu urteilen, hätte das kein gutes Ende genommen. Die gesamte Situation wäre viel schwieriger gewesen, wenn es Hunderte in Panik geratener Menschen gegeben hätte.

Die nächsten dreißig Minuten waren die längsten, die Caroline in ihrem Leben bisher erlebt hatte. Es fühlte sich sogar länger an als der Zeitraum, während sie darauf gewartet hatte, dass die Terroristen ihren nächsten Schritt machten. Vielleicht fühlte es sich länger an, weil Matthew nicht neben ihr saß? Er gab ihr das Gefühl, in Sicherheit zu sein und dass nichts sie verletzen könnte. Jetzt fühlte sie sich einfach nur allein und unter Schock.

Caroline wusste, dass sie noch nicht in Norfolk waren, als sie bemerkte, wie das Flugzeug langsam zum Sinkflug ansetzte. Es war noch nicht genügend Zeit vergangen. Sie mussten irgendwo notlanden. Sie sah sich noch einmal um. Die meisten Passagiere bewegten sich noch nicht. Caroline konnte sich nicht länger zurückhalten, beugte sich vor und überprüfte den Puls des Mannes, der am Fenster saß. Der Puls war zu spüren, war aber sehr schwach. Hoffentlich gab es dort, wo sie landeten, ein gutes Krankenhaus. Diese Leute hatten es nicht verdient zu sterben.

Schließlich landete das Flugzeug. Es war nicht die sanfteste Landung, aber sie waren sicher auf dem Boden. Caroline wartete und hörte, wie der Co-Pilot über Lautsprecher mit wackeliger Stimme erklärte, was vor sich ging.

»Hier spricht der Co-Pilot. Wir mussten in Omaha, Nebraska, eine Notlandung machen. Jeder, der dazu in der Lage ist, begibt sich bitte in den hinteren Teil des Flugzeugs. Rettungskräfte und Bundespolizei werden in Kürze an Bord kommen. Alle Passagiere und die Crew werden so schnell wie möglich evakuiert und medizinisch versorgt werden. Gott sei Dank, wir haben es alle geschafft.«

Das Flugzeug verstummte. Caroline stand auf und ging in den hinteren Teil der Maschine. Acht Zivilisten standen hier – fünf Frauen und drei Männer. Die Männer sahen aus wie Geschäftsleute und die Frauen ... die Frauen waren einfach nur wunderschön. Lieber Gott, gab es denn keine hässlichen Leute mehr? Oh Mist, war *sie* die hässliche Person hier? Die Frauen waren alle groß und schlank. Eine hielt sich an dem SEAL fest, der in Reihe vierundzwanzig gesessen hatte. Caroline wusste immer noch nicht, wie er hieß. Eine andere umschwärmte den Mann, den Caroline als Mozart kannte. Die anderen Frauen drängten sich um die zivilen Männer. Es sah so aus, als wären sie alle durch die schreckliche Erfahrung miteinander verbunden, während Caroline wieder außen vor geblieben war und nun dumm aus der Wäsche schaute.

Die SEALs waren durch die Sitzreihen gegangen und hatten den Zustand der anderen Passagiere überprüft, aber es gab nicht viel, was sie für sie tun konnten. Caroline ging an den Frauen vorbei, die sich über die SEALs hermachten, ohne sie anzusehen, und begab sich in die hinterste Ecke der Bordküche.

Die Klappsitze waren bereits belegt mit einem Mann, der eine Frau auf dem Schoß hatte, und einer weiteren Frau, die keine Anstalten machte, sich zu bewegen. Caroline lehnte sich mit dem Rücken an die Wand und rutschte daran herunter, bis sie auf dem Fußboden saß. Sie zog die Knie an und legte den Kopf darauf. Sie nahm an, dass es eine Weile dauern würde, bis sie gehen konnten, und sie wollte sich einfach nur ausruhen.

Caroline konnte nicht sehen, wie Mozart und der SEAL, dessen Namen sie nie erfahren hatte, Blicke austauschten. Sie war nur müde und ängstlich. Sie wollte duschen, um den Rest des Blutes abzuwaschen, wusste aber, dass das nicht so schnell passieren würde.

Als die Rettungskräfte an Bord kamen und den Abtransport der Passagiere organisierten, hörte Caroline, wie Brandy, eine der Frauen, die mit den anderen Passagieren hinten stand, etwas über eine Schnittwunde rief, die Mozart sich offensichtlich zugezogen hatte.

»Machen Sie sich keine Sorgen um mich«, sagte er. »Das ist nur eine Fleischwunde, ich kenne mich damit aus, ich bin Sanitäter. Außerdem hat das Krankenhaus genug damit zu tun, die anderen Passagiere zu versorgen. Ich werde mich selbst darum kümmern oder einen meiner Freunde bitten, es sich anzusehen. Mir geht es gut, machen Sie sich keine Sorgen um mich. Sorgen Sie aber dafür, dass *Sie* sich selbst untersuchen lassen, um sicherzugehen, dass es Ihnen gut geht, Schätzchen.«

Caroline stimmte schweigend zu und bewunderte ihn. Der SEAL hatte recht, wenn sie an ihre schmerzende Seite dachte. Obwohl sie verletzt war, lebte sie und wollte keine Mühe machen. Es war wahrscheinlich keine große Sache, nur ein Kratzer. Die anderen Leute im Flugzeug brauchten dringender medizinische Hilfe als sie. *Sie* waren bewusstlos und hatten wer weiß was geschluckt. Caroline wünschte, sie hätte eine größere Hilfe sein können. Wenn sie herausgefunden hätte, welche Chemikalie im Eis war, könnten die Ärzte den Passagieren schneller helfen, aber ohne ihr Labor hatte sie keine Ahnung.

Schließlich waren alle Passagiere in die örtlichen Krankenhäuser gebracht worden. Caroline war in einen Trancezustand gefallen – halb wach, aber sich kaum dessen bewusst, was um sie herum geschah.

Nachdem das Flugzeug von den anderen Passagieren geräumt war, brachten die Polizei und das FBI die kleine Gruppe Zivilisten im hinteren Teil des Flugzeugs nach draußen, damit sie von den Rettungskräften untersucht werden konnten. Caroline beobachtete distanziert die Reaktionen der anderen Frauen und Männer auf die im Flugzeug verstreuten toten Terroristen. Sie waren jetzt mit Laken bedeckt, aber das Blut auf dem Boden war immer noch klar sichtbar, als sie daran vorbeigingen.

Caroline glaubte nicht, dass jemand ernsthaft verletzt war, aber die Polizisten würden auf keinen Fall jemanden aus dem Flugzeug steigen lassen, ohne dass er zumindest kurz untersucht wurde. Heutzutage mussten sie jederzeit mit einer Klage rechnen. Das würden sie nicht riskieren.

Als Caroline an der Reihe war, war der Rettungssanitäter nicht zufrieden mit ihrem Zustand. »Ich kann sehen, dass Sie sich die Seite halten. Lassen Sie mich einen Blick darauf werfen.«

Caroline versuchte, ihn abzuweisen. »Nein, wirklich, es ist nichts. Ich habe mich nur gestoßen, als ich im Flugzeug gefallen bin – es ist in Ordnung.«

»Ich muss es mir wenigstens ansehen«, beharrte er.

»Nun ...« Caroline wollte gerade aufgeben, als Brandy, eine der Zivilistinnen, neben dem jungen Mann auftauchte.

»Sir, mir ist ein bisschen schwindelig. Kann ich mich irgendwo hinsetzen?«

Als Caroline sie ansah, glaubte sie nicht, dass sie wirklich krank aussah. Die Frau hatte ihre Hand um den Bizeps des Sanitäters gelegt, lehnte sich an ihn und drückte ihre großen Brüste gegen ihn.

»Äh, ja, sicher. Lassen Sie mich das hier nur fertigmachen, dann bin ich gleich für Sie da. Bitte setzen Sie sich dort auf die Stoßstange, damit Sie nicht fallen und sich verletzen.«

Caroline hätte am liebsten mit den Augen gerollt. Als der Sanitäter sich wieder zu ihr umdrehte, konnte sie sehen, dass er in Gedanken bereits bei Brandy war. Sie würde ihn aus seinem Elend befreien.

»Geben Sie mir einfach ein paar Alkoholtücher oder so. Ich bin nicht so schwer verletzt. Dann können Sie nachsehen, was Brandy braucht.«

Es war lächerlich, wie schnell der Mann jetzt einwilligte und ein paar antiseptische Tücher hervorholte. Caroline glaubte fest, dass es gut war, dass sie nicht wirklich schlimmer verletzt war. Sie könnte wahrscheinlich blutend auf dem Boden liegen und die Männer um sie herum würden sie immer noch ignorieren.

Nachdem alle Passagiere, die bei Bewusstsein waren, untersucht worden waren, versicherte sich die Polizei, dass niemand lebensbedrohlich verletzt war, und ließ diejenigen die nötigen Papiere unterschreiben, die den Transport ins Krankenhaus verweigerten. Danach wurde die Gruppe in einen kleinen Bus gebracht.

Als der Shuttlebus von der Landebahn fuhr, war Caroline ein wenig deprimiert. Matthew, Mozart und der andere SEAL fuhren in einem separaten Bus wer weiß wohin. Sie sah genau zu, wie die SEALs zu ihrem Bus gingen, ob Matthew sie auf irgendeine Weise bemerken oder sich nach ihr umdrehen würde. Natürlich tat er es nicht. Er und seine Teamkollegen gingen tief in eine Unterhaltung versunken davon, ohne sich noch einmal nach dem Flugzeug umzudrehen. Es hätte sie nicht überraschen sollen. Das passierte ihr jeden Tag.

Es waren nur noch die acht Passagiere übrig und sie. Caroline folgte den anderen Passagieren in den Bus. Sie wurden zum Terminal gefahren und durch eine Seitentür in einen Extraraum im Flughafen gebracht. Die Bundespolizei wollte ihre Seite der Geschichte hören.

Zwei Stunden später stand Caroline kurz vor einem Nervenzusammenbruch. Sie wollte nur noch weg von hier. Sie wollte nach Norfolk und das alles hier hinter sich lassen. Sie wurden erst als Gruppe und dann separat befragt. Die anderen Passagiere hatten keine Ahnung, was passiert war. Sie hatten den Beamten mitgeteilt, dass sie in einem Moment noch auf ihren Sitzen saßen und im nächsten Augenblick mit Messern an der Kehle in den hinteren Teil des Flugzeugs getrieben wurden. Sie hatten Schreie und dergleichen gehört, aber nichts gesehen. Niemand wusste, warum die anderen Passagiere ohnmächtig geworden waren.

Caroline nickte nur zustimmend im Takt mit dem, was die anderen sagten. Niemand schenkte ihr Beachtung. Sie war es ja gewohnt und hatte im Moment tatsächlich darauf gehofft. Das Blut auf ihrer Kleidung erklärte sie damit, dass sie ausgerutscht und in das Blut eines der Terroristen gefallen war. Sie wollte nichts preisgeben, weil sie wusste, dass SEAL-Missionen streng geheim waren. Und obwohl es keine Mission gewesen war, waren sie zur falschen Zeit am falschen Ort gewesen ... oder war es genau der richtige Ort zur richtigen Zeit gewesen? Sie wollte keines ihrer Geheimnisse oder sonst etwas verraten. Sie war sich nicht sicher, was sie sagen sollte oder nicht. Das FBI oder wer auch immer müsste schon von den SEALs selbst erfahren, was sie wissen mussten, nicht von ihr. Sie spielte in diesem ganzen Drama doch keine Rolle, sagte sie sich. Sie war nur Caroline Martin, eine ganz normale Bürgerin.

Nachdem die Beamten alles gehört hatten, was die Passagiere über die versuchte Entführung wussten, durften sie gehen – nachdem sie eindringlich gebeten worden waren, nicht mit der Presse über den Vorfall zu sprechen. *Ja, genau!*, dachte Caroline. Eine Flugzeugentführung wäre für die Medien ein großes Geschäft, *riesig*. Und sie wusste, dass Brandy diese Gelegenheit, ins Fernsehen zu kommen, auf keinen Fall ungenutzt lassen würde. Caroline war froh, dass Brandy und die anderen nicht wussten, was Matthew und seine Freunde von Beruf waren, aber natürlich gab es Spekulationen, dass sie einer Art militärischen Geheimagentur angehörten oder so.

Caroline war sich nicht sicher, *wohin* sie gehen sollte. Draußen war es dunkel. Die Mitarbeiter der Fluggesellschaft waren nicht mehr da. Der Flughafen war bis auf ein oder zwei Hausmeister verlassen. Es war eine kleine Stadt und nur ein regionaler Flughafen. Es gab keine Flüge so spät am Abend. Der Gruppe wurde mitgeteilt, dass alle am nächsten Morgen ein Ticket für den Weiterflug bekämen. Caroline seufzte. Sie hatte nicht mal ihre Geldbörse. Die war noch im Flugzeug. Sie musste warten, bis ihr Gepäck freigegeben wurde, damit sie ihren Ausweis für den Weiterflug nach Virginia verwenden konnte.

Anscheinend wollte die Fluggesellschaft alle in einem örtlichen Hotel unterbringen. Die Angestellten der Airline hatten der Polizei mitgeteilt, dass sie nach Abschluss der Befragung mit dem Bus ins Hotel fahren und dort kostenlos übernachten könnten. Caroline war froh, das zu hören, da sie kein Geld hatte. Bei dem Blick auf das Gelände außerhalb des Flughafens änderte sie aber ihre Meinung.

Da draußen war die Hölle los. Überall standen die Wagen von Nachrichtenagenturen und ein Haufen Leute stand herum. Es war wie in einem Irrenhaus. Die Reporter versuchten, mit jedem zu sprechen, der in der Nähe war, und hofften, somit an Informationen über die Entführung zu gelangen, die sie in ihrer Morgensendung verwenden könnten. Caroline entdeckte sogar einen CNN-Wagen zwischen all den anderen Fahrzeugen.

Sie wollte absolut nichts mit den Medien zu tun haben. Es war nicht so, als hätte sie Angst davor, mit ihnen zu reden, sie war einfach nur erschöpft von allem, was an diesem Tag passiert war. Der Kampf mit dem Terroristen im Gang forderte schließlich seinen Tribut – sie war müde und hatte Schmerzen. Caroline wollte nur noch eine dunkle Ecke finden und die Augen schließen. Nein, was sie wirklich wollte, waren ein Bad und ein Gespräch mit ihrer Mutter. Da das aber nicht möglich war, würde sie sich mit der dunklen Ecke begnügen, in der sie mit niemandem reden musste.

Caroline sah, wie Brandy und die anderen Frauen versuchten, ihre ohnehin tadellosen Frisuren und Kleider zurechtzumachen, und wie ein Licht der Entschlossenheit in ihren Augen aufleuchtete. Sie hatten die Mediengeier gesehen und waren begeistert darüber, im Rampenlicht stehen zu können. Die kleine Gruppe von Zeugen, die die Bitte ignorierte, nicht mit der Presse zu sprechen, verließ schnell die Eingangshalle und betrat die Arena. Niemand schaute zurück auf die ruhige, schlichte Frau, die in den Tiefen des Flughafens verschwand.

KAPITEL ACHT

Wolf, Mozart und Abe ließen sich an der Bar des Hotels nieder. Sie hatten eine Stunde am Telefon mit ihrem Kommandanten verbracht, um zu besprechen, was vorgefallen war, dann eine weitere Stunde, um alles noch einmal dem FBI zu erklären. Wie es in ihrem Beruf üblich war, wurden die meisten ihrer Aktionen heruntergespielt, sodass die Geschichte, die das FBI bekam, eine etwas verwässerte Version war.

Aber jetzt waren sie allein und konnten sich untereinander austauschen. Nachdem sie die offizielle Version mit den Behörden besprochen hatten, konnten sie jetzt unter sich über die wahre Geschichte reden. Etwas, wofür sie vorher noch keine Zeit gehabt hatten.

»Woher wusstest du, was los war, Wolf?«, fragte Mozart leise, damit niemand etwas mitbekam. Sie alle wussten, dass wahrscheinlich jeder im Flugzeug – sie eingeschlossen – nun tot wäre, wenn sie etwas getrunken hätten. Es war ein ernüchternder Gedanke, aber nichts, was sie vorher nicht schon durchgemacht hätten.

Wolf schüttelte den Kopf. »Ich wusste es nicht. Das war Caroline.«

»Wer?«, fragte Abe verwirrt.

»Die Frau, die neben mir gesessen hat. Die Brünette.«

»Die, die uns die Nachricht übermittelt hat«, warf Mozart bestimmt ein.

Wolf nickte. »Sie ist Chemikerin und hat gerochen, dass mit dem Eis etwas nicht stimmte. Sie wollte mich nicht meinen Orangensaft trinken lassen.«

Die Männer waren still und verdauten für einen Moment, was Wolf gesagt hatte. Sie stellten fest, dass sie der Frau ihr Leben zu verdanken hatten. Obwohl sie daran gewöhnt waren, alle verfügbaren Mittel einzusetzen, um ihr Ziel zu erreichen, konnte sich keiner erinnern, dass eine Zivilistin jemals ihr Leben gerettet hatte.

Die drei diskutierten weiter über das, was passiert war. Abe und Mozart hatten ebenfalls die Wirkung der Getränke auf die anderen Passagiere bemerkt und abgewartet, bis Wolf bereit war zuzuschlagen. Sie hatten instinktiv gewusst, dass Wolf den Terroristen im Cockpit ausschalten würde, da er am weitesten vorne saß. Somit hatten sie die anderen Männer überwältigen müssen.

»Was ist mit dem dritten Terroristen passiert, während ihr euch um die beiden anderen gekümmert habt?«, fragte Wolf.

»Er war im Gang und hat mit dieser Frau gekämpft«, antwortete Mozart. »Ich habe ihn erledigt und bin dann weitergelaufen, um dir zu helfen. Den Rest kennst du ja. Sie kam nach vorne und du hast sie gebeten, den Co-Piloten zu holen.«

»War sie verletzt?«, fragte Wolf Mozart und bedauerte

jetzt, dass er nicht mehr in der Lage gewesen war, mit Caroline zu sprechen, nachdem alles vorbei gewesen war.

»Ich glaube nicht. Ich habe sie gefragt, ob es ihr gut ginge, als ich nach hinten gegangen bin. Sie hat genickt, aber danach habe ich nicht mehr mit ihr gesprochen«, antwortete Mozart lässig.

»Was glaubst du, hat sie dem FBI erzählt?«, fragte Abe leise. Sie wussten, dass sie nichts falsch gemacht hatten, aber gleichzeitig wollten sie auch nicht die Aufmerksamkeit der Medien auf sich ziehen. Sie müssten in ein paar Wochen den nächsten Job erledigen, da konnten sie keinen Medienrummel gebrauchen.

»Ich habe keine Ahnung, aber sie haben uns keine weiteren Fragen gestellt und die Presse hat uns auch in Ruhe gelassen«, sagte Mozart nachdenklich.

»Apropos ... Kam euch an den Beamten, die uns interviewt haben, auch irgendetwas komisch vor?«, fragte Wolf seine Teamkollegen.

»Ja, darauf wollte ich euch auch ansprechen. Sie schienen mehr daran interessiert zu sein, *woher* wir wussten, was los war, als daran, *wer* die Terroristen waren oder *wie* sie es geschafft hatten, die Messer an Bord zu bringen«, sagte Abe und die anderen stimmten zu, dass hier etwas nicht stimmte.

Mozart fügte hinzu: »Es ist natürlich wichtig herauszufinden, wie wir von der Entführung erfahren haben, aber es ist sehr seltsam, dass sie nicht genauso viel Zeit darauf investiert haben herauszufinden, wie alles geplant wurde.«

»Ich werde mit dem Kommandanten sprechen, sobald wir in Norfolk landen, ihm unsere Bedenken mitteilen und sehen, was er in Erfahrung bringen kann. Es ist allerdings ein schlechter Zeitpunkt angesichts unserer bevorstehenden Mission. Wir haben keine Zeit, uns selbst darum zu kümmern. Außerdem wird das FBI auf keinen Fall mit uns darüber sprechen. Wir müssen es dem Kommandanten überlassen.« Wolf war frustriert. Irgendetwas stimmte nicht, aber er wusste nicht was. Sobald sie wieder auf dem Stützpunkt waren, könnten sie mehr Zeit damit verbringen, es herauszufinden. Wolf hatte sich so auf diesen Urlaub gefreut, glaubte aber jetzt nicht mehr, dass er ihn genießen könnte. Er würde von Virginia aus alles tun, um die Sache weiter zu untersuchen. Sein Bauchgefühl sagte ihm, dass er es auf keinen Fall einfach abtun durfte.

Die Männer hörten einen Tumult an der Bar. Sie schauten hinüber und sahen ein paar Frauen aus dem Flugzeug und zwei Geschäftsleute. Sie lachten laut und hatten offensichtlich ein paar Drinks zu viel gehabt. Offensichtlich war dies das Hotel, in das die Fluggesellschaft sie geschickt hatte, nachdem sie den Flughafen hatten verlassen dürfen. Den SEALs waren stillschweigend kostenlose Zimmer angeboten worden, nachdem sie mit den Behörden gesprochen hatten, die sie gern angenommen hatten. Es war offensichtlich, dass die anderen Passagiere höchstwahrscheinlich ebenfalls gratis untergebracht worden waren.

»Sie sind *heiß*«, sagte Abe und beobachtete die Frauen, immer auf der Suche nach einem One-Night-Stand. »Bis wir gehen mussten, hatte sich die Blondine da rechts in mich verguckt.« Er lachte. »Sieht so aus, als hätte sie jemand anderes gefunden, oder?«

»Wo ist Caroline?«, fragte Wolf, mehr sich selbst als seine Teamkollegen, aber sie hörten ihn trotzdem.

»Ich bin mir sicher, sie wird hier irgendwo sein. Mann, ich bin müde und könnte ein paar Stunden Schlaf vertragen. Kommt ihr?«, fragte Abe und tat Wolfs Sorge um Caroline ab, als könnte er sich nicht einmal daran erinnern, sie getroffen zu haben.

Als die drei Männer zu ihren Zimmern gingen, konnte Wolf nicht anders, als darüber nachzudenken, warum Caroline nicht da war. Sie war unglaublich gewesen. In seinen Augen war sie die Heldin der ganzen Aktion. Ohne sie wären alle tot. Zur Hölle, Hunderte von Passagieren wären tot.

Er erinnerte sich, wie er zurückblickte und sie mit einem Terroristen kämpfen sah, einem verdammten *Terroristen*. Er konnte nicht glauben, dass sie tatsächlich ihr Bein in den Gang gestreckt hatte, um den Kerl zum Stolpern zu bringen, als er auf ihn zukam. Es war eine ziemlich dumme Idee und er wusste, dass es wehgetan haben musste.

Wolf hatte Angst um sie gehabt und sich hilflos gefühlt, weil er in diesem Moment nichts für sie tun konnte. Er wünschte, er hätte mit ihr sprechen können, bevor sie gegangen waren, aber er hatte keine Zeit gehabt. Sobald sie das Flugzeug gelandet hatten, mussten er, Mozart und Abe ihre Geschichte abstimmen, bevor sie vom FBI vernommen wurden. Er hatte nicht einmal daran gedacht, nach Caroline zu sehen, bevor er das Flugzeug verlassen hatte. Plötzlich fühlte er sich schlecht dabei. Hatte sie ihn gehen sehen? Was hatte sie wohl gedacht? Hatte sie sich überhaupt darum gekümmert?

Wolf fragte sich erneut, wo sie jetzt war. War sie okay? Er hatte plötzlich das dringende Bedürfnis, mit ihr zu sprechen, um sicherzustellen, dass es ihr gut ging. Alles war so schnell gegangen und er wollte nur ... er wusste nicht genau, was er wollte. Er hoffte, er würde sie morgen sehen. Sie sagte, sie wäre auf dem Weg nach Norfolk, also müsste sie morgen am Flughafen sein. Ihr Kommandant hatte gesagt, er schickt eine Militärmaschine, um sie am nächsten Morgen abzuholen. Vielleicht würde er Caroline am Flughafen sehen, bevor sie abreisten. Er schwor sich, früh genug da zu sein, damit er Zeit hätte, den Flughafen zu durchsuchen und zu sehen, ob er sie finden und sich bei ihr bedanken könnte.

Caroline wusch sich auf der Flughafentoilette so gut wie möglich Gesicht, Hände und Arme. Das Terminal war größtenteils verlassen mit ein paar vereinzelten Passagieren hier und da und natürlich den Putzkolonnen, die eifrig ihren Job erledigten. Sie hatte Hunger und wollte sich die Zähne putzen, hatte aber kein Geld und schon gar keine Zahnbürste. Es wäre allerdings auch egal, selbst wenn sie tausend Dollar gehabt hätte, die Läden waren alle geschlossen.

Caroline drehte ihr Hemd um und versuchte, etwas von dem getrockneten Blut zu verbergen. Sie wollte das getrocknete Blut des Terroristen nicht wirklich auf ihrer Haut haben, aber sie wollte auch nicht weiter auffallen. Außerdem hatte sie keine Kleidung zum Wechseln, also musste sie sich mit dem Hemd arrangieren, das sie anhatte.

Die Schnittwunde an ihrer Seite blutete leicht, selbst nachdem sie die antiseptischen Tücher verwendet hatte, die der Sanitäter ihr gegeben hatte. Caroline glaubte aber nicht, dass sie sich in unmittelbarer Gefahr befand. Es tat weh, aber sie konnte jetzt nichts weiter dagegen tun. Sie würde zum Arzt gehen, wenn sie in Norfolk ankam. Es würde ihr gut gehen. Caroline überlegte einen Moment, ob sie ein Krankenhaus in Nebraska aufsuchen sollte, wies den Gedanken aber fast unmittelbar wieder zurück. Wahrscheinlich würden sie sowieso nur ein paar sterile Binden auflegen und in ein paar Tagen wäre es ohnehin wieder gut.

Außerdem wollte sie auch nicht ins Krankenhaus gehen, weil es dort wahrscheinlich von Reportern nur so wimmelte, die versuchten, mit den Passagieren zu reden. Hinzu kam, dass die Ärzte im Krankenhaus, wie Matthews Freund im Flugzeug so treffend erwähnt hatte, wichtigere Dinge zu tun hatten, als sich um ihren kleinen Schnitt zu kümmern. Und sie wollte einfach nur nach Norfolk. Außerdem hasste Caroline Krankenhäuser. Sie würde niemals in eines gehen, wenn es sich irgendwie vermeiden ließ. Sie hatte zu lange Zeit ihres Lebens in einem verbracht, um sich jetzt freiwillig einzuweisen. Solange sie noch aufrecht gehen konnte und ihr Arm nicht abfiel, würde sie sich selbst behandeln.

Caroline rollte ein paar Papiertücher zusammen und drückte sie auf ihre Seite, als sie die Damentoilette verließ. Sie suchte nach einem Platz, wo sie sich für die Nacht hinlegen konnte. Gott sei Dank hielt die Flughafenpolizei die Reporter fern. Vielleicht konnte sie ein paar Stunden schlafen. Sie fand einen dunklen, leeren Flugsteig und ging bis in die hinterste Ecke. Mist. Die Sitze hatten alle Armlehnen, die sich nicht herunterklappen ließen, und sie hatte keine Lust, im Sitzen zu schlafen.

Caroline gab es auf, einen bequemen Sitz zu finden. Sie ließ sich auf den Boden sinken, drehte sich auf die Seite und vergewisserte sich, dass die Papiertücher auf ihre Seite drückten. Hoffentlich würde die Blutung durch den Druck ihres Körpers bis zum Morgen nachlassen.

Caroline schloss die Augen und versuchte, die Bilder auszublenden, die sie bombardierten. Sie sah die Augen des Terroristen, kurz bevor seine Kehle durchgeschnitten wurde. Sie sah den Fremden neben sich sitzen, der sich ans Fenster lehnte. Sie sah sich selbst, wie sie einen verdammten Terroristen zum Stolpern brachte und wie er durch die Luft flog. Sie sah die blinden Augen des Piloten und des Terroristen, die das Flugzeug geflogen hatten. Es kam ihr vor, als würde sie einen Film anschauen und nicht ihre Erinnerungen an Ereignisse, die ihr tatsächlich passiert waren. Szenen, in denen Matthew ihre Hand hielt und mit seinem Daumen über ihren Handrücken strich. Sie sah den zärtlichen Ausdruck in seinen Augen, als er fragte, ob es ihr gut ginge, als er im Cockpit saß. Schließlich sah sie, wie er, ohne sich noch einmal umzublicken, vom Flugzeug wegging.

KAPITEL NEUN

Das Militärflugzeug flog erst am frühen Nachmittag ab, also konnte das SEAL-Team in Ruhe frühstücken – zumindest so ruhig es unter den Rufen und dem Blitzlichtgewitter der Medien vor dem kleinen Hotel sein konnte – und beobachtete, wie die Männer und zwei der Frauen aus dem Flugzeug sich auf den Weg zum Flughafen machten, um zu sehen, ob sie einen Weiterflug erwischen könnten.

Bevor sie gingen, hatte Abe sie irritiert darüber reden hören, dass die Fluggesellschaft und das FBI ihnen ihr Gepäck noch nicht zurückgegeben hatten. Die Männer hatten ihre Brieftaschen, aber die Handtaschen der Frauen waren noch im Flugzeug. Dabei musste Abe über die Frau nachdenken, die ihnen das Leben gerettet hatte. Er hatte letzte Nacht mehrmals an sie denken müssen. Gestern war ein verrückter Tag gewesen, aber nachdem er Zeit zum Nachdenken gehabt hatte, schämte er sich jetzt für sich und seine Teamkollegen.

»Wegen dieser Frau ...«, platzte es plötzlich aus ihm heraus, als sie sich alle zum Frühstück hingesetzt hatten.

Wolf und Mozart sahen ihn überrascht an.

»Was ist mit ihr?«, fragte Wolf. Irgendwie wusste er sofort, dass Abe über Caroline sprach, und er fühlte sich sofort verantwortlich, ohne dass er einen guten Grund dafür hätte anführen können. Aber er wusste, dass er auf keinen Fall zulassen würde, dass Abe sich an Caroline heranmachte, wenn es das war, worauf er hinauswollte. Er war viel zu sprunghaft mit den Damen und hatte noch nie eine dauerhafte Beziehung gehabt. Er wollte nicht, dass Caroline nur eine weitere Eroberung für Abe wäre.

»SEALs lassen SEALs nicht zurück. Niemals.« Das war ihre Devise. Das, was jeder SEAL während ihrer höllischen Ausbildung auf der Militärakademie gelernt hatte. »Warum habe ich das Gefühl, ein Teammitglied zurückgelassen zu haben?«, fragte Abe leise. Keiner der anderen Männer sagte etwas.

»Wir haben heute Morgen von den Frauen gehört, dass sie ihre Handtaschen noch nicht zurückhaben. Sie durften ihre Sachen nicht aus dem Flugzeug holen. Wir haben Ice gestern Abend nicht gesehen und heute Morgen war sie auch nicht zum Frühstück hier. Wo ist sie?«

»Wer?«, fragte Mozart.

Abe lächelte zum ersten Mal an diesem Morgen. »Ice. Das ist ihr Spitzname.«

Die anderen nickten und wussten sofort, wie sie sich ihren Spitznamen verdient hatte. Ohne Caroline, die das Eis gerochen und gewusst hatte, dass etwas nicht stimmte, wären sie alle tot.

Wolf hatte immer noch nichts gesagt, sondern stand auf und sammelte leise seine Sachen zusammen. Mozart und Abe mussten nicht einmal fragen, was er tat. Sie waren lange genug zusammen, um zu wissen, wenn Wolf sich entschieden hatte, etwas zu tun, dann ging es nur noch darum, es auch umzusetzen. Nachdem sie ein paar Scheine auf den Tisch geworfen hatten, um für die Mahlzeit zu bezahlen, die sie kaum angerührt hatten, folgten sie seinem Beispiel. Sie mussten ihre Teamkollegin finden.

Caroline stand an die Wand des Flughafens gelehnt da und beobachtete das Chaos um sich herum. Sie hatte die Nacht zuvor beschissen geschlafen. Obwohl der Flughafen im Grunde verlassen war, lief die ganze Nacht diese blöde Ansage über das Halteverbot in der weißen Zone und dass man Gefahr lief, dort abgeschleppt zu werden. Sie hatte keine Ahnung, warum die Ansage auch weiterhin ertönte, obwohl es keine Passagiere gab, die zuhörten. Die Aufnahme, zusammen mit ihren Albträumen und den Schmerzen in ihrer Seite, hatte verhindert, dass sie einen guten Schlaf bekam.

Als Caroline an diesem Morgen aufgewacht war, fühlte sie sich benommen und schwach und konnte nicht klar denken. Sie war zur Toilette gegangen, um die Schnittwunde zu überprüfen, und war etwas besorgt gewesen, zu sehen, dass sie wieder zu bluten begann, sobald sie die Papiertücher von ihrer Seite nahm. Die Wunde war gerötet und offensichtlich auch infiziert. Toll.

Dieser Terrorist hätte zumindest dafür sorgen können, dass sein Messer sauber war, dachte Caroline grimmig und zuckte zusammen, als sie gegen die Wunde an ihrer Seite stieß.

Zumindest gab es eine gute Nachricht an diesem Morgen – sie hatte endlich ihre Handtasche zurückbekommen. Da sie bereits am Flughafen war, war sie die Erste, die ihre Sachen bekam. Die anderen Gepäckstücke der Passagiere befanden sich noch im Rumpf des Flugzeugs, denn die Fluggesellschaft durfte sie noch nicht freigeben. Es wurde immer noch untersucht, wie die Terroristen ihre Waffen an Bord geschmuggelt hatten, und das Gepäck aller Passagiere musste durchsucht werden. Sie war beruhigt zu hören, dass die Koffer irgendwann nach Abschluss der Untersuchung nach Norfolk geflogen würden. Der Mitarbeiter der Fluggesellschaft reichte ihr mit einem kleinen entschuldigenden Lächeln eine Visitenkarte.

Caroline kaufte eine Flasche Wasser und einen Bagel, sobald das kleine Café am Flughafen öffnete. Als sie anfing zu essen, wurde ihr aber sofort übel. Sie hoffte, dass sie später etwas Appetit haben würde, also warf sie die Nahrungsmittel nicht weg, sondern verstaute alles in ihrer Handtasche.

Den ganzen Morgen über waren immer mehr Angehörige der Flugzeugpassagiere auf dem kleinen Flughafen eingetroffen. Viele der Passagiere waren bereits aus dem Krankenhaus entlassen worden. Caroline beobachtete eine Weile den Spießrutenlauf durch die Medien, als sie versuchten, in den Flughafen zu gelangen. Es schien, als wären noch mehr Fernsehübertragungswagen und

Reporter da draußen als am Abend zuvor. Natürlich war dies ein großes Medienereignis. Eine versuchte Flugzeugentführung nach dem Anschlag vom 11. September war ein Riesending und es wurde weltweit davon berichtet.

Die Passagiere, die sich entschieden hatten, tapfer zu sein und wieder zu fliegen, standen mit ihren Angehörigen in einer Schlange an, um mit jemandem von der Fluggesellschaft zu sprechen. Alle wollten nach Virginia oder zumindest *irgendwohin* weg von hier, aber die Fluggesellschaft hielt sie natürlich hin. Caroline dachte, die Fluggesellschaft könnte zumindest ein anderes Flugzeug hierherbringen, um alle Passagiere transportieren zu können. Aber sie wusste nicht wirklich, wie die Branche funktionierte, und wahrscheinlich war das leichter gesagt als getan.

Caroline stand an der Wand, beobachtete die Schlange vor dem Schalter des Kundenservices und wartete darauf, dass sie kürzer wurde. Sie hätte sich heute Morgen als Erste anstellen sollen. Das war einer der Gründe, warum sie die Nacht am Flughafen verbracht hatte anstatt im Hotel, aber sie hatte Hunger und ihr war übel, also hatte sie es aufgeschoben. Jetzt war die Schlange zu lang, als dass sie sich hätte anstellen können – nicht mit den Schmerzen, die ihre Seite im Moment verursachte. Wenn sie logisch darüber nachgedacht hätte, wäre ihr aufgefallen, dass die Schlange nicht so schnell kürzer werden würde, weil immer mehr Leute am Flughafen ankamen. Sobald eine Person bedient worden war, hatte sich am Ende der Schlange bereits die nächste angestellt.

Caroline musste ein anderes Flugzeug in Richtung

Osten nehmen, war sich aber nicht sicher, wann der nächste Flug ging. Verdammt, sie würde sowie keinen Platz im nächsten Flieger bekommen. Auf der Warteliste zu stehen war echter Mist. Sie schloss die Augen. Sie würde sich einfach hier an der Wand ausruhen, bis die Schlange kürzer wurde. Allzu lange konnte das doch nicht dauern.

Mozart, Abe und Wolf betraten das Flughafengebäude, ohne zu wissen, ob sie Ice dort finden würden. Sie mussten es aber wenigstens versuchen. Die Reporter waren furchtbar aggressiv vor dem kleinen Terminal. Die drei Freunde gingen einfach durch die Menge und weigerten sich, mit irgendjemandem zu reden. Als sie das Gebäude betraten, hielten sie an und sahen sich in der Gepäckausgabe um. Es war wie im Irrenhaus. Offensichtlich waren die Angehörigen der Passagiere eingetroffen.

»Wir sollten uns trennen und nachschauen, ob sie hier unten ist«, sagte Mozart. »Wir treffen uns wieder hier in zehn.«

Jeder machte sich auf in eine andere Richtung. Zehn Minuten später waren sie wieder zurück. Von Caroline keine Spur. Der Flughafen war nicht besonders groß und die Gepäckausgabe hatte nur drei Karussells.

Die drei Männer gingen nach oben zu den Verkaufsschaltern. Oben an der Treppe sahen sie sich um. Es gab einen Kundenservice mit einer ellenlangen Warteschlange und zwei Verkaufsschalter mit ebenfalls langen Wartezeiten. Es gab auch ein paar kleine Läden und den Durchgang zu den Flugsteigen, wo die Sicherheitskontrollen durchgeführt wurden. Der ganze Bereich war nicht sehr groß und sie konnten ihn fast komplett überblicken. Es bestand die Möglichkeit, dass Caroline bereits durch die Sicherheitskontrolle gegangen war und an einem der Flugsteige auf ihr Flugzeug wartete. Es war allerdings unmöglich für das Team, an der Sicherheitskontrolle vorbeizukommen, um dahinter nach ihr zu suchen.

Mozart sah sich um und konnte kein Anzeichen von Ice entdecken. Er sagte niedergeschlagen: »Ich hatte wirklich gehofft, sie wäre noch hier.«

»Wir sollten uns wahrscheinlich auf den Weg machen«, fügte Abe leise und enttäuscht hinzu, als Mozart die Frau, die ihr Leben gerettet hatte, nicht finden konnte.

Wolf sah sie ungläubig an. »Seid ihr blind? Sie steht doch dort drüben.« Er drehte sich um und ging zu Caroline. Sie stand mit geschlossenen Augen an einer Wand. Sie trug offensichtlich noch die gleichen Klamotten wie am Vortag. Wolf traf ein schweres Schuldgefühl. Verdammt.

Obwohl Caroline erschöpft und elend aussah, war sie für ihn trotzdem attraktiv. Wolf war so erleichtert, dass sie noch hier war, dass er spürte, wie es bis in seine Zehenspitzen kribbelte. Er konnte es kaum erwarten, wieder mit ihr zu reden. Er war hin und weg.

Abe und Mozart folgten dicht hinter Wolf, während er auf sie zuging.

»Verdammt, ich habe sie nicht mal gesehen«, entschuldigte sich Abe leise bei Wolf.

»Ich auch nicht, Abe«, entgegnete Mozart mitfühlend. »Sie zieht nicht gerade die Aufmerksamkeit auf sich, oder?«

Wolf erreichte Caroline zuerst. Sie hatte ihn nicht kommen sehen und er wollte sie nicht erschrecken.

»Caroline?«, flüsterte er.

Caroline war in ihrer eigenen Welt. Sie stellte sich gerade vor, in einem großen Bett zu schlafen, als sie ihren Namen hörte. Erschrocken schlug sie die Augen auf. Mist. Wie hatte sich jemand an sie heranschleichen können? Sie war offensichtlich müder als gedacht.

Ihr Gehirn erkannte, dass es Matthew war, bevor ihr Körper es tat. Sie konnte sich nicht mehr davon abhalten, der wahrgenommenen Bedrohung auszuweichen und einen Schritt zur Seite zu taumeln. Wolf war auf ihre Reaktion vorbereitet und packte sie am Arm, um zu verhindern, dass sie hinfiel. Caroline spürte, wie er mit seiner Hand ihre verletzte Seite berührte, als er sanft ihren Arm festhielt. Sie musste sich sehr zusammenreißen, um nicht vor Schmerzen zusammenzuzucken. Aus irgendeinem Grund wollte sie nicht, dass dieser unglaubliche Mann wusste, dass sie verletzt war. Caroline und Wolf sahen sich nur einen Moment an, dann waren Mozart und Abe da.

»Da bist du ja! Wir haben nach dir gesucht, Ice«, rief Abe.

»Nach mir?«, war alles, was Caroline herausbekam, so überrascht war sie. »Warum?«

»SEALs lassen einen SEAL nicht zurück. Niemals!«, sagte er mit vollem Ernst.

»Und? Ich bin kein SEAL«, erwiderte Caroline verwirrt.

»Vielleicht nicht offiziell, aber du hast uns das Leben gerettet, das macht dich in unseren Augen zu einer von uns«, antwortete Mozart mit Entschlossenheit.

Caroline sah verwirrt zwischen den drei Männern hin und her. Sie räusperte sich und sagte schließlich: »Ich nehme an, euch allen geht es gut?«

Wolf lachte leise. »Natürlich. Aber wie geht es *dir*?«

»Äh, ja, mir geht es auch gut«, antwortete sie und sah sie fragend an, als würde sie ... auf etwas warten. Sie hatte immer noch keine Ahnung, was die Männer von ihr wollten. Sie hatte die ganze »du bist ein SEAL«-Geschichte nicht richtig verstanden. Sie war natürlich keiner. Hatten sie den Verstand verloren?

»Was machst du hier? Hast du schon ein Ticket, um nach Norfolk zu kommen?«, fragte Mozart und unterbrach die Stille zwischen ihnen.

Caroline schüttelte den Kopf, um ihre Gedanken zu sortieren. Er hatte sie etwas gefragt. Ach ja ...

»Ich warte darauf, dass die Warteschlange kürzer wird, damit ich mich erkundigen kann, welchen Flug ich nehmen kann«, erklärte sie. »Ich kann mich nur auf die Warteliste setzen lassen, aber ich dachte, ich harre noch etwas aus, bis der Ansturm nachgelassen hat.«

»Es sieht nicht so aus, als würde das in Kürze passieren, Ice«, sagte Mozart. »Warum leistest du uns nicht eine Weile Gesellschaft?«

Caroline wusste, dass sie nicht mit ihnen zusammensitzen könnte. Sie war es nicht einmal gewohnt, von einem einzigen Mann beachtet zu werden, ganz zu schweigen von drei Männern, die so aussahen, als sollten sie das Titelblatt von *GQ* oder *Soldiers of Fortune* zieren. Sie sahen umwerfend aus und zogen die Aufmerksamkeit aller allein durch ihre Anwesenheit auf sich. Caroline konnte sehen, wie Frauen sich im Vorbeigehen zweimal nach ihnen umdrehten. Sie hatte keine Ahnung, wie diese Männer auf einer Mission in der Masse untergehen wollten. Auf keinen Fall konnten sie unbemerkt irgendwohin gehen.

Außerdem fühlte sie sich nicht gut und wollte nicht, dass sie es merkten. Caroline war verlegen, dass ein kleiner Kratzer an ihrer Seite ihr solche Schmerzen bereitete. Sie war offensichtlich eine Frau. Sie waren starke Männer, die dachten, sie sei eine von ihnen. Sie konnte keine Schwäche zeigen. Dann drang etwas, das Mozart sagte, endlich zu ihr durch.

»Ice?«

Alle drei Männer schmunzelten erneut. Meine Güte, alle drei lächelten sie an, als wäre sie die einzige Frau im Raum, und das jagte ihr einen Schrecken ein.

»Ja, Abe hat dir diesen Spitznamen gegeben, weil du mit deinen Supersinnen gerochen hast, dass mit dem Eis etwas nicht in Ordnung war, und sofort wusstest, dass etwas nicht stimmte«, erklärte Mozart.

Caroline lächelte ein bisschen. Lustig. Dann fiel ihr noch etwas auf. Es war das erste Mal, dass sie den Namen des dritten SEALs hörte. »Abe?«

Abe trat vor und nahm ihre andere Hand, die Wolf nicht festhielt, und hob sie an seine Lippen. »Ich bin Abe. Es ist schön, dich kennenzulernen, Liebes. Danke, dass du uns das Leben gerettet hast.«

Caroline zog nervös ihre Hand zurück und ignorierte seine übertriebene Schmeichelei. Irgendwie wusste sie, dass er wahrscheinlich alle Frauen gleichbehandelte. Sie war nichts Besonderes. Sie wusste auch, dass sie mit so etwas schon an einem normalen Tag nicht hundertprozentig umgehen konnte. Umso weniger wäre sie in ihrem jetzigen Zustand dazu in der Lage.

Sie schaute die drei wunderschönen Männer an, die um sie herumstanden und sie besorgt ansahen. Es fühlte sich gut an, dass sie sich um sie sorgten, aber sie wusste, dass es nicht von Dauer sein würde. Das war es nie.

»Ich kann euch nicht bei euren Spitznamen nennen. Es tut mir leid. Es kommt mir einfach komisch vor. Wie heißt ihr wirklich?«

Wolf ließ die anderen nicht antworten und sagte zu ihr: »Abe ist Christopher und Mozart ist Sam.«

»Okay, das kann ich mir leichter merken. Ich werde euch so nennen.«

Die Männer lächelten sie an, als wäre sie niedlich. Caroline verdrehte innerlich die Augen und konnte sich nicht überwinden, diese äußerst maskulinen Männer bei ihren komischen Spitznamen zu nennen, die sie sich gegenseitig aus wahrscheinlich albernen Gründen gegeben hatten.

Ihr Lächeln erinnerte sie daran, dass sie sie dazu bringen musste zu gehen. Früher oder später würden sie ohnehin fortgehen, da könnte sie es genauso gut beschleunigen, um ihren Platz in der Einsamkeit wiederzufinden und sich elend zu fühlen.

Sie sah die Männer an und sagte in einem verabschiedenden Ton: »Nun, danke, dass ihr gekommen seid, um nach mir zu sehen, aber mir geht es gut und ich muss mich jetzt anstellen. Ich bin froh, dass es euch ebenfalls gut geht. Viel Glück auf eurer bevorstehenden Mission und passt gut auf euch auf. In Ordnung?«

Sie löste sich von Matthew und wandte sich in Richtung Warteschlange. Sie winkte etwas lahm, drehte den drei Männern den Rücken zu und ging ans Ende der Schlange. Sie musste weg von ihnen. Sie gehörte nicht zu ihnen, sie war einfach nur Caroline. Nicht Ice, nicht Teil ihres Teams. Sie spielte nicht einmal annähernd in ihrer Liga. Sie musste jetzt gehen, bevor ihr Herz auf die Idee kam, mehr zu wollen. Bevor Matthew ihr das Herz brechen könnte.

Mozart, Abe und Wolf sahen zu, wie Caroline ohne einen weiteren Blick von ihnen wegging und sich anstellte.

»Nun, das ist nicht besonders gut gelaufen, oder?«, stellte Mozart fest.

Wolf grunzte und ging zur Treppe. Fein. Wenn sie sie nicht in ihrer Nähe haben wollte, dann würden sie eben gehen. Er verstand nicht, warum er sich verletzt fühlte, aber er war noch nie einer Frau hinterhergelaufen und würde bestimmt nicht heute damit anfangen, egal wie sehr er es innerlich wollte. Ein kleiner Teil in ihm sagte ihm, dass er ein Arschloch war, aber er ignorierte es. Er hatte geglaubt, es gab eine Verbindung zwischen ihnen, aber wenn Caroline sich so einfach von ihm abwenden konnte, lag er offensichtlich falsch.

Caroline hielt den Atem an. Sie wollte nicht, dass sie gingen, besonders nicht Matthew, aber sie glaubte nicht, dass sie eine Wahl hatte. Sie interessierten sich nicht wirklich für sie. Es gehörte nur zu ihrer Routine nach diesem Vorfall. Sie war froh zu sehen, dass keiner von ihnen verletzt zu sein schien. Das war gut. Caroline hoffte, dass sie ihre bevorstehende Mission sicher überstehen würden. Je mehr sie über diese Missionen nachdachte, desto mehr geriet sie innerlich leicht in Panik. Sie hatte kein Recht, bekümmert zu sein – kein Recht, sich um sie zu sorgen. Sie war nur eine vorübergehende Kuriosität für sie. Sobald sie in Norfolk ankamen, würden sie über die ganze Sache lachen und zur Besinnung kommen. *Matthew* würde zu Sinnen kommen. Er würde erkennen, dass sie ein Niemand war, nur ein Freak, und mit seinem Leben weitermachen.

Sobald sie wusste, dass sie weg waren, ging sie zurück und setzte sich. Sie konnte nicht länger in dieser Schlange stehen. Ihr war schon wieder schwindelig und immer noch übel. Sie schwankte auf den Beinen und versuchte zu berechnen, wie viel Zeit die Männer benötigt hatten, um zu verschwinden, und wie viel Zeit ihr noch blieb, bevor sie bewusstlos auf den Boden fallen würde.

Abe und Mozart folgten Wolf die Treppe hinunter. Sie sagten nichts, aber sie wussten, dass er gegen eine Art Dämon ankämpfte, den sie nicht verstanden, also drängten sie ihn nicht. Natürlich vermuteten sie, dass es um Ice ging, aber da sie ihn nie zuvor so gesehen hatten, waren sie sich nicht sicher, was los war. Wolf war ein Frauenschwarm, wie die meisten von ihnen. Er musste nicht viel dafür tun, um anziehend auf Frauen zu wirken. In letzter Zeit schien er aber irgendwie neben der Spur zu sein. Er war eine ganze Weile nicht mehr ausgegangen und schien sich nicht besonders für Frauen zu interessieren ... bis jetzt. Bis zu Ice.

Mozart sah Wolf scharf an. Er hatte seine Hände an den Seiten zu Fäusten geballt und schritt zielstrebig die Treppe hinunter. Sie gingen aus dem Gebäude in einen anderen Teil des Flughafens, wo ihr Militärflieger auf sie wartete. Plötzlich fiel Mozart etwas anderes auf. Etwas, das Wolf und Abe irgendwie übersehen zu haben schienen. Er wusste, dass diese Erkenntnis sie ärgern würde. Immerhin waren sie darauf trainiert, aufmerksam zu sein. Mozart konnte es kaum erwarten, es ihnen unter die Nase zu reiben.

»Wir treffen uns im Flugzeug«, versprach er Abe, drehte sich um und lief ohne weitere Erklärung die Treppe wieder hinauf, wobei er immer zwei Stufen auf einmal nahm. Abe hatte keine Ahnung, wo sein Kumpel hinwollte. Er zuckte nur die Achseln und folgte Wolf durch die Tür. Er würde zweifellos bald zurück sein.

Wolf saß auf dem Sitz im Militärflugzeug und grübelte. Er war sich nicht sicher, warum Caroline ihm nicht mehr aus dem Kopf gehen wollte, aber so war es. Sie war klug und mutig und ... verdammt. Er wollte sie nicht zurücklassen. Aber welche Wahl hatten sie? Hatte *er*? Sie mussten ihren Flug bekommen. Musste er gehen? Was, wenn er blieb und mit ihr zusammen einen Linienflug nahm? Er hatte noch etwas Urlaub. Scheiße. Sein Kommandant hatte gesagt, sie müssten nach Norfolk kommen und persönlich Bericht erstatten. Sie sollten sich dort mit jemandem treffen und besprechen, was passiert war. Wolf wusste, dass die ganze Geschichte auf ein Sicherheitsloch zurückzuführen war, und irgendjemand müsste sich dafür verantworten.

Aber Wolf hatte immer noch tausend Fragen an Caroline. Was hat sie den Behörden erzählt, wo hat sie die vergangene Nacht verbracht, was war wirklich mit dem Terroristen passiert, der auf sie losgegangen war, bevor Mozart ihn getötet hatte? Und vielleicht am wichtigsten, wollte sie ihn wiedersehen? Wolf dachte immer noch über die gesamte Situation nach, als er aufblickte und sah, wie Mozart die Frau, die er nicht vergessen konnte, in ihr Flugzeug eskortierte.

Was zum Teufel? Mozart wusste, dass Zivilisten auf offiziellen Militärflügen nicht erlaubt waren. Wolf stand auf, um ihn zusammenzustauchen, als Mozart ihm mit einer Geste zu verstehen gab zu warten. Wolf fuhr sich frustriert mit der Hand durchs Haar. Was war ihm entgangen? Warum war Mozart zurückgelaufen, um Caroline zu holen? Er war sonst nicht jemand, der sich offiziellen Anordnungen widersetzte. Aber jetzt tat er es. Was war passiert? Wolf setzte sich wieder und ließ ihm seine Zeit. Er vertraute seinem Team, wollte aber wissen, was los war.

Er war sich nicht sicher, ob er damit umgehen könnte, mehr Zeit mit Caroline zu verbringen, nur um erneut abgelehnt zu werden. Es hatte das erste Mal schon wehgetan. Ja, es tat weh, gab Wolf endlich zu. Jeder seiner Instinkte schrie ihn an, aufzustehen und zu Caroline zu gehen, aber wenn Mozart wollte, dass er abwartete, dann aus einem verdammt guten Grund. Er würde ihm noch ein bisschen Zeit geben, aber sobald sie in der Luft waren, musste er herausfinden, was zur Hölle hier los war.

Caroline versuchte zum zehnten Mal, Sam dazu zu bringen, ihren Arm loszulassen. Er rührte sich nicht. Er war die Treppe wieder hochgekommen, direkt zu ihr in die Schlange, hatte ihren Arm genommen und sie weggeführt. Weg vom Flughafen und hierher, in dieses Flugzeug. Dorthin, wo Matthew war.

Sie hatte versucht, ihm zu sagen, dass er sie gehen lassen soll, versucht, mit ihm zu streiten, versucht, ihn wütend zu machen. Sie hatte alles versucht, was ihr einfiel, aber er hielt sie einfach fest und ging weiter. Er hatte ihr nichts anderes gesagt als: »Komm schon, Ice, du wirst mit uns nach Norfolk fliegen.« Nichts weiter. Sie wusste nicht einmal, wo genau sie hinfliegen würden, sobald sie nach Virginia kamen, aber sie vermutete, dass es überall besser war, als weiter auf dem Flughafen herumzusitzen.

Caroline nahm auf dem Sitz Platz, zu dem Sam sie vorsichtig geführt hatte. Er half ihr, sich anzuschnallen, und ging dann weiter nach hinten ins Flugzeug, um seinen eigenen Platz einzunehmen. Gott sei Dank hatte er sie nicht neben Matthew gesetzt. Sie wollte nicht, dass er ihre Verletzungen bemerkte. Es tat weh, wenn sie sich zurücklehnte, also setzte sie sich aufrecht hin. Überraschenderweise kam keiner der SEALs und setzte sich neben sie. Sie hatte sowohl Matthew als auch Christopher im Flugzeug gesehen, aber keiner näherte sich ihr.

Sie war einerseits froh, aber auch traurig. Vor allem war sie verwirrt. Als das Flugzeug die Startbahn hinunterrollte, versuchte sie, sich zu entspannen und nicht mehr an die Entführer zu denken. Auf diesem Flug würde nichts passieren. Es war ein Militärflugzeug, das von Militärpersonal mit drei SEALs an Bord geflogen wurde. Es gab keine Flugbegleiter, nur die vier Passagiere und die Piloten. Sie bemühte sich ehrlich, sich zu entspannen, konnte es aber nicht. Sie konnte nicht aufhören, an die Terroristen zu denken.

Sobald das Flugzeug in der Luft war und sich in einer relativ sicheren Höhe befand, stand Mozart auf und ging zu Ice. Auf dem Weg zu ihr signalisierte er Wolf und Abe, dass sie verletzt war.

Wolf sah, wie Mozart aufstand. Er würde nicht zu Caroline hinübergehen. Sie wollte nicht mit ihnen mitkommen. Nicht mit ihm. Er wäre verdammt, wenn er ... gerade als er dabei war, sich richtig in Rage zu bringen, sah er Mozarts Signal. Scheiße. Verletzt? Wie zum Teufel hatte ihm das entgehen können? Er kam ungefähr zur gleichen Zeit bei Caroline an wie Mozart. Er erinnerte sich nicht einmal daran, aufgestanden und zu ihr gegangen zu sein, aber da war er nun. *Caroline ist verletzt? Was zum Teufel?*

Mozart ließ Wolf vorbei und sagte leise im Vorübergehen: »Ich habe das Blut an deinem Hemd gesehen, an der Stelle, wo du sie auf dem Flughafen festgehalten hast.« Wolf schaute nach unten und sah jetzt selbst die winzige Blutspur. Er hatte es übersehen. Jesus. Gott sei Dank war es Mozart aufgefallen. Das würde er sich niemals verzeihen, aber im Moment war das egal.

Wolf kniete sich neben Carolines Sitz. Sie hatte den Sicherheitsgurt angelegt, aber sie saß unnatürlich gerade. Jetzt, wo er wusste, dass sie verletzt war, konnte er sehen, wie unangenehm ihre Position sein musste.

»Caroline, wo bist du verletzt? Lass es mich bitte sehen.«

Caroline schüttelte den Kopf, sah Matthew aber nicht an. »Mir geht es gut, wirklich ...«

Wolf nickte Abe und Mozart zu und bedeutete ihnen, das provisorische Krankenbett fertigzumachen. Wie die meisten Militärflugzeuge war auch dieses mit einem Raum im Heck für verletzte Soldaten ausgestattet.

»Komm schon, Caroline, steh auf. Wir gehen nach hinten. Lass mich einen Blick darauf werfen und sicherstellen, dass es in Ordnung ist.« Er streckte die Hand aus und löste schnell ihren Sicherheitsgurt, wobei er ihre Hände beiseiteschob, als sie versuchte, ihn davon abzuhalten, sich um sie zu kümmern.

»Im Ernst, Matthew, mir geht es gut. Ich möchte einfach nur hier sitzen. Ich bin müde«, jammerte Caroline und versuchte, sich zu wehren, aber sie war zu erschöpft und zu verletzt, um mehr als nur symbolischen Widerstand leisten zu können.

»Caroline, bitte! Lass mich dir helfen.«

Es war die Bitte, die endlich zu ihr durchdrang. Sie seufzte und nickte einwilligend. Er würde seinen Willen bekommen, egal was sie sagte. Außerdem waren sie bereits in der Luft. Es war nicht so, als könnte sie ihn ignorieren und weggehen.

Wolf half ihr nach hinten und setzte sie auf das Feldbett. Er setzte sich neben sie und legte ihr eine Hand aufs Knie.

»Mozart wird einen Blick darauf werfen.« Als sie sich ein wenig weigerte und aussah, als würde sie aufstehen, beugte sich Mozart zu ihr hinunter.

»Schau mich an, Ice«, forderte Mozart. Bei seinem Tonfall sah Caroline panisch zu ihm auf.

»Ich werde nur nachsehen. Ich bin mir sicher, dass es dir gut geht, aber lass es mich wenigstens sehen … okay? Ich werde dir nicht wehtun. Ich wurde dafür ausgebildet, musst du wissen«, sagte Mozart mit Humor in seiner Stimme.

»Das ist es nicht …« Bei ihren erwartungsvollen Blicken seufzte sie und spottete sarkastisch. »Okay, aber wenn ihr plötzlich den Drang habt, mich anzuspringen, gebt nicht mir die Schuld!« Sie wusste, was für Frauen diese Männer gewohnt waren, große, schlanke Frauen ohne ein Extrapfund auf den Hüften. Das war sie nicht, auf keinen Fall. Normalerweise war es ihr egal, aber sich vor ihnen – insbesondere Matthew – zu entblößen, war nichts, was sie jemals vorgehabt hatte. Augenscheinlich konnte sie die letzten fünfzehn Pfund nicht loswerden, die hartnäckig an ihrem Bauch und ihren Oberschenkeln klebten. Sie war nicht gebräunt und … sie konnte an nichts weiter denken, weil Mozart bereits ihr Hemd anhob und ihren Bauch und ihre Seite freilegte. Sie versuchte gleichzeitig, den Atem anzuhalten und den Bauch einzuziehen.

»Entspann dich«, murmelte Wolf neben ihr. Er hob ihren Kopf, sodass sie ihm in die Augen schauen musste. »Sprich mit mir, Caroline«, bat er.

»Was willst du wissen?«, stotterte sie und versuchte zu ignorieren, was Mozart tat.

»Erzähl mir, was passiert ist, nachdem ich aufgestanden bin, um ins Cockpit zu gehen«, beharrte Wolf.

Caroline schwieg einen Moment und versuchte dann herunterzuspielen, was wirklich passiert war.

»Als du aufgestanden bist, kam der andere Typ auf

dich zu, also habe ich ihn zum Stolpern gebracht. Das hat ihn für einen Moment aufgehalten, aber du warst immer noch beschäftigt und er stand bereits wieder auf. Ich habe ihn gepackt, um ihn aufzuhalten, und dann ist Sam aufgetaucht und hat ihn getötet.« Sie beendete eilig ihren Bericht und wandte den Blick von Wolf ab.

»Jetzt sag mir, was *wirklich* passiert ist«, knurrte er. »Du bist eine schreckliche Lügnerin.« Er machte eine Pause und als sie nicht weitererzählte, fügte er hinzu: »Bitte sag es mir. Caroline, ich habe Hunderte von Einsätzen für mein Land absolviert, aber ich kann nicht ausdrücken, wie dankbar ich bin, dass du in diesem Flugzeug neben mir gesessen hast. Nicht Mozart, nicht Abe ... du. Du hast getan, was du tun musstest, und du hast mein Leben und das aller anderen Menschen in diesem Flugzeug nicht nur einmal, sondern zweimal gerettet. Jetzt sag es mir.«

Caroline senkte den Kopf. Mist. Sie hatte nichts getan, wofür sie sich schämen müsste, aber aus irgendeinem Grund wollte sie Matthew nicht erzählen, was wirklich passiert war. Sie konnte nicht anders, als zu denken, dass sie mehr hätte tun können. Sie atmete hastig ein, als Sam etwas an ihrer Seite tat, das wirklich wehtat. Verdammt. Sie stotterte schnell ihre Erklärung heraus, um das Thema endlich abzuhaken und zu versuchen, sich von Sams Untersuchung abzulenken.

»Der Terrorist war zu Boden gegangen, stand aber bereits wieder auf und versuchte weiter, zu dir ins Cockpit zu gelangen. Ich wusste, dass ich etwas tun musste oder wir würden alle sterben. Also bin ich auf seinen Rücken gesprungen. Ich habe versucht, ihn unten zu halten, aber er war zu stark für mich. Er warf mich über seine Schulter und wir lieferten uns einen Kampf bestehend aus Tritten und Schlägen. Ich wusste nicht, dass er ein Messer hatte, was vermutlich dumm von mir war. Jedenfalls muss er mich erwischt haben, während wir gekämpft haben.«

»Warum hast du danach nichts gesagt? Entweder bevor wir gelandet sind oder spätestens, als die Sanitäter kamen? Warum hast du dich nicht untersuchen lassen?«, fragte Abe plötzlich von irgendwo her aus Richtung ihrer unverletzten Seite. Caroline schaute zu ihm hinüber.

»Aus dem gleichen Grund wie du, Christopher«, erklärte sie langsam. »Ich habe gehört, was du zu dieser Frau im Flugzeug gesagt hast. Sie fragte, warum du dir nicht helfen lässt. Du sagtest, dass die Krankenhäuser mit den anderen Passagieren genug zu tun hätten. Sie hätten keine Zeit für dich und es wäre nicht fair den anderen Passagieren gegenüber. Ich war ganz deiner Meinung und außerdem war es nur ein Kratzer. Ich habe mir von dem Sanitäter ein paar antiseptische Tücher geben lassen und letzte Nacht versucht, die Wunde zu reinigen. Sie hat sich erst heute Morgen entzündet.«

Für einen Moment herrschte Stille. Die drei SEALs waren fassungslos. Bei Gott, diese Frau war mutiger und weniger eigennützig als die meisten Menschen, mit denen sie täglich zusammenarbeiteten.

Mozart unterbrach die Stille und sagte zu Caroline: »Es sieht so aus, als wäre das Messer nicht zu tief eingedrungen, Ice, aber es ist eine ordentliche Schnittwunde. Es ist mehr als ein Kratzer und es ist infiziert. Ich denke, es muss genäht werden und du brauchst Antibiotika.«

Caroline holte tief Luft und sagte nichts. Sie sah zu Matthew hinüber, der seine Kiefer zusammenpresste und mit den Zähnen knirschte. Sie schaute weg. Warum war er sauer auf sie?

»Ich möchte nicht ins Krankenhaus. I-i-ich mag Krankenhäuser nicht«, stammelte Caroline ein wenig verzweifelt. Sie schaute weiter den Mann an, der sich über sie beugte, nicht dazu in der Lage, in Matthews enttäuschtes Gesicht zu blicken.

Wolf drehte ihren Kopf wieder zurück zu ihm, sodass sie ihm in die Augen sehen musste. »Mozart kann die Wunde nähen, wenn du ihm vertraust.«

Caroline antworte, ohne zu zögern: »Ich vertraue ihm. Ich vertraue euch allen. Ich wollte nur ...«, sie machte eine Pause, holte tief Luft und fuhr fort, »ich wollte nur nicht, dass ihr denkt, ich sei ein Schwächling.«

Sie hatte nicht gezögert zu bestätigen, dass sie ihnen vertraute – was wesentlich dazu beitrug, dass Wolf sich besser fühlte. Aber ein Schwächling? Ernsthaft?

»Ice«, sagte Abe entschlossen, bevor Wolf ein Wort herausbekam, »du bist kein Schwächling. Ich würde sogar so weit gehen zu sagen, dass du dich besser geschlagen hast als so einige SEALs beim Training in San Diego. Jetzt kümmern wir uns um dich und schon bald bist du wieder fit.«

Wolf sah seinen Teamkollegen an. Interessant. Abe war nicht gerade dafür bekannt, übermäßig geduldig zu sein, besonders nicht mit Frauen. Er wusste, dass Abe Frauen respektierte und versuchte, höflich mit ihnen umzugehen, aber meistens neigte er dazu, es kurz und knapp zu halten und es auf sexuellen Kontakt zu beschränken. Aber Caroline hatte etwas an sich, das den Beschützerinstinkt in allen von ihnen zum Vorschein brachte.

»Wir sind hier bei dir, Ice«, versprach Abe fest. Caroline nickte und schloss die Augen. Wolf musste sie ablenken. Er konnte sehen, dass jeder Muskel in ihrem Körper angespannt war in Vorbereitung auf das, was Mozart mit ihr vorhatte.

»Wo hast du die vergangene Nacht verbracht, Caroline?«, fragte Wolf.

Caroline antwortete, ohne die Augen zu öffnen. Ihre Augenbrauen waren immer noch zusammengezogen, als sie darauf wartete, dass Sam anfing. »Im Flughafengebäude.«

Wolfs und Abes Blicke trafen sich schuldbewusst. Abe hatte recht gehabt.

»Warum? Warum bist du nicht ins Hotel gefahren? Wurde dir kein kostenloses Zimmer angeboten?«, fragte Wolf, obwohl er die Antwort bereits kannte.

»Doch, aber ich dachte, es wäre einfacher, am Flughafen zu bleiben, da ich gehofft hatte, heute Morgen als Erste abreisen zu können. Außerdem hatte ich kein Geld für etwas zu essen. Für das Zimmer hätte ich nicht bezahlen müssen, aber ich wusste nicht, ob es eine Mahlzeit einschließen würde oder nicht.« Caroline stöhnte, als Sam die Nadel einführte, um ihr das Betäubungsmittel zu spritzen.

»Verdammt, warum hast du nicht einfach gefragt, Caroline? Wenn du Geld gebraucht hast, hätte dir sicher einer der Männer etwas geben können«, belehrte Wolf sie sanft.

Caroline öffnete bei seinem Tonfall die Augen und sah ihn direkt an. Sie wollte, dass er *hörte*, was sie zu sagen hatte. Ohne ihren Blick von Matthew abzuwenden, stellte sie Christopher eine einfache Frage.

»Christopher, wann hast du mich zum ersten Mal bemerkt?«

Abe antwortete, ohne zu zögern, und lachte ein bisschen. »Als du auf Mozart gefallen bist, während du den Gang im Flugzeug hinuntergegangen bist.«

»Sam, wann hast *du* mich zum ersten Mal bemerkt?« Mozart wartete darauf, dass das Betäubungsmittel zu wirken begann, und sagte ehrlich: »Genau wie Abe habe ich dich den Gang entlanggehen sehen und natürlich, als du in meinen Schoß gefallen bist.«

Caroline hatte nicht von Matthew weggesehen, während die anderen ihre Frage beantworteten. Sie richtete die gleiche Frage an ihn.

Wolf dachte nach und plötzlich merkte er, worauf sie mit ihrer Frage hinauswollte. Er öffnete den Mund, um zu lügen, als sie ihn unterbrach, als könnte sie seine Gedanken lesen. »Und lüg nicht, Matthew.«

Scheiße. Wolf seufzte. »Ich habe dich bemerkt, als du angeboten hast, mit mir die Plätze zu tauschen.«

Caroline nickte, als hätte sie genau die erwarteten Antworten erhalten.

»Christopher, wir haben uns an der Theke im Restaurant am Flughafen in San Diego getroffen. Ich stand direkt vor dir. Du hast deine Gabel fallen lassen und ich habe sie für dich aufgehoben. Du hast dich bei mir bedankt und bist weiter zu deinem Platz gegangen.« Abe wurde rot und erinnerte sich an den Vorfall, jetzt, wo sie ihn ansprach. Caroline war aber noch nicht fertig.

»Sam, du hast mit ausgestreckten Füßen am Ende einer Stuhlreihe gesessen. Ich habe versucht, über deine Beine zu steigen, ohne dich zu stören, aber du hast mich trotzdem bemerkt, dich entschuldigt und hast die Beine aus dem Weg genommen. Ich antwortete, es sei keine große Sache, du hast genickt und ich habe mich in die gleiche Stuhlreihe gesetzt wie du.« Caroline hatte die anderen Männer immer noch nicht angesehen, hörte aber, wie Mozart leise »Verdammt!« sagte.

Caroline holte tief Luft. »Matthew, wir haben uns auf dem Weg zum Flughafen getroffen. Ich hatte Probleme, meinen Koffer durch die Tür zu bekommen, weil eines der Räder klemmte, und ...«

Wolf unterbrach sie: »... und ich habe dir geholfen, deinen Koffer durch die Tür zum Abfertigungsschalter zu tragen.« Caroline nickte ein wenig traurig. »Du hast mir einen guten Flug gewünscht und bist durch die Sicherheitskontrolle gegangen.« Bis auf das Dröhnen der Flugzeugmotoren herrschte Stille.

»Du hast gefragt, warum ich nicht um Hilfe gebeten habe, Matthew«, fuhr Caroline nach einer Weile fort. »Ich bin nicht die Art von Frau, die andere Leute wahrnehmen. Ihr alle habt mit mir gesprochen, konntet euch aber nicht daran erinnern. Ich bin nicht die Art von Frau, an die sich die Leute erinnern oder um die man sich bemüht, geschweige denn, der man hilft.« Alle drei Männer wollten sie unterbrechen, aber Caroline hob schwach ihre Hand, um sie zu stoppen, und fuhr fort.

»Es ist in Ordnung. Ich weiß, was ich bin und was

nicht. Und ich bin nicht wie diese anderen Frauen im Flugzeug. Christopher, erinnerst du dich an die Blondine, die sich an dich herangemacht hat? Die, bei der sich alle Männer überschlagen haben, um ihr zu helfen? Selbst wenn ich um Hilfe gebeten hätte, wäre ich höchstwahrscheinlich zurückgewiesen worden. Höflich, da bin ich mir sicher, aber zurückgewiesen. In einem Raum voller Menschen falle ich nicht auf. Das ist einfach so und es ist *in Ordnung*«, betonte Caroline. »Also brauche ich keinem von euch leidzutun. Ich habe nicht um Hilfe gebeten, weil ich wusste, dass ich es eine Nacht auch gut allein aushalten würde. Verdammt, Leute übernachten ständig auf Flughäfen. Ich hatte einfach letzte Nacht nicht die Energie, mir Gedanken darum zu machen. Und ich habe im Moment nicht die Energie, mich dafür zu schämen, euch das alles zu erzählen. Also erinnert mich später bitte nicht daran, okay?« Sie versuchte, den Männern ein besseres Gefühl zu geben. Sie wusste, dass sie sich schuldig fühlten, wollte aber nicht, dass sie es taten. Das war nicht der Grund, warum sie ihnen das alles erzählte. »Ich möchte nur, dass ihr wisst, ich verstehe, warum ihr das Gefühl habt, mir helfen zu müssen, aber mir geht es gut. Mir geht es wirklich gut.« Sie schloss die Augen, weil sie den schuldbewussten Ausdruck in Matthews Augen nicht mehr ertragen konnte.

»Ich glaube nicht, dass du uns wirklich verstehst, Caroline«, konterte Wolf. Er ging nicht näher darauf ein.

Caroline hielt die Augen geschlossen und sagte nichts mehr. Wolf wusste, dass sie ihn gehört hatte. Sie akzeptierte aber nicht, was er sagte.

Mozart pikte sie ein paarmal in die Seite und als Caroline nicht zurückwich, erklärte er allen, dass ihre Seite taub genug sei, um genäht zu werden. Wolf stand auf und half Caroline vorsichtig, sich auf das Bett zu legen. Dann kniete er sich neben sie auf den Boden. Sie lag auf der Seite. Sie hatte eine Hand unter dem Kopf und die andere vor ihrer Brust zur Faust geballt, als würde sie die Stiche schon spüren.

Mozart sah Wolf nach Bestätigung suchend an, bevor er sich vorbeugte und anfing, die Wunde zu nähen. Er würde nicht viele Stiche brauchen, aber er wollte so vorsichtig wie möglich sein. Er wollte Ice nach Möglichkeit Schmerzen ersparen und die Narbe so klein wie möglich machen.

Abe war für einen Moment von ihrer Seite gewichen, während Mozart die Stiche setzte, aber er kam mit einer anderen Spritze zurück, sobald Mozart mit seiner Arbeit fertig war. Abe schaute zu Wolf, bevor er fortfuhr. Wolf nickte ihm zu. Mit Wolfs Zustimmung beugte sich Abe nach vorn und zog Carolines Arm zu sich, den sie fest an ihre Brust gedrückt hatte. Er fand eine Vene auf der Innenseite ihres Arms und verabreichte das Medikament, bevor sie protestieren konnte.

Caroline drehte sich um und sah Matthew überrascht an.

Wolfs Brust wurde breiter, als sie ihn nach Bestätigung suchend betrachtete, nicht Abe oder Mozart. Bei ihrem fragenden Blick sagte Wolf einfach: »Um dir beim Einschlafen zu helfen.«

Caroline nickte, aber lachte. »Ich glaube nicht, dass

ich wirklich Hilfe beim Einschlafen brauche, Matthew. Ich habe letzte Nacht kein Auge zugetan.«

Wolf beugte sich dicht an Carolines Kopf. Verdammt, sie hatte sich kein einziges Mal beschwert. Sie hatte Schmerzen, befand sich in einem Flugzeug, wurde genäht und ließ sich von einem Mann, den sie nicht wirklich kannte, ein unbekanntes Medikament injizieren. Wolf war verdammt stolz auf sie, weil sie so tapfer war.

Wolf ging davon aus, er würde ihr nur noch eine Frage stellen können, bevor sie einschlief. Sie hatten noch keine Gelegenheit gehabt, mit ihr darüber zu sprechen, was bei der Befragung durch das FBI passiert war. Er hasste es, sie jetzt danach zu fragen, aber sie mussten wissen, was bei der Vernehmung gesagt worden war, bevor sie sich mit ihrem Kommandanten in Norfolk trafen.

»Was hast du dem FBI über die Geschehnisse im Flugzeug erzählt, Caroline?« Er wollte die unangenehme Frage loswerden, auch wenn er damit möglicherweise schlechte Erinnerungen in ihr wachrufen würde. Als Teamleiter musste er es aber wissen, bevor andere persönliche Dinge besprochen werden konnten.

»Nichts, Matthew«, sagte sie schläfrig.

»Nichts?«, hakte Wolf skeptisch nach.

»Nichts«, bestätigte Caroline. »Sie haben sich mehr für die Geschichten der anderen Passagiere interessiert. Die waren gern bereit zu reden und ihnen zu erzählen, was sie wussten, was nicht viel war. Sie dachten, ihr seid wahrscheinlich eine Art Militär. Da sie sich aber während der Vorfälle im Heck aufhielten, haben sie ohnehin nicht viel gesehen. Als sie mich befragten, schienen sie nicht wirklich interessiert zu sein. Ich habe dir ja bereits erzählt, dass die Leute mich nicht wahrnehmen.«

Er war froh, dass sie nichts erzählt hatte. Das würde es für sie einfacher machen, unbemerkt zu bleiben, und er war mal wieder verblüfft von dieser Frau. Die drei Männer sahen sich über Carolines schläfrige Gestalt hinweg an. Wenn sie geschwiegen hatte, so wie sie es sagte, würde das helfen herauszubekommen, was auch immer mit diesen FBI-Typen los war. Sie waren so sehr daran interessiert, wie und warum der Plan der Terroristen gescheitert war, dass es verdächtig wirkte. Keiner der SEALs wollte, dass Caroline ins Kreuzfeuer geriet.

Mozart stellte die Frage, an die alle dachten. »Warum hast du ihnen nicht erzählt, was du getan hast, Ice?«, fragte er leise von der Seite.

Caroline versuchte, die Augen zu öffnen, aber sie waren einfach zu schwer. *Jesus, was war nur in dieser Spritze?* »Ich habe nichts *getan*, *ihr* habt die ganze Arbeit geleistet ... und ich wollte euch nicht in Schwierigkeiten bringen«, murmelte sie. »Ich weiß, dass das, was ihr SEALs tut, normalerweise vertuscht wird, und ich wollte nichts sagen, das sie nicht von euch selbst erfahren haben, also habe ich ihnen gar nichts gesagt. Ich dachte mir, es wäre besser so.« Ihre Stimme wurde immer schwächer. »Glaubt mir, ich hätte gern gewollt, dass jeder sieht, wie sexy ihr seid und dass ihr Helden seid und was ihr Großartiges getan habt. Ich weiß aber, dass das nicht eurer Verfahrensweise entspricht ...« Ihre Stimme brach plötzlich ab und sie war eingeschlafen.

Die drei SEALs sagten nichts, während sie Caroline

säuberten und auf dem Feldbett zurechtlegten. Sie mussten sie anschnallen, damit sie bei der Landung nicht wegrollte. Mozart hatte ihr genug von dem Beruhigungsmittel gegeben, dass sie eine ganze Weile schlafen würde. Wolf blieb an Carolines Seite und hielt ihre Hand, während Abe und Mozart sich auf ihre Plätze setzten.

Sie alle hatten viel zu überlegen. Diese ungewöhnliche Frau hatte jeden von ihnen auf unterschiedliche Weise berührt. Keiner von ihnen würde nach diesem Vorfall noch derselbe sein. Sie alle wussten, dass sie sie im Notfall mit ihrem Leben beschützen würden. Sie wussten nicht, was als Nächstes passieren würde, aber irgendwie ahnten sie, dass es noch nicht vorbei war. Ihre Instinkte schrien sie an, dass hier etwas nicht stimmte, aber sie wussten nicht, wie oder warum. Keiner von ihnen wollte, dass Caroline aus ihrem Leben einfach wieder verschwand. Sie war wichtig für sie geworden, indem sie einfach nur sie selbst gewesen war. Sie war bescheiden und sie waren so verdammt stolz auf sie, dass sie es kaum ertragen konnten.

KAPITEL ZEHN

Caroline wachte langsam auf und ihr Kopf fühlte sich an, als wäre er aus Watte. Sie rollte sich herum und keuchte vor Schmerzen. Autsch, sie hatte ihre Seite vergessen. Sie hob ihr Hemd hoch und sah die ordentliche Naht. Sam hatte gute Arbeit geleistet. Sie war ein bisschen überrascht, dass er keinen Verband angelegt hatte, aber Sam wusste, was er tat. Gott sei Dank hatten sie sie nicht in ein Krankenhaus gebracht. Sie hasste Krankenhäuser wirklich. Sie dachte an die Zeit zurück, die sie in einem verbracht hatte, und schauderte. Sie würde sich lieber jederzeit von Sam zusammennähen lassen, als das noch einmal durchmachen zu müssen.

Caroline sah sich um und merkte, dass sie sich in einem Hotelzimmer befand, wusste aber nicht wo oder in welchem Hotel. Sie hätte womöglich ausflippen sollen, aber das Letzte, an das sie sich erinnerte, waren die drei SEALs, die sie einfühlsam anschauten, bevor sie auf dem Feldbett im Flugzeug ohnmächtig wurde. Wenn sie einem SEAL nicht vertrauen konnte, wem dann?

Sie stieg vorsichtig aus dem Bett und taumelte ins Badezimmer, als wäre sie betrunken. Sie konnte sich nicht daran erinnern, wann sie das letzte Mal etwas gegessen hatte, und fühlte sich ziemlich schwach und wackelig auf den Beinen. Caroline benutzte die Toilette und bemerkte die nagelneue Zahnbürste und Zahnpasta auf dem Waschtisch. Sie stürzte sich darauf und putzte sich gründlich die Zähne. Sie würde diese Dinge nie wieder für selbstverständlich halten.

Als sie die Dusche sah, hatte sie plötzlich den starken Drang, sich zu waschen. Sie wusste, dass die Wunde wahrscheinlich nicht nass werden sollte, aber sie *musste* einfach duschen. Sie würde versuchen, ihre verletzte Seite vom Wasser fernzuhalten, aber wenn sie nass wurde, wurde sie eben nass. Sie konnte immer noch *fühlen*, wie das Blut aus dem Hals des Terroristen auf ihren Körper spritzte. Sie bekam einen Juckreiz und wollte nicht einmal daran denken, wie viele Keime sie sich eingefangen hatte, als sie sich auf dem Flugzeugteppich herumgerollt und später auf dem Boden des Flughafens geschlafen hatte.

Sie riss sich das Hemd vom Leib, das sie nie wiedersehen wollte, und warf es in den Müll. Ihr fiel auf, dass sie keine Hose trug. Jemand hatte sie ihr ausgezogen, bevor sie ins Bett gebracht worden war. Hoffentlich war es Matthew gewesen. Der Gedanke löste ein Kribbeln in ihr aus, aber sie schob ihn schnell beiseite. Offensichtlich war er Gentleman genug gewesen, ihr nicht das Hemd auszuziehen. Obwohl sie Matthew nicht wirklich kannte, nahm sie an, dass er beim Ausziehen ihrer Hose wahrscheinlich den Blick abgewandt hatte.

Caroline duschte viel schneller, als sie eigentlich wollte, gerade lange genug, um sauber zu werden. Sie nahm sich allerdings die Zeit, sich zweimal die Haare zu waschen. Sie wäre gern den ganzen Tag in der Dusche geblieben und hätte das heiße Wasser auf ihrem Körper genossen, aber sie musste herausfinden, was los war und wo sie war. Sie stieg aus der Dusche und zog einen flauschigen Bademantel an, den sie an der Rückseite der Tür gefunden hatte.

Sie ging zurück ins Zimmer und bemerkte erst jetzt, dass ihr Koffer auf dem Boden lag. Wie zur Hölle war der hierhergekommen? Sie erinnerte sich nur noch daran, dass die Fluggesellschaft angekündigt hatte, das gesamte Gepäck nach Virginia zu schicken, sobald sie es durchsucht hatten. Verdammt. Sie hasste es, nicht zu wissen, was passiert war. Caroline erinnerte sich daran, mit Sam, Christopher und Matthew im Flugzeug gewesen zu sein, aber an nichts weiter, nachdem Sam angefangen hatte, ihre Wunde zu nähen. Diese Injektion war definitiv stärker gewesen als alles, was sie jemals zuvor bekommen hatte. Sie hatte schon immer stark auf Medikamente reagiert. Das konnten sie natürlich nicht wissen.

Sie seufzte und setzte sich auf die Bettkante. Sie bemerkte ein Stück Papier auf dem Nachttisch und beugte sich vorsichtig vor, um es zu greifen, ohne dabei ihre Seite zu verdrehen.

Caroline, wenn du diese Nachricht liest, bin ich nicht da, um dir zu sagen, was los ist. Mach dir keine Sorgen, alles ist in Ordnung. Du warst noch nicht wieder bei Bewusstsein, als wir gestern gelandet sind. Wir haben uns mit dem FBI getroffen und sie haben deinen Koffer für uns freigegeben (scheint, als wäre es am Ende doch noch von Vorteil, ein SEAL zu sein). Ich habe dich hierhergebracht, da ich nicht wusste, was du nach deiner Ankunft vorhattest.

Du hast die ganze Nacht geschlafen und ich wollte unbedingt mit dir reden, wenn du aufwachst. Mozart hat mir versichert, dass es dir gut geht und du nur schläfst. Er sagte, du wirst aufwachen, wenn du so weit bist.

Wir müssen heute Morgen zum Stützpunkt, um zu berichten, was im Flugzeug vorgefallen ist. Ich bin aber nicht für immer weg. Ich komme so schnell wie möglich zurück. Ich habe dafür gesorgt, dass im Hotelkühlschrank etwas zu essen ist. Du hast bestimmt Hunger. Der Kaffee ist schon vorbereitet, du musst nur die Maschine einschalten.

Ich hoffe, es geht dir heute besser. Wir unterhalten uns, wenn ich vom Stützpunkt zurückkomme.

Matthew

Caroline hielt sich die Nachricht an die Brust. Wow! Es stand eigentlich nichts Romantisches darin, aber irgendwie war es das Romantischste, was sie jemals von einem Mann bekommen hatte. Okay, verdammt, es war die einzige Nachricht, die ihr jemals ein Mann hinterlassen hatte. Sie hatte weder an der Highschool noch im Allgemeinen irgendwelche Botschaften erhalten. Matthew hatte an sie gedacht. Sie vergaß lieber schnell die Tatsache, dass er sie ins Hotelzimmer hatte tragen müssen, und konzentrierte sich stattdessen darauf, dass er versprochen hatte, später zurückzukommen.

Sie hatte keine Ahnung, wann er gegangen war. Sie sah auf die Uhr. Es war elf Uhr morgens. Sie sprang so anmutig wie möglich angesichts der stechenden Schmerzen in ihrer Seite auf und suchte in ihrem Koffer nach etwas Passendem zum Anziehen. Sie wollte lässig aussehen, aber gleichzeitig ordentlich und gepflegt. Caroline entschied sich schließlich für eine Jeans und ein tailliertes Top. Sie trug normalerweise T-Shirts, wenn sie zu Hause war, aber sie wollte nicht, dass Matthew sie in einem wiedersah.

Sie steckte ihr Haar mit einer Haarspange hoch und ging hinüber zur Küchenzeile. Es gab einen kleinen Kühlschrank sowie eine Mikrowelle und eine kleine Kaffeemaschine. Sie schaute nach – und tatsächlich, Matthew hatte sie mit frischem Kaffee und Wasser aufgefüllt. Sie schaltete die Maschine ein und machte sich daran, das Zimmer aufzuräumen.

Sie öffnete den Kühlschrank und sah, dass Matthew wirklich dafür gesorgt hatte, dass etwas zu essen da war. Es war nicht viel, aber es sollte reichen, ihren Hunger zu stillen. Sie schnappte sich einen Joghurt und den abgepackten Schnittkäse. Sie aß und wartete darauf, dass der Kaffee fertig wurde.

Caroline setzte sich aufs Bett und nippte an dem Kaffee, den sie in eine kleine Tasse gefüllt hatte. Gott, das schmeckte gut. Sie war sich nicht sicher, was sie jetzt mit sich anfangen sollte. Sie war im Allgemeinen eine sehr geschäftige Person. Sie hatte sonst nicht viel Freizeit. Da ihre Arbeit aber erst in ungefähr einer Woche begann, sie nirgendwo hinmusste und im Moment nichts weiter zu tun hatte, genoss sie tatsächlich einfach nur den Kaffee, den sie gerade trank.

Als sie den Kaffee ausgetrunken hatte, stand sie auf und stellte die Tasse auf den Tisch. Sie legte sich zurück auf das Bett und entspannte sich.

Gerade als sie wieder einschlafen wollte, hörte sie das Klicken des Türschlosses. Sie setzte sich vorsichtig auf, um zu sehen, wie Matthew den anderen Raum der Suite betrat. Sie konnte sehen, dass er versuchte, leise zu sein.

»Hallo«, begrüßte sie ihn sanft.

Wolf drehte sich um und lächelte sie an. Wow! Sein Lächeln war tödlich. Er hatte perfekte, gerade Zähne und wenn er lächelte, konnte man kleine Fältchen an seinen Augenrändern sehen. Und wenn Caroline schon gedacht hatte, dass er in Jeans und T-Shirt gut aussah, dann war er in Uniform einfach umwerfend.

»Hey, wie fühlst du dich?«, fragte Wolf mit einem glücklichen Schimmer in den Augen.

Wolf war froh zu sehen, dass Caroline wach war. Wie er ihr in seiner Nachricht geschrieben hatte, war er besorgt um sie. Mozart hatte ihm versichert, dass es ihr gut gehen würde, aber er war sich nicht sicher, ob er ihm glaubte, bis er sie tatsächlich wach sah. Sie war völlig außer Gefecht gesetzt gewesen, als sie im Hotel angekommen waren.

»Ziemlich gut, alles in allem«, sagte Caroline zu ihm. »Wie lief es heute Morgen auf dem Stützpunkt?«

»Gut. Wir wollten dich eigentlich aus allem heraushalten, mussten aber dem Kommandanten hier in Norfolk von deiner Mitwirkung bei der ganzen Sache berichten.«

Caroline nickte. »Ich dachte mir schon, dass ihr das müsst. Es ist in Ordnung. Ich werde sprechen, mit wem auch immer ich sprechen muss, wenn ich damit helfen kann. Wenn sie glauben, dass ich dadurch helfen kann, dass so etwas nicht noch mal passiert, mache ich das gern.«

Irgendwie wusste Wolf, dass sie das sagen würde. Er lächelte sie breit an. »Es sind wirklich alle daran interessiert herauszubekommen, wer diese Jungs waren und was sie erreichen wollten. Wir haben ihnen keine Zeit gelassen, uns ihren Plan mitzuteilen. Du hast gesagt, zwei von ihnen haben über Koordinaten gesprochen, oder?«

Sie nickte und er fuhr fort: »Wir wissen nicht, ob sie vorhatten, wie die Terroristen vom 11. September irgendwo hineinzufliegen, oder ob sie das Flugzeug irgendwo landen wollten.«

Wolf ging zu ihr hinüber und setzte sich neben Caroline auf das Bett. Allein die Tatsache, dass sie beide zusammen auf einem Bett saßen, schien sehr intim zu sein. Caroline konnte spüren, wie ihr die Röte ins Gesicht schoss.

Wolf nahm einen Finger und fuhr ihr leicht über die Wange. Als sie weiter errötete und sich leicht auf die Lippe biss, sich aber nicht zurückzog, beugte er sich näher zu ihr. Er beobachtete ihre Lippen und als sie sie mit ihrer Zunge befeuchtete, musste er fast stöhnen. Gott, wie konnte er sie jemals übersehen haben? Warum hatte er sie nicht schon wahrgenommen, bevor er sie richtig kennengelernt hatte?

Er fuhr mit seinem Zeigefinger leicht über ihre Unterlippe und konnte die heiße Feuchte auf seiner Fingerspitze spüren.

»Ich werde dich jetzt küssen, Caroline«, informierte er sie etwas schroff. Als sie nichts erwiderte, ergänzte er: »Wenn du das nicht willst, ist jetzt deine letzte Chance, etwas dagegen zu sagen.«

Wolf konnte sehen, wie ihre Halsschlagader pulsierte. Sie schluckte, hielt ihn aber nicht auf. Er beugte sich zu ihr und benutzte denselben Zeigefinger, mit dem er gerade ihre Lippe gestreichelt hatte, um ihr Kinn anzuheben. Er wollte ihr in die Augen schauen, um sich zu vergewissern, dass sie es wirklich wollte, aber er konnte seinen Blick nicht von ihrem köstlichen Mund losreißen. Schließlich trafen seine Lippen auf ihre.

Ihre Lippen öffneten sich sofort, um ihn eindringen zu lassen. Er tauchte nicht sofort in ihren Mund ein, sondern fuhr stattdessen mit der Zunge über ihre Oberlippe und hielt kurz inne, um sie zaghaft zu beißen. Er zog sich einen Zentimeter zurück, um Caroline anzusehen. Sie hatte die Augen geschlossen und klammerte sich mit beiden Händen an der Vorderseite seiner Uniform fest.

Er beschloss, nicht weiter herumzuspielen, und setzte fort, wo er aufgehört hatte. Als sich diesmal ihre Lippen trafen, drang Wolf mit seiner Zunge in ihren Mund ein und stöhnte leicht, als sie auf ihre traf. Ihre Zungen umschmeichelten einander immer und immer wieder. Wolf zog sich zurück und sie folgte ihm, dann drückte er ihre Zunge mit seiner zurück und erforschte ihren Mund.

Schließlich hielt Wolf inne und zog sich zurück, um nicht weiter zu gehen, als beide es für den Augenblick gewollt hätten. Mit einer Hand hatte er sie am Nacken festgehalten und sie gegen sich gedrückt. Die andere Hand lag weiter unten auf ihrem Rücken. Wenn sie gestanden oder gelegen hätten, hätte er ihr Becken gegen seines gepresst. Wolf holte tief Luft, bewegte seine Hände aber nicht.

Caroline öffnete langsam die Augen. Heilige Scheiße. Matthew war einfach köstlich. Sie war schon vorher geküsst worden, aber noch niemals so. Es war, als bräuchte Matthew sie zum Atmen. Als wäre sie kostbar. Sie wusste nicht, was an diesem Kuss anders war als an den anderen Küssen, die sie in ihrem Leben bekommen hatte, aber tief in ihrem Inneren wusste sie, dass es anders war.

Caroline liebte das Gefühl seiner Hände auf ihrem Körper – die Hand in ihrem Nacken hielt sie ruhig und sie konnte die Hitze seiner Finger auf ihrem Rücken spüren. Sie legte den Kopf auf seine Schulter. Matthew nahm seine Hand nicht von ihrem Nacken, folgte ihr nur und hielt sie fest.

»Wow«, war alles, was Wolf im Moment sagen konnte.

»Wow, wirklich wow«, hörte er Carolines gedämpfte Stimme auf seiner Schulter.

Er lachte leise. Er fühlte sich großartig. Besser als seit Langem. Zu sehen, dass es sie genauso erwischt hatte wie ihn, tat einiges dazu bei, ihn zu beruhigen.

»Was meinst du, nutzen wir den Tag für eine Besichtigungstour?«

Caroline hob den Kopf von Matthews Schulter und sah ihn an. »Eine Besichtigungstour?«

»Ja. Du weißt schon, was Menschen so machen, wenn sie nicht arbeiten und im Urlaub sind?«

Caroline kicherte. »Ja, okay.« Wenn er nicht über ihren Kuss sprechen wollte, war das in Ordnung für sie. »Was gibt es denn hier zu sehen?«

Wolf konnte erkennen, dass sie erleichtert war, weil er nicht über ihren Kuss reden wollte. Er würde ihr Zeit geben, um ihn zu verdauen und über das nachzudenken, was passiert war. Er wusste aber, dass sie früher oder später darüber sprechen mussten. Er wollte mehr, viel mehr.

»Nun, ich könnte dir eine Führung durch den Marinestützpunkt geben oder wir könnten in den Norfolker Zoo oder in den Botanischen Garten gehen. Wenn du Museen magst, gibt es hier ebenfalls eine gute Auswahl. Worauf hast du Lust und wozu fühlst du dich körperlich in der Lage? Ich möchte nicht, dass du dich zu sehr verausgabst.«

Caroline setzte sich gerade hin und zuckte zusammen, als die Bewegung ein Stechen in ihrer Seite auslöste.

Natürlich hatte Wolf es gesehen. »Also gut, bevor wir gehen, möchte ich mir deine Wunde ansehen. Wie wäre es, wenn ich dir danach den Stützpunkt zeige und dann besorgen wir uns etwas zu essen. Danach können wir hierher zurückkommen und uns einen Film ansehen. Auf diese Weise muss ich dich nicht immer wieder fragen, wie es dir geht, und du brauchst nicht das Gefühl zu haben, mich anlügen zu müssen.«

Caroline lachte laut. Verdammt. Wie hatte er sie so schnell durchschauen können? »Hört sich gut an.«

Als Matthew keine Anstalten machte aufzustehen, lächelte Caroline und sagte: »Du musst mich schon loslassen, wenn wir irgendwohin gehen wollen.«

Matthew beugte sich vor und flüsterte: »Was, wenn ich das nicht will?«

Caroline sagte nichts, aber die Gänsehaut auf ihren Armen war Antwort genug. Matthew lächelte sie an, nahm seine Hand von ihrem Nacken und streichelte über ihren Arm, küsste sie noch einmal und stand dann auf. Er streckte seine Hand aus, um Caroline aufzuhelfen.

Er ließ ihre Hand nicht los, als sie bereits stand, sondern drehte sich nur um und führte sie ins Badezimmer. Er half ihr, sich auf den Waschtisch zu setzen, und bat sie, ihr Hemd hochzuhalten, damit er sich ihre Verletzung ansehen konnte.

Wolf musste sich zurückhalten, seine Hände nicht über ihre sanfte Haut wandern zu lassen, aber es war schwierig. Sie war nicht dünn, aber sie war auch nicht dick. Sie war ... weich, und Matthew gefiel das. Er hatte alle möglichen Frauen gehabt, aber bei dieser Frau verlor er schneller als jemals zuvor die Kontrolle.

Er war nicht in der Lage zu widerstehen und strich mit seinem Handrücken an ihrer Seite entlang, bis knapp unter ihre Brust. Bei ihrem scharfen Einatmen lächelte er und ließ seine Finger zurück bis zur Narbe gleiten. Die Wunde sah besser aus. Mozart hatte empfohlen, die Wunde nicht zu verbinden, solange es sie nicht störte.

»Tut es weh? Sollen wir einen Verband anlegen?«

Caroline schüttelte den Kopf. »Es tut nicht weh. Manchmal bleiben die Nähte an meinem Hemd hängen, aber es tut nicht weh.«

Wolf nickte und fuhr noch einmal mit dem Finger um ihre Narbe herum. Er mochte es, wie sie als Reaktion darauf zitterte. Widerwillig zog er ihr Hemd herunter und sagte: »Lass uns gehen, bevor ich auf die Idee komme, dass es besser ist, hierzubleiben und uns besser kennenzulernen.«

Caroline packte ein paar Sachen, die sie für den Tag brauchte, und schließlich gingen sie zur Tür hinaus.

Sie konnte sich an keinen schöneren Tag erinnern. Das Wetter spielte mit. Es war wunderschön draußen. Sie verbachten den Nachmittag damit, langsam über den Stützpunkt zu schlendern. Matthew erklärte wichtige Gebäude und historische Gedenktafeln. Sie hatten sogar die Möglichkeit, an einer Führung durch eines der riesigen Schiffe teilzunehmen. Sie konnte sich nicht erinnern, welches es war, aber Caroline war fasziniert, wie alles an Bord funktionierte. Es gab ein eigenes Postamt, eine Küche und sogar ein Gefängnis auf dem Schiff.

Nach der Tour war Caroline müde. Es waren achtundvierzig Stunden vergangen, aber sie spürte immer noch die Wirkung des Beruhigungsmittels. Matthew bemerkte es natürlich und bestand darauf, dass sie sich etwas zu essen zum Mitnehmen besorgten, anstatt in einem Restaurant zu speisen.

Als Caroline sich nicht darüber beschwerte, wusste Wolf, dass sie wahrscheinlich mehr Schmerzen hatte, als sie zugab. Je mehr Zeit er mit ihr verbrachte, desto besser lernte er sie kennen. Sie würde wahrscheinlich eher zusammenklappen, bevor sie zugab, müde zu sein oder Schmerzen zu haben.

Sie gingen ins Hotel zurück und breiteten ihr Abendessen auf dem Couchtisch aus. Nach dem Essen kuschelte sie sich an Matthews Seite und sie schauten einen Actionfilm im Fernsehen.

Wolf lächelte die Frau in seinen Armen an. Caroline passte perfekt zu ihm. Er konnte sich nicht erinnern, je eine Verabredung gehabt zu haben, bei der er sich besser gefühlt hatte, besonders wenn noch nicht einmal Sex im Spiel war. Er wusste, dass sie warten mussten. Sie war physisch noch nicht dazu bereit und Wolf wollte es nicht überstürzen. Es gefiel ihm einfach, Zeit mit ihr zu verbringen, mit ihr zu reden und sie kennenzulernen. Vielleicht hatte das bei seinen anderen Verabredungen gefehlt – die Verbindung und das Bedürfnis, sich außerhalb des Schlafzimmers kennenzulernen.

»Woher kommt der Spitzname Wolf?«, murmelte Caroline leise neben ihm und stellte ihm die Frage aus heiterem Himmel.

Wolf sah nach unten. Es klang tatsächlich seltsam, seinen Spitznamen aus ihrem Mund zu hören. Er war es so sehr gewohnt, dass sie ihn »Matthew« nannte, dass er es tatsächlich bevorzugte.

»Ich würde dir gern sagen, dass er daher kommt, weil ich verstohlen bin oder die Geduld eines Wolfes habe, aber leider ist es nichts dergleichen.«

Caroline hob den Kopf, um Matthew besser sehen zu können. »Jetzt hast du meine Neugier geweckt. Erzähl weiter.«

»Militärische Spitznamen werden oft von dem Nachnamen eines Soldaten abgeleitet. Wenn mein Nachname Wolfgang oder Wolfowitz wäre, würden die Offiziere und die anderen mich Wolf nennen.«

»Aber dein Nachname ist nicht Wolfgang oder Wolfowitz«, sagte Caroline kichernd und stellte das Offensichtliche fest.

Wolf hielt Caroline leicht am Kinn fest. »Also gut, mein Spitzname stammt aus dem Bootcamp. Es war eine völlig neue Erfahrung für mich und ich habe härter gearbeitet als jemals zuvor in meinem Leben. Ich hatte ständig Hunger. Anscheinend habe ich jedes Mal, wenn wir zum Essen gingen, alles schneller heruntergeschlungen als die anderen und dann noch das aufgegessen, was die anderen Jungs nicht wollten.«

Caroline hatte sich jetzt gerade hingesetzt und war ganz aufmerksam. »Oh mein Gott, sag es nicht. Du warst *hungrig wie ein Wolf?*«

Wolf lachte und packte Caroline, damit sie sich gegen ihn lehnte. Es gefiel ihm sehr, wie sie sich an ihn schmiegte und so lange hin und her rutschte, bis sie sich so wohlfühlte wie ein Tier, das sich für die Nacht in sein Lager eingrub. »Ich habe schon seit Ewigkeiten nicht mehr an diese Geschichte gedacht. Jesus. Aber ja, ich habe tatsächlich mein Essen wie ein Wolf verschlungen. Der Name ist jedenfalls hängen geblieben.«

Er liebte es, Caroline kichern zu hören. Er wusste, dass sie in letzter Zeit nicht viel Grund zum Lachen gehabt hatte.

Sie machten es sich beide wieder bequem, um den Film anzuschauen. Als Wolf sich ungefähr zwanzig Minuten später umdrehte, murmelte Caroline leise etwas und kuschelte sich fester an ihn. Bei der Tatsache, dass sie eigentlich schlief, sich aber trotzdem immer weiter zu ihm drehte, fing sein Herz an, schneller zu klopfen. Wolf war erstaunt, dass sie so einen festen Schlaf hatte. In seinem Job war es nicht angebracht, sehr fest zu schlafen, also war es lange her, seit er es das letzte Mal gesehen hatte.

Die zweite Nacht in Folge trug Wolf Caroline ins Bett. Er legte sie hin und zog die Decke hoch bis über ihre Schultern. Er wagte es nicht, ihr die Kleider auszuziehen. Es war schon schlimm genug gewesen, am Morgen so viel von ihr gesehen zu haben, als er die Wunde überprüft hatte, und außerdem in der Nacht zuvor, als er nicht hatte zulassen wollen, dass sie in ihrer unbequemen Hose schlief. Er hatte unter ihr Hemd gegriffen und die Hose aufgeknöpft. Die Wärme ihrer Haut hatte sich himmlisch angefühlt. Er überlegte, ob er ihr Hemd und Hose ausziehen sollte, um es ihr etwas bequemer zu machen. Er wusste aber, dass er nicht aufhören könnte, wenn er damit anfing, und er würde die Situation nicht ausnutzen.

Sie musste heute Nacht also in ihrer Jeans schlafen. Er war nicht stark genug, um sie ihr wieder auszuziehen und Caroline dann allein im Bett zurückzulassen.

Wolf saß an der Bettkante und sah Caroline einfach beim Schlafen zu. Er musterte sie und versuchte herauszufinden, was sie von all den anderen Frauen unterschied, die er zuvor gekannt hatte. Nach einer Weile gab er auf. Es war, wie es war, und er würde es nicht weiter analysieren. Er wollte es einfach nur genießen.

Er hatte noch viel Zeit, bevor er zur nächsten Mission aufbrechen musste. Obwohl er vorgehabt hatte, seinen Freund Tex zu besuchen, wollte er jetzt lieber die meiste Zeit seines Urlaubs mit Caroline verbringen. Seine Prioritäten hatten sich blitzschnell verschoben und Wolf kämpfte nicht dagegen an.

Er beugte sich vor und küsste Caroline auf die Stirn. Wolf schloss leise die Hoteltür und ging den Flur hinunter zum Aufzug. Er würde sich mit Mozart und Abe bei Tex treffen und am nächsten Morgen zurückkommen. Er konnte es kaum erwarten, einen weiteren Tag mit Caroline zu verbringen.

KAPITEL ELF

Am nächsten Morgen rollte Caroline sich herum und stöhnte. Scheiße. Sie hatte es wieder getan – sie war eingeschlafen und Matthew hatte sie ins Bett bringen müssen. Sie gähnte, streckte sich und dachte, dass sie eine verdammt lahme Verabredung war.

Sie stieg aus dem Bett, aber anstatt direkt ins Badezimmer zu gehen, überprüfte Caroline die Kaffeemaschine ... und lächelte. Sie war gefüllt und bereit, eingeschaltet zu werden. Matthew hatte offensichtlich alles vorbereitet, bevor er gestern Abend gegangen war. Caroline mochte das Gefühl, dass er so um ihr Wohlergehen besorgt war. Es war so lange her, dass jemand etwas so Einfaches für sie getan hatte. Es gefiel ihr, so umsorgt zu werden. Caroline schaltete die Maschine ein und ging zurück ins Schlafzimmer, um sich auf den Tag vorzubereiten.

Nachdem sie geduscht und ihre Naht überprüft hatte – die gut verheilte –, schenkte Caroline sich eine Tasse Kaffee ein und setzte sich auf die Couch, um fernzusehen. Sie genoss die Möglichkeit, einfach faul sein zu können und nicht arbeiten zu müssen. Diese Zeit würde früh genug kommen, also war sie froh, vorerst etwas herumlungern zu können.

Während sich Caroline im Zimmer umsah, musste sie allerdings feststellen, dass sie früher oder später aus dem Hotel auschecken musste. Sie nahm an, dass Matthew dafür bezahlte, da sie an der Rezeption sicherlich nicht ihre eigene Kreditkarte vorgezeigt hatte. Sie würde das Hotel beim Auschecken bitten, zu ihrer Karte zu wechseln. Es war nicht fair Matthew gegenüber, für ihr Zimmer bezahlen zu müssen.

Sie hatte eine Wohnung gemietet, bevor sie Kalifornien verlassen hatte. Caroline hatte sowieso geplant, ein paar Nächte in einem Hotel zu bleiben, bis ihre Sachen eintrafen. Dieses Hotel war dafür genauso gut wie jedes andere. Sie nahm an, dass sie noch ein paar Tage Zeit hatte, bevor ihre Möbel aus Kalifornien ankamen, und lehnte sich wieder auf der Couch zurück. Ah, es fühlte sich so gut an, herumzuliegen und zu faulenzen. Das kam nicht sehr häufig vor, also gönnte sie sich jetzt diesen Luxus.

Als neben ihr das Telefon klingelte, erschreckte sie sich so sehr, dass sie ihren Kaffee verschüttete. Mist. Sie rieb über den Kaffeefleck auf ihrer Jeans, als sie sich zum Telefonhörer beugte. Es musste Matthew sein, sie kannte sonst niemanden in der Gegend.

»Hallo?«

»Guten Morgen, Caroline. Wie fühlst du dich heute?«

Gott, Caroline hatte gedacht, dass seine Stimme schon sexy war, wenn er ihr persönlich gegenüberstand, aber über das Telefon, wie er ihr ins Ohr raunte? Zum Dahinschmelzen. »Mir geht's gut. Es tut mir leid, dass ich gestern Abend schon wieder eingeschlafen bin. Immer bringst du mich ins Bett.« Sie wurde rot, sobald sie das sagte. Ausgesprochen klang es viel schmutziger als in Gedanken.

Wolf lachte. »Glaub mir, Ice, ich liebe es, dich ins Bett zu bringen. Ich hoffe, dass ich irgendwann in naher Zukunft bei dir bleiben kann.«

Caroline war sprachlos. Verdammt, sie hatte darüber nachgedacht, ob er mit ihr ins Bett wollte, aber sie hätte nicht damit gerechnet, dass er es so ohne Weiteres aussprach. Sie wusste nicht, was sie sagen sollte.

»Caroline? Bist du noch da? Ist es noch zu früh?«

»Ja ... ähm ... nein ...« Scheiße. Sie war total verwirrt. Sie hörte Matthew lachen und versuchte, es zu erklären. »Ja, ich bin immer noch hier und ... vielleicht ein bisschen früh ... aber ich glaube, ich möchte das auch.« Sie kam immer noch nicht darüber hinweg, dass ein Mann, der so aussah wie Matthew, groß, gebräunt und gut aussehend, ein Mann, der jede bekommen konnte, mit einer Frau wie *ihr* ins Bett zu wollen schien.

Sie musste das laut gesagt haben, denn Matthew erwiderte: »Verdammt, ich will dich, Ice. Du bist klug, du bist ehrlich und ich will dich, seit ich in diesem verdammten Flugzeug deine Hand geschüttelt habe.«

»Äh ...«, war alles, was Caroline herausbekam. Heilige Scheiße.

Matthew fuhr einfach fort, als hätte es ihr nicht gerade die Sprache verschlagen. »Also, ich komme in einer Stunde vorbei, um dich abzuholen. Ich dachte, ich nehme dich mit zu meinem Freund Tex. Der, von dem ich dir im Flugzeug erzählt habe. Wir haben ein kleines Treffen mit Abe, Mozart und einigen seiner Freunde hier aus der Stadt. Ich möchte, dass du ihn kennenlernst. Es ist ziemlich lässig, also wirf dich nicht so in Schale, okay?«

Da Caroline wusste, dass es eine große Sache war, seinen Freund zu treffen, konnte sie nur mit »Okay« antworten.

»Ich komme zu dir rauf, sobald ich da bin. Bis später, Caroline.«

Caroline legte den Hörer auf. Eine Stunde. Sie konnte es kaum erwarten, ihn wiederzusehen.

Caroline warf den Kopf zurück und lachte unbewusst über den Spitznamen von Matthews Freund Tex. Er hieß eigentlich John, aber da er aus Texas stammte, hatte er natürlich den Spitznamen Tex bekommen, als er ein Mitglied der SEALs wurde. Er hatte immer noch einen ordentlichen Südstaatenakzent und war genauso muskulös wie alle anderen Männer, die herumstanden.

Tex hatte sich während einer Mission in einem Gebäude aufgehalten, als er von einer selbstgebauten Bombe erwischt wurde. Die Männer spielten den Vorfall herunter, aber Caroline wusste instinktiv, dass viel mehr dahintersteckte, als sie ihr erzählten.

Nach mehreren Operationen, um sein Bein zu retten, hatte es schließlich amputiert werden müssen. Er erzählte ihr, dass er die Ärzte angefleht hatte, es einfach abzunehmen, nachdem er wegen einer schweren Infektion wieder ins Krankenhaus eingeliefert worden war. Er dachte, es wäre besser so, als mit den Schmerzen, Infektionen und zahlreichen Operationen weiterzuleben, wenn er höchstwahrscheinlich sowieso nicht mehr auf dem Bein laufen könnte.

Tex war geradezu hysterisch und sagte ständig unerhörte Dinge, um sie zum Lachen zu bringen. Caroline glaubte nicht, dass sie in ihrem ganzen Leben schon so viel gelacht hatte. Sie mochte auch Tex' andere Freunde und genoss es, mit Christopher und Sam abzuhängen. Die Jungs hatten sie gebeten, sie Abe und Mozart zu nennen, aber wie sie schon zuvor festgestellt hatte, fühlte es sich seltsam an, sie mit ihren Spitznamen anzureden, wenn sie nicht Teil ihres Teams war. Sie stritten mit ihr und behaupteten, sie *sei* Teil ihres verdammten Teams, aber sie blieb stur, verschränkte die Arme und entgegnete ohne Zweifel in ihrer Stimme, dass sie sie so nennen würde, wie sie es wollte, und dass sie sich damit abfinden müssten. Abe und Mozart lachten nur und sagten, sie könne sie so nennen, wie sie wollte, aber sie würde für die anderen immer »Ice« bleiben.

Niemand redete darüber, was Tex jetzt beruflich machte, nachdem er aus medizinischen Gründen aus der Navy ausgeschieden war. Caroline hatte kurz gefragt und bemerkt, dass schnell das Thema gewechselt wurde. Sie hatte nur die Achseln gezuckt und vermutet, es handelte sich um eine geheime Navy-Sache oder es war ihm peinlich. Es war auch egal, denn sie würde ihn wahrscheinlich nie wiedersehen.

Caroline versuchte, sich bei diesem Treffen nicht

unwohl zu fühlen. Es waren auch noch einige andere Frauen da, aber sie wich Matthew nicht von der Seite. Es fiel ihr schwer, sich zu öffnen, und in Matthews Nähe fühlte sie sich am wohlsten. Er beschwerte sich jedenfalls nicht und berührte sie ständig. Er hatte seine Hand um ihre Taille gelegt, um sie zu stützen, ihr einen Teller mit etwas zu essen gebracht und mit seiner Hand über ihre gestrichen. Einmal küsste er sie sogar auf den Kopf, als sie Mitleid mit Tex bekam, nach allem, was er durchgemacht hatte. Caroline gefiel das sehr, aber sie war immer noch vorsichtig. Sie würde nie verstehen, was Matthew in ihr sah.

Nachdem sie Tex' Haus verlassen hatten, brachte Matthew sie in den Botanischen Garten. Es war wunderschön dort. Caroline kannte zwar die Namen vieler Blumen nicht, aber sie fand es toll, wie künstlerisch sie auf dem Gelände arrangiert und angepflanzt worden waren. Matthew kaufte ihr einen exotischen Blumenstrauß und sie gingen zurück auf ihr Hotelzimmer.

Matthew ging mit ihr ins Zimmer und setzte sie auf die Couch. Sie hatten das Abendessen beim Zimmerservice bestellt und genossen einfach die Gegenwart des jeweils anderen, ohne sich über irgendetwas Bedeutungsvolles zu unterhalten.

Je später der Abend wurde, desto nervöser wurde Caroline. Sie konnte nicht anders als darüber nachzudenken, was Matthew an diesem Morgen darüber gesagt hatte, mit ihr ins Bett gehen zu wollen. Ein Teil von ihr, die etwas verruchte Seite, wollte es. Die andere, eher pragmatische Seite wusste, dass es noch zu früh war.

»Worüber denkst du so angestrengt nach?«, fragte

Wolf, legte seinen Finger unter ihr Kinn und hob es hoch, sodass sie ihm in die Augen schauen musste.

»Ich ... nur darüber ... dass ich dich will.« Caroline konnte nicht glauben, dass es einfach so aus ihr herausgeschossen kam.

»Ich will dich auch«, erwiderte Wolf, ohne zu zögern.

»Es ist nur ... also ...«

»Es ist zu früh«, beendete Wolf ihren Satz.

Caroline nickte. »Ich mag dich, Matthew, aber ich bin mir nicht sicher über diese Sache. Über uns. Du bist ... du, und ich bin ich ... und du lebst in Kalifornien und ich bin gerade hierher umgezogen.«

Wolf zog Caroline an seinen Körper. Das fühlte sich so richtig an. Er konnte nicht glauben, wie richtig es sich anfühlte. Sie hatte einen wichtigen Punkt angesprochen. Es gab viele Argumente, die gegen eine Beziehung zwischen ihnen sprachen. Da war die Tatsache, dass sie auf entgegengesetzten Seiten des Landes wohnten, noch das geringste Problem.

»Schhhh, Ice. Ich weiß, das ist verrückt. Wir haben uns gerade erst kennengelernt, aber ich möchte dir sagen, dass ich in meinem ganzen Leben noch niemandem so nahe war wie dir. Du hast etwas an dir, dem ich mich nur schwer entziehen kann.«

Er spürte, wie sie an seiner Brust nickte, und musste lächeln.

»Ich würde gern den Rest meines Urlaubs mit dir verbringen und sehen, ob dieses Ding zwischen uns klappen kann. Ich werde nicht versprechen, dass wir nicht miteinander schlafen werden, weil ich das mehr will als alles andere, aber ich werde versuchen, es vorerst nicht zu übertreiben, okay?«

Bei ihrem leisen »Okay« stieß er den Atem aus, den er angehalten hatte. Wolf wusste nicht, was er getan hätte, wenn sie nicht einverstanden gewesen wäre.

»Aber das heißt nicht, dass ich dich nicht küssen, festhalten und so oft wie möglich berühren werde, während wir es langsam angehen lassen. Ich möchte sicherstellen, dass du damit einverstanden bist.«

Caroline hob den Kopf von seiner Brust und sah ihm in die Augen. »Damit bin ich absolut einverstanden, Matthew.«

Er lächelte, drehte sich um und sie streckten sich auf der Couch aus. Wolf berührte sie von den Zehen bis zur Brust und spürte, wie Carolines Herz schneller schlug. Er konnte sehen, wie sie schneller atmete, und fühlte, wie sie mit den Händen sein Hemd an der Taille packte.

Wolf beugte sich vor und senkte die Lippen, bis sie kurz über ihren schwebten, und wartete. Sie enttäuschte ihn nicht. Sie streckte sich, bis sie seinen Mund erreichen konnte. Er seufzte zufrieden. Caroline wollte dasselbe wie er. Gott sei Dank. Es war ihm wichtig, dass sie zu ihm kam. Obwohl er nicht schüchtern oder besorgt darüber war, der Offensivere in einer Beziehung zu sein, wollte er, dass sie sich sicher war. Er wollte, dass sie ihn genauso wollte wie er sie.

Während er mit seinen Lippen über ihre strich, ließ er seine Hände sanft über ihren Körper gleiten. Er achtete jedoch sorgfältig darauf, nicht ihre nackte Haut zu berühren, da er wusste, dass er sich nicht zurückhalten könnte, sollte er Carolines sanfte Haut an seinen

Handflächen spüren. Wolf sorgte ebenfalls dafür, ihre verletzte Seite nicht zu berühren, aber sonst hielt er sich nicht zurück.

Er fuhr leicht mit den Händen über ihre Brüste und spürte, wie ihre Brustwarzen unter seiner Berührung emporschossen. Er bewegte sich weiter, streichelte sie, und während sie sich unter ihm rekelte, drückte er sie fest an sich, damit sie spüren konnte, wie erregt er war. Wolf wollte nicht, dass sie dachte, sie wäre allein mit ihren Empfindungen, allein mit ihrer Erregung.

Schließlich, mit einer Hand an ihrer Hüfte und der anderen auf ihrem Herzen, zog er seine Lippen widerwillig zurück.

»Jesus, Caroline. Du bist perfekt. Perfekt für mich.«

Wie er erwartet hatte, lief sie rot an.

»Du bist auch ganz in Ordnung, Matthew.«

Er lächelte und zog sie hoch. Carolines Haar war durcheinander und ihre Lippen waren geschwollen von ihren leidenschaftlichen Küssen. Sie sah umwerfend aus. Wolf schmiegte sich an ihren Körper und küsste sie auf den Kopf.

»Kuschel dich an mich, Ice. Ich möchte noch nicht gehen, aber wir müssen aufhören ... damit ... also lass uns noch einen Film anschauen. Wie klingt das?«

Caroline lächelte. Zur Hölle, ja, das klang gut.

Wolf zuckte zusammen und wachte auf. Als SEAL konnte er von einer Sekunde auf die nächste aufwachen und war hundertprozentig einsatzbereit. Er wusste zunächst nicht, was ihn aufgeweckt hatte, bis er ein Wimmern hörte. Caroline zuckte in seinen Armen. Es war offensichtlich, dass sie einen Albtraum hatte.

»Wach auf, Ice.« Wolf versuchte, sie aus ihrem Traum aufzuwecken, aber Caroline wimmerte nur noch lauter bei seinen Worten. »Caroline«, sagte Wolf laut und bestimmt. »Wach auf, du träumst.«

Wolf war nicht auf ihre Reaktion vorbereitet. Sie wehrte sich gegen ihn, als wäre sie wieder im Flugzeug, um den Terroristen zu bekämpfen.

Caroline schlug mit aller Kraft um sich. Der Terrorist würde Matthew verletzen, sie musste alles tun, damit er ihn nicht erreichte. Es war an ihr, Matthew zu retten. Sie schlug auf die Hände ein, die sie festhielten, und ignorierte seine Worte. Sie musste kämpfen. Wenn sie es nicht tat, würde er sie töten.

Im Kampf waren sie von der Couch gefallen – zum Glück war er zuerst auf dem Boden gelandet und verhinderte somit, dass Caroline auf ihren Rücken fiel. Wolfs Herz schmerzte bei dem Ausdruck in ihrem Gesicht. Sie hatte Angst und sie festzuhalten half nicht.

»Caroline!«, schrie Wolf. Sie beruhigte sich. Seine Worte drangen endlich zu ihr durch. Er drehte sie um, sodass sie auf dem Rücken auf dem Boden lag. Er beugte sich über sie und presste seinen Körper gerade genug an sie, sodass er ihre Körperwärme spüren konnte. »Wach auf! Du bist in Sicherheit, es ist alles gut. Du bist hier in Virginia, nicht im Flugzeug. Komm zurück zu mir. Ich bin es, Matthew.«

»Matthew?« Carolines Stimme war leise und ungläubig.

»Ja, mach die Augen auf.«

Caroline zwang sich, die Augen zu öffnen, und sah, dass es tatsächlich Matthew war. Er war über sie gebeugt und sah ihr aufmerksam in die Augen.

»Oh scheiße«, flüsterte Caroline.

»Komm, steh vom Boden auf.« Wolf half ihr, sich zurück auf die Couch zu setzen. Sobald sie saß, nahm er neben ihr Platz und zog sie an seine Brust.

»Es ist alles in Ordnung. Es war nur ein Traum.«

Caroline zitterte von den Nachwirkungen der Bilder, die ihr durch den Kopf geschossen waren. Es war ihr so real erschienen.

»Willst du darüber reden?«

Sie schüttelte den Kopf gegen seine Brust und sah ihn nicht an.

»Okay. Ich gehe davon aus, dass es darum ging, was im Flugzeug passiert ist.« Auf ihr Nicken sagte er zu ihr: »Du musst mit jemandem darüber sprechen, Caroline. Wenn du das nicht tust, werden diese Träume nicht aufhören. Glaub mir, ich weiß, wovon ich spreche.«

Dabei sah Caroline zu Matthew auf. »Tust du das?«

Er sah ernst aus, schaute ihr aber in die Augen. »Ja, bei meiner Arbeit kann ich auch nicht alles einfach so runterschlucken. Es stimmt, dass die meisten Männer beim Militär ihre Schwächen in Bezug auf Albträume und Posttraumatische Belastungsstörungen nicht gern eingestehen, aber wir müssen nach jeder Mission einen Bericht abgeben. Es ist tatsächlich so, dass Abe, Mozart und ich uns hier mit jemandem treffen müssen, um darüber zu sprechen, was im Flugzeug passiert ist.«

Caroline sah ihn nur erstaunt an. »Wirklich?«

Wolf lächelte und zog sie wieder an seine Brust. Sie schob ihren Kopf unter sein Kinn und schlang die Arme um seine Taille. Er wechselte seine Position, bis er mit dem Kopf auf der Armlehne der Couch lag, und schob Caroline so zurecht, dass sie sich ihm zugewandt an seine Seite schmiegte. Ihr Arm ruhte auf seiner Brust, wo sie langsam mit dem Finger über sein Herz fuhr.

»Ja. Ich kann nicht gerade behaupten, dass ich alle Seelenklempner mag, die wir sehen müssen, aber ehrlich gesagt funktioniert es. Wir meckern vielleicht darüber, aber solange es uns gesund hält und fit für die nächste Mission macht, tun wir es.«

»Ich habe gegen diesen Kerl im Flugzeug gekämpft. Ich wusste, wenn er mich besiegt oder wenn ich ihn gehen lasse, würde er dich töten. Ich wollte nicht, dass du stirbst«, sagte Caroline leise und von Herzen.

»Oh, Liebes.« Wolf legte seine Arme um sie. »Du warst so mutig. Ich bin so stolz auf dich. Aber ...« Er wartete, bis sie ihm in die Augen sah, bevor er fortfuhr. »Ich kann auf mich selbst aufpassen. Bring dich nie wieder in Gefahr für mich. Versprich mir das.«

»Aber Matthew, es ist nur ... ich weiß nicht ...« Scheiße. Es war ihr noch nie schwergefallen auszudrücken, was sie sagen wollte. Aber ihr wollten einfach nicht die richtigen Worte einfallen.

Er schüttelte den Kopf. »Kein Aber. Versprich es mir einfach, Caroline. Kümmere dich zuerst um dich. Immer.«

Sie nickte nur. Der Ausdruck in seinen Augen war intensiv. Sie unterbrach den Augenkontakt und legte den

Kopf zurück. Sie hielt ihn fester, schob die Hand, die auf seiner Brust lag, hinter seinen Nacken und drückte ihn.

»Schlaf jetzt. Ich bin für dich da. Ich werde dafür sorgen, dass dir nichts passiert.«

»Vielen Dank. Bei dir fühle ich mich sicher.«

Caroline schlief ein, noch während sie ihn festhielt. Wolf hatte sich in seinem ganzen Leben noch nie zufriedener gefühlt als in diesem Moment. Normalerweise fühlte er sich unwohl, wenn er bei einer Frau einschlief. Er ließ es normalerweise nicht zu, dass sie sich an ihn kuschelte, und ging, sobald es gesellschaftlich akzeptabel war. Aber mit Caroline war alles anders.

Lange nachdem die Sonne untergegangen war, löste sich Wolf von ihr. Er trug Caroline wieder einmal ins Bett und lachte dabei leise in sich hinein. Das wurde langsam zur Gewohnheit – eine Gewohnheit, die ihm gut gefiel.

Als er die Bettdecke über Caroline zog, hörte Wolf plötzlich das schrille Klingeln seines Telefons in dem anderen Raum der Suite. Mist. Sein Telefon klingelte nur, wenn es um die Arbeit ging. Nein, bitte nicht! Sie hatten noch über eine Woche Zeit, bevor sie aufbrechen sollten. Vielleicht ging es noch mal um die Flugzeugentführung? Mit einem letzten Blick auf Caroline und einem letzten sanften Kuss auf ihre Stirn schloss Wolf leise die Schlafzimmertür und ging zu seinem Telefon, in der Hoffnung, dass es nichts Wichtiges war.

Caroline streckte sich vorsichtig, als sie aufwachte, und war erstaunt, wie schnell ihre Seite zu heilen schien. Sie sah sich um. Mist. Wirklich? Zum dritten Mal in Folge? Einmal mehr konnte sie sich nicht erinnern, wie sie ins Bett gekommen war. Sie *erinnerte* sich jedoch an ihren Albtraum und das intensive Beisammensein mit Matthew.

Caroline lächelte bei der Erinnerung, schaute sofort auf das Kissen neben sich und entdeckte ein Stück gefaltetes Papier.

Ihr Herz raste und sie konnte es kaum erwarten zu lesen, was er geschrieben hatte. Caroline griff nach dem Zettel und faltete ihn auseinander.

Caroline, ich versichere dir, dass ich es hasse, dir wieder eine Notiz schreiben zu müssen. Ich hoffe wirklich, dass ich eines Tages neben dir liegen kann, wenn du aufwachst ... und errötest, wie jetzt ...

Jesus, dieser Mann kannte sie wirklich zu gut. Caroline las weiter.

Wie du weißt, sind Mozart, Abe und ich hierher nach Norfolk geflogen, um Urlaub zu machen, bevor unsere Mission beginnt. Leider hat diese Mission früher angefangen, als wir dachten. Ich habe in den letzten Tagen viel Zeit mit dir verbracht. Wenn es in Ordnung ist, würde ich mich gern bei dir melden, wenn wir zurück sind. Ich möchte dich gern besser kennenlernen. Ich weiß, dass wir einige Dinge klären müssen, hauptsächlich die Entfernung zwischen unseren Wohnorten,

aber ich möchte immer noch herausfinden, was zwischen uns läuft. Ich bin mir nicht sicher, wie lange es dauern wird, bis wir wieder in Norfolk sind. Manchmal sind unsere Missionen kurz, aber manchmal können sie sich auch länger hinziehen, als uns lieb ist. Ich hinterlasse dir meine Handynummer, damit du mich erreichen kannst. Wenn du dich nach meiner Rückkehr mit mir treffen möchtest (was ich stark hoffe!), ruf mich einfach an und hinterlasse mir eine Nummer, unter der ich dich erreichen kann. Ich melde mich, sobald wir zurück sind. Viel Glück bei deinem neuen Job. Zeig's ihnen! Matthew.
P.S.: Abe und Mozart lassen dich grüßen und es tut ihnen leid, dass sie gestern Abend nicht mit uns abhängen konnten. Ich habe ihnen nicht gesagt, dass es mir nicht leidtut ...

Caroline las den Brief noch zweimal und drückte ihn an ihre Brust. Sie war sich nicht sicher, was sie mit Matthew anfangen sollte. Es war ein berauschendes Gefühl, das sie noch nie erlebt hatte. Niemand hatte sie zuvor jemals besser kennenlernen wollen. Es war fast zu schön, um wahr zu sein.

Caroline steckte den Brief vorsichtig in ihre Handtasche und holte tief Luft. Zeit, in ihr wirkliches Leben zurückzukehren. Sie war kein SEAL und musste ihren Arbeitgeber kontaktieren, um ihn wissen zu lassen, was los war. Sie könnte sogar früher mit der Arbeit beginnen, wenn das möglich war, und sie hoffte fast, dass es so wäre. Sie brauchte etwas, das sie von Matthew und allem, was in letzter Zeit passiert war, ablenkte.

Caroline packte ihre Sachen zusammen und sah sich auf dem Weg nach draußen ein letztes Mal im Hotelzimmer um. Sie machte sich auf den Weg zu der Wohnung, die sie gemietet hatte, bevor sie nach Virginia aufgebrochen war. Bevor sie ging, holte sie beide Briefe heraus, die Matthew ihr hinterlassen hatte, und las sie noch einmal. Aus einem Impuls heraus fügte sie seine Nummer der Kontaktliste in ihrem Handy hinzu. Nicht dass sie ihn tatsächlich anrufen würde ... das zwischen ihnen würde niemals funktionieren ... es war besser, die ganze Sache jetzt zu beenden, bevor sie sich noch in ihn verliebte ... oder?

KAPITEL ZWÖLF

Zwei Wochen später

Im Großen und Ganzen hatte Caroline Spaß an ihrer Arbeit. Es war fast die gleiche wie die in San Diego. Die Arbeit eines Chemikers war für die meisten Menschen wirklich nicht besonders aufregend, egal wo sie durchgeführt wurde, aber Caroline gefiel es. Es war schwer, jemandem zu erklären, was oder warum sie es tat. Für sie war es einfach faszinierend, wie man durch das Mischen von Chemikalien etwas Nützliches und Lebensrettendes oder Zerstörendes und Tödliches erschaffen konnte. Sie erinnerte sich daran, wie Matthew sich scheinbar dafür interessiert hatte, als sie versucht hatte, ihm zu erklären, was sie beruflich machte.

Sie hatte in den letzten Tagen tatsächlich ein paarmal Matthews Nummer gewählt. Sie hatte sich vorgenommen, ihm eine Nachricht zu hinterlassen, in der sie sich einverstanden erklärte, ihn nach seiner Rückkehr wiederzusehen, aber jedes Mal machte sie kurz vorher einen Rückzieher. Verdammt, sie hatte keine Ahnung, ob er nicht schon wieder zurück war. Was wäre, wenn er seine Meinung geändert und entschieden hatte, dass eine Beziehung zu viel Ärger bedeuten würde? Wollte er überhaupt eine Beziehung? Vielleicht hatte sie sich ganz umsonst verrückt gemacht.

Caroline beschloss zu glauben, dass Matthew immer noch außer Landes war. Also rief sie ihn wieder an, nur um seine Stimme auf der Mailbox zu hören, die genügte, um sie zur Besinnung zu bringen. Was machte sie hier? Sie hatten während der paar Tage eine großartige Zeit zusammen verbracht. Aber was, wenn er es nur aus Dankbarkeit darüber gemacht hatte, weil sie ihm das Leben gerettet hatte, oder weil er sich so um sie sorgte, wie jemand sich um seine Schwester sorgt?

Natürlich hatten die Küsse sich für sie nicht so *angefühlt* wie die zwischen Geschwistern. Sie seufzte. Normalerweise war sie nicht so unentschlossen. Wenn sie etwas wollte, dann nahm sie es sich einfach. Andererseits hatte ihr noch nie jemand so viel Aufmerksamkeit geschenkt, der so aussah wie Matthew.

Caroline hatte während der letzten zwei Wochen viel an die drei SEALs gedacht. Sie nahm an, dass es normal war, sich irgendwie mit ihnen verbunden zu fühlen, nach dem, was sie durchgemacht hatten. Sie wollte wissen, ob es Matthew, Sam und Christopher gut ging und sie sicher zurückgekehrt waren – wo auch immer sie gewesen sein mögen. Aber es war ihr peinlich, ihm tatsächlich eine Nachricht zu hinterlassen. Matthew war ein Mann, von der jede Frau nur träumte. Er war der Typ Mann, der mit großen, hinreißenden Frauen ausging, nicht mit jemandem wie ihr, einer streberhaften Wissenschaftlerin.

Die Medien waren immer noch voll von Nachrichten über die Entführung. Jedes Mal wenn sie den Fernseher einschaltete, lief eine andere Geschichte darüber. Caroline hatte Brandy mittlerweile auf jedem Nachrichtensender gesehen. Brandy hatte keine Ahnung, wovon sie überhaupt sprach, da sie sich während der Geschehnisse im hinteren Teil des Flugzeugs aufgehalten hatte. Die Reporter wollten trotzdem mit ihr reden.

Es wurde viel über die »mysteriösen« Männer spekuliert, die sie gerettet hatten. Soweit Caroline es einschätzen konnte, wusste bisher aber niemand, wer sie waren. Und Gott sei Dank wurde ihr Name nirgends erwähnt.

Eine Sache, die Caroline in einem der Berichte gehört hatte, machte sie allerdings extrem nervös. Darin war die Flugzeugentführung als »Probelauf« für eine größere Operation zur Übernahme mehrerer Flugzeuge bezeichnet worden, die später hätte stattfinden sollen. *Das* hätte das Land sicherlich in Aufruhr versetzt. Die Sicherheit der Fluglinien war verschärft worden und die Leute hatten offensichtlich Angst vorm Fliegen. Caroline machte jedoch die Tatsache nervös, dass es nicht nur vier Menschen gewesen waren, die allein gehandelt hatten. Es gab noch andere Leute da draußen, die das offensichtlich noch einmal tun und möglicherweise unschuldige Menschen verletzen und töten wollten. Caroline wünschte niemandem, das Gleiche durchmachen zu müssen wie sie.

Nachdem Caroline diesen Bericht gesehen hatte, versuchte sie, keine Nachrichten mehr über die Entführung zu schauen. Sie hatte es miterlebt und kannte die Wahrheit, und die vielen Spekulationen über mögliche politische Motive machten sie nur verrückt. Für die Hintergrundbeschallung lauschte sie nun lieber einem Oldies-Radiosender, anstatt den Fernseher einzuschalten.

Carolines neues Apartment war nicht sehr weit von ihrem Arbeitsplatz entfernt, sodass sie nicht mit dem Auto dorthin fahren musste. Meistens nahm sie den Bus, wenn sie irgendwohin musste, es sei denn, sie wollte zum Strand oder an die Küste, dann nahm Caroline das Auto. Sie genoss die Landschaft in Virginia. Sie war beruhigend für ihre gestressten Nerven.

Was ihren Weg zur Arbeit anging, variierte Caroline die Zeiten und die Wege, die sie ging. Jede Frau wusste, dass das eine kluge Sache war, aber sie war trotzdem noch außerordentlich nervös. Ein paarmal dachte sie, jemand würde ihr folgen, aber als sie Nachforschungen anstellen wollte, konnte sie niemanden sehen, der verdächtig wirkte. Caroline hatte auch bei der Arbeit merkwürdige Anrufe bekommen. Wenn sie den Hörer abnahm, war niemand dran oder derjenige sagte zumindest nichts.

Caroline hatte sich nicht viel dabei gedacht, bis sie den Bericht über die Entführung gesehen hatte, an der sie beteiligt gewesen war. Angesichts der Bedrohung durch mögliche andere Entführungen konnte sie jetzt an nichts anderes mehr denken! Was wäre, wenn die Terroristen wüssten, wer sie war und welche Rolle sie bei der fehlgeschlagenen Entführung gespielt hatte? Was wäre, wenn sie verfolgt würde?

Ein paar Tage, nachdem Caroline die Nachrichten über die Entführung gesehen hatte, verließ sie spät am Abend das Büro – sie hatte länger an einem Projekt gearbeitet, das gerade kurz vor dem Durchbruch stand. Ihre Kollegen waren auch länger geblieben, sind dann aber in ihre Autos gestiegen, um nach Hause zu fahren. Caroline sah ihnen hinterher, wie sie zu ihren Wagen gingen und sie in der Tür des Bürogebäudes stehen ließen. Sie schüttelte innerlich den Kopf. Sie war offenbar die Einzige, die öffentliche Verkehrsmittel benutzte, und niemand dachte auch nur daran zu fragen, ob er sie nach Hause fahren könnte. Manchmal war sie einfach zu eigensinnig. Sie hätte nur um eine Mitfahrgelegenheit bitten sollen – jetzt war es zu spät.

Caroline dachte wehmütig an Matthew. Sie wusste, dass er der Typ Mann war, der es niemals zulassen würde, dass eine Frau so spät in der Nacht allein mit öffentlichen Verkehrsmitteln fahren musste. Er hätte sie nach Hause gebracht. Sie seufzte. Caroline hatte nie über so etwas nachgedacht, bis sie Matthew und sein Team getroffen hatte. Sie hatte es einfach als gegeben angesehen und sich um ihre eigenen Sachen gekümmert.

Caroline holte ihr Handy heraus und ging zielstrebig zur Bushaltestelle. Sie musste nur drei Blocks fahren, aber es war bereits dunkel. Glücklicherweise musste sie nicht lange warten, bis der Bus kam. Das war gut, weil Caroline nicht im Dunkeln an der Haltestelle stehen wollte. Sie wäre ausgeflippt.

Sie hatte plötzlich wieder das Gefühl, beobachtet zu

werden, und es ließ auch nicht nach, als sie im Bus saß. Wieder entdeckte sie niemanden, der deplatziert wirkte, aber sie konnte das gruselige Gefühl nicht loswerden.

Von ihrer Haltestelle aus ging sie so schnell sie konnte nach Hause. Sie entspannte sich nicht, bis sie es ins Haus geschafft und ihre Apartmenttür hinter sich abgeschlossen hatte. Sie behielt ihr Handy in der Hand, damit sie sich überlegen konnte, ob sie Matthew später anrufen sollte oder nicht. Ihre Handtasche stellte sie ab und ging in Richtung Badezimmer. Sie wollte sich kaltes Wasser ins Gesicht spritzen und ihre Arbeitskleidung ausziehen. Die Sorge um ihre ungewisse Beziehung zu Matthew, das Gefühl, beobachtet zu werden, und der Stress nach der Entführung machten ihr zu schaffen. Sie schlief schlecht und sie war erschöpft.

Als sie das Badezimmer erreichte, hörte sie ein Geräusch hinter sich. Sie blickte zurück und sah, wie der Türknauf ihrer Wohnungstür gedreht wurde. Die Tür war verschlossen, aber da draußen war jemand. Heilige Scheiße. Sie hatte nicht den Verstand verloren. Jemand *musste* ihr gefolgt sein. Wenn es jemand war, der auf legitime Weise mit ihr sprechen wollte, hätte er geklopft. Niemand ging an die Tür und drehte einfach am Türknauf, um die Tür zu öffnen. Man klopfte an und wartete ... es sei denn, man hatte nichts Gutes im Sinn.

Caroline wartete nicht darauf herauszufinden, wer an der Tür war oder ob derjenige hereinkam. Sie lief ins Schlafzimmer und öffnete das Fenster zur Feuerleiter. Sie hatte keine Ahnung, ob die Person an der Tür darauf hereinfallen würde. Aber vielleicht, und nur vielleicht, würde sie denken, dass sie geflohen war, und sich nicht die Zeit nehmen, den Rest der Wohnung zu durchsuchen.

Sie lief zurück ins Badezimmer, als sie das Knarren der Wohnungstür hörte, was ein sicheres Anzeichen dafür war, dass sie gerade geöffnet wurde. Offensichtlich hatten der Eindringling eine Art Dietrich benutzt, um hineinzugelangen, sonst hätte sie gehört, wie die Tür eingetreten worden war. Der Angreifer versuchte, sich an sie heranzuschleichen, um sie zu überraschen. Offensichtlich wollte er auch keinen Lärm machen, damit andere Bewohner des Hauses nicht misstrauisch wurden.

Mit rasendem Herzen betrat sie das Badezimmer und ließ die Tür einen Spalt offen. Sie betete, dass der Eindringling aufgrund des offenen Schlafzimmerfensters vermuten würde, dass sie die Wohnung auf diesem Weg verlassen hatte. Die offene Badezimmertür würde hoffentlich den Eindruck erwecken, dass dort niemand war. Sie stieg in die Badewanne und zog den Duschvorhang fast vollständig zu. Sie zog ihn nicht ganz zu in der Hoffnung, dass es so aussehen würde, als wäre niemand dahinter.

Caroline bemerkte, dass sie noch ihr Handy in der Hand hielt. Gott sei Dank. Sie weinte fast vor Erleichterung. Sie wählte schnell den Notruf und wartete darauf, dass jemand antwortete.

»Hallo, hier spricht die Polizei, wie kann ich Ihnen helfen?«

Caroline hörte die Stimme am anderen Ende der Leitung und sackte buchstäblich vor Erleichterung zusammen. Sie hatte keine Ahnung, wer die Person war oder wie sie aussah, und es interessierte sie auch nicht wirklich. Es war ihr nur wichtig, dass jemand da war, um ihr zu helfen.

Mit einer so leisen, flüsternden Stimme, dass sie keine Ahnung hatte, ob die Frau am anderen Ende der Leitung sie überhaupt hören konnte, sagte sie: »Ich bin in meiner Wohnung, jemand ist eingebrochen. Ich verstecke mich in der Dusche. Bitte. Schnell!«

»Okay, ich habe Ihre Adresse. Die Polizei ist unterwegs. Bleiben Sie, wo Sie sind, und verhalten Sie sich ruhig. Jemand wird so schnell wie möglich da sein.«

Caroline seufzte erleichtert. Die Stimme der Telefonistin war besonnen und beruhigend, genau das, was sie in diesem Moment brauchte. Caroline flüsterte immer noch, sagte: »Danke«, und legte dann auf. Sie wusste, dass sie wahrscheinlich am Telefon hätte bleiben sollen, bis die Polizei eintraf, aber sie konnte nicht, sie musste Matthews Stimme hören.

Wie von allein tippte Caroline in ihrem Telefon auf seinen Namen und wählte seine Handynummer. Sie wusste nicht, wer in ihrem Haus war, aber wer auch immer es war, würde sie nicht am Leben lassen, wenn er in irgendeiner Weise mit dem Terrorvorfall zu tun hatte. Das wusste sie.

Caroline wollte nicht, dass Matthew dachte, dass sie ihn nicht wiedersehen wollte. Wenn er von seiner Mission zurückkam und nichts von ihr hörte, würde er genau das denken. Er würde wahrscheinlich nie erfahren, dass sie an ihn gedacht hatte und wie sehr sie die Zeit genossen hatte, die sie zusammen verbracht hatten. Es war Zeit, diese Nachricht für ihn zu hinterlassen.

Sie wartete seine Ansage ab und war den Tränen

nahe, als sie seine leise, mürrische Stimme hörte. Nach dem Piepton flüsterte sie: »*Hi Matthew, ich bin es, Caroline ... äh ... Ice. Ich wollte dich nur wissen lassen, dass ich liebend gern wieder mit dir zusammen sein würde, wenn du zurückkommst. Ich wollte nicht, dass du denkst, dass ich dich nicht wiedersehen will ... aber ich weiß gerade nicht, ob ich noch dazu in der Lage sein werde ... Ich bin in meiner Wohnung und jemand ist gerade eingebrochen. Ich verstecke mich im Badezimmer. Ich habe den Notruf verständigt, aber wenn die Polizei nicht rechtzeitig hier ist ... möchte ich, dass du weißt, dass ich dich unbedingt wiedersehen wollte ...*«

Caroline drückte die Taste, um den Anruf zu beenden, und schaltete das Telefon vollständig aus. Sie wollte nicht, dass die besorgt klingende Frau vom Notruf sie zurückrief und das Telefon zur falschen Zeit klingelte. Auch im Vibrationsmodus wäre das Vibrieren noch zu hören.

Sie versuchte, ihre Atmung zu verlangsamen und so leise wie möglich zu sein. Das war schwerer als gedacht. Es war so beängstigend, dass sie tatsächlich hoffte, es war jemand, der sie nur ausrauben wollte. Aber bei Gott, tief in ihrem Inneren wusste sie, wer auch immer es war, würde sie töten, wenn er sie fand. Sie hörte, wie die Person in ihr Schlafzimmer ging und das Fenster schloss. Caroline glaubte zu hören, wie jemand fluchte und dann ihre Schränke durchsuchte. Sie konnte nicht einmal Scham empfinden. Sollte er sich nur ihre Unterwäsche ansehen, wenn er danach verschwinden würde.

Dann kam er tatsächlich ins Badezimmer, durchwühlte den Spiegelschrank und benutzte sogar die Toilette. Caroline hatte Angst zu atmen. Sie hatte jetzt mehr Angst als im Flugzeug. Es würde nur einen Atemzug, eine falsche Bewegung, ein Husten oder ein Niesen brauchen, um ihn auf ihre Anwesenheit aufmerksam zu machen. Matthew und sein Team waren nicht da, um ihr zu helfen. Caroline war auf sich allein gestellt und ihr wurde plötzlich klar, wie ungeeignet sie für so eine Situation war. Sie dachte, sie sei mutig, aber wenn es darauf ankam, musste sie feststellen, dass sie überhaupt nicht mutig war. Sie hatte sich in ihrem ganzen Leben noch nie so allein gefühlt.

Schließlich verließ die Person das Badezimmer. Caroline hörte Sirenen in der Ferne, dann wie jemand zur Tür lief und sie leise hinter sich schloss. Jesus, er schlug nicht einmal die verdammte Tür hinter sich zu. Das sagte viel über seine Selbstkontrolle und Professionalität aus. Sie rührte sich nicht. Was wäre, wenn zwei von ihnen in der Wohnung waren? Was wäre, wenn die Person nicht wirklich gegangen war und nur wollte, dass sie das *glaubte*, um sie aus ihrem Versteck zu locken?

Caroline blieb regungslos und leise, selbst als sie hörte, wie die Polizei an ihre Wohnungstür schlug. Sie war starr vor Angst. Sie wollte verzweifelt zur Tür laufen und sich in die Arme der Beamten werfen. Aber je mehr sie darüber nachdachte, desto mehr wurde ihr klar, dass sie nicht einmal der Polizei trauen konnte. Was, wenn es nicht wirklich die Polizei war? Sie rührte sich nicht, bis sie die Polizisten in ihrer kleinen Wohnung hörte. Sie wusste, dass sie nicht ewig in der Badewanne verweilen konnte, also schob sie den Vorhang langsam beiseite und gab sich den Polizisten zu erkennen.

KAPITEL DREIZEHN

Wolf konnte es kaum erwarten, bis ihr Schiff in die Nähe des Festlands kam. Er wollte seine Mailbox abrufen, musste aber warten, bis sie in Reichweite eines Mobilfunkmastes auf amerikanischem Boden waren. Zum tausendsten Mal wünschte er sich ein Satellitentelefon, aber das war für den täglichen Gebrauch natürlich unpraktisch. Er schüttelte den Kopf und lachte über sich selbst. Er war schlimmer als ein Highschool-Schüler mit seinem ersten Schwarm.

Mozart und Abe hatten ihn immer wieder aufgezogen, aber er wusste, dass sie genauso gespannt darauf waren, von Caroline zu hören, um sicherzugehen, dass es ihr gut ging. Sie hatten Wolf die ganze Zeit erzählt, wie glücklich er sich schätzen konnte.

Cookie, Benny und Dude hatten Caroline noch nicht kennengelernt, aber sie hatten schon alles über sie vom Rest des Teams gehört. Sie waren beeindruckt von ihrem Einsatz im Flugzeug und hatten unendlich viele Fragen über ihren Job als Chemikerin gestellt. Wolf wusste, dass sie sie genauso umwerfend finden würden wie er. Solange sie ihre Hände bei sich behielten, wäre alles in Ordnung.

Wolf hätte über sich selbst überrascht sein sollen, wie besitzergreifend er gegenüber Caroline war, war es aber nicht. Es schien einfach richtig zu sein. Wie sollte er sich darüber wundern, wenn es sich einfach so anfühlte, als wäre sie *seine*.

Alles in ihm hatte sich dagegen gesträubt, Caroline in diesem Hotelbett zu lassen, ohne vorher mit ihr zu sprechen, aber er hatte keine Wahl gehabt. Sobald er das Telefon abgenommen hatte, wusste er, dass er gehen musste. Sein Vorgesetzter hatte Wolf informiert, dass sich die Situation geändert hatte und sie sofort aufbrechen mussten. Niemand würde mit ihm diskutieren, so war das Leben als Navy SEAL, aber in diesem Moment hatte Wolf es gehasst. Zum ersten Mal in seinem Leben gab es jemanden, der ihm wichtiger war als seine Arbeit.

Ein Navy SEAL zu sein stand für ihn immer an erster Stelle. Immer. Zu keinem Zeitpunkt hatte er einer Frau erlaubt zu bestimmen, was er wann tat. Es fühlte sich komisch an. Wenn eine Frau in der Vergangenheit versucht hatte, ihn festzuhalten, war er nervös geworden und hatte die Beziehung beendet. Jetzt *wollte* er, dass Caroline ihn festhielt. Er wusste nicht, ob er sie liebte, aber er dachte viel darüber nach, was er nach dieser kurzen Zeit mit ihr für sie empfand, und musste feststellen, dass er wohl kurz davor war, sich in sie zu verlieben.

Als er beim Schiff eingetroffen war, hatten Mozart und Abe sofort wissen wollen, wie es Caroline ging. Wie ging es ihrer Seite? War die Naht in Ordnung? Wolf hatte ihre Fragen beantwortet und ihnen erzählt, wie sehr er seine Zeit mit ihr genossen hatte. Er war schockiert gewesen, als sie ihn anlächelten und ihm sagten, dass es höchste Zeit für ihn wäre, eine Frau zu finden, die ihm guttut.

Sogar Tex hatte ihn in seinem Haus beiseitegenommen und ihm versichert, wie sehr er Caroline mochte. Tex war immer ein lockerer Typ gewesen und hatte noch niemals, kein einziges Mal Wolfs Frauenwahl kommentiert ... bis zu Caroline. Die Zustimmung seines Teams bedeutete ihm viel. Das sollte nicht heißen, dass Wolf auf sie gehört hätte, wenn sie sie nicht mochten, aber er war froh, dass sie es taten. Sie würden hoffentlich in Zukunft mehr von Caroline sehen.

Endlich vibrierte das Telefon in Wolfs Hand. Sie waren dem Festland schließlich nahe genug, um ein Signal empfangen zu können. Gott sei Dank hatte er eine Nachricht! Er hob das Telefon schnell an sein Ohr und hoffte, Carolines Stimme sagen zu hören, dass sie ihn wiedersehen möchte.

»Hi Matthew, ich bin es, Caroline ... äh ... Ice ...« Zuerst war Wolf begeistert, ihre Stimme zu hören, aber verwirrt darüber, dass sie flüsterte. Dann gefror ihm das Blut in den Adern. Was zum Teufel? Oh scheiße. Seine Caroline steckte in Schwierigkeiten. Zu hören, dass ihre sanfte Stimme vor Angst zitterte, war herzzerreißend. Sie war in Schwierigkeiten gewesen und hatte angerufen, um *ihn* zu beruhigen. Jesus. Sie wusste, dass er ihr nicht helfen konnte, aber sie hatte trotzdem angerufen. Wolf konnte keinen klaren Gedanken fassen. *Er*, der Navy SEAL, hatte keine Ahnung, was er tun sollte.

Er wirbelte herum, nahm zwei Stufen auf einmal und stürmte in den Aufenthaltsraum. Alle fünf Mitglieder seines Teams sahen ihn sofort scharf und alarmiert an. Sie hatten Wolf noch nie so aufgewühlt gesehen und waren in Alarmbereitschaft.

»Caroline«, war alles, was er herausbringen konnte. Er atmete schwer und war definitiv in Panik. Mozart und Abe kamen zu ihm und Wolf hielt ihnen nur das Telefon hin. Abe griff danach und spielte die Nachricht über Lautsprecher ab, damit alle sie hören konnten.

Alle schwiegen, bis Mozart schließlich ausrief: »Scheiße.« Es schien, als wäre der Anruf vor etwa vierundzwanzig Stunden eingegangen. Vor vierundzwanzig verdammten Stunden. Es gab keine weitere Nachricht von ihr. Niemand wollte es aussprechen, aber alle wussten, dass das kein gutes Zeichen war.

Für *mindestens* vier weitere Stunden würden sie nicht das Schiff verlassen können. Sie mussten andocken und die Freigabe bekommen. Benny, Cookie und Dude hatten Caroline noch nicht getroffen, aber nach allem, was sie von den anderen über sie gehört hatten, waren sie genauso besorgt um sie wie Mozart, Abe und Wolf. Na ja, vielleicht nicht ganz so besorgt wie Wolf.

Wolf wählte sofort die Nummer, von der Caroline angerufen hatte. Er hörte es klingeln und klingeln und klingeln. Als ihre Ansage kam, machte er sich nicht die Mühe, sie anzuhören. So sehr er auch ihre Stimme hören wollte, er wollte sie persönlich hören, nicht vom Band. Er legte auf und rief wieder an. Er hatte keine Ahnung, wie oft er es versucht hätte, wahrscheinlich bis eines seiner Teammitglieder ihm das Telefon weggenommen hätte, aber zum Glück nahm sie beim dritten Versuch ab.

»Hallo?«, antwortete sie vorsichtig.

»Caroline?«, sagte Wolf eindringlich und hoffte, dass sie es war. Wie sie in so kurzer Zeit so wichtig für ihn hatte werden können, war ihm immer noch ein Rätsel. Aber da war es wieder. In dem Moment, in dem er ihre leise Stimme hörte und realisierte, dass er nicht da war, um ihr beizustehen, wusste er, dass sie die Seine war. Seine. Punkt.

»Ja, am Apparat«, entgegnete Caroline zitternd. Sie hatte sich noch nicht von dem Einbruch in ihre Wohnung erholt und erkannte die Stimme am anderen Ende der Leitung nicht.

»Ich bin es, Wolf ... äh ... Matthew. Bist du in Ordnung? Jesus, Caroline. Sprich mit mir.«

»Matthew!« Caroline atmete erleichtert auf. Oh mein Gott, sie war so froh, seine Stimme zu hören, dass sie sich setzen musste. Sie ließ sich auf einen Stuhl in der Nähe fallen und erinnerte sich dann an die Nachricht, die sie für ihn hinterlassen hatte. »Bist du zurück? Rufst du an, um zu fragen, wann wir uns wiedersehen können?« Caroline versuchte, sich dumm zu stellen und so zu tun, als würde Matthew wegen einer Verabredung anrufen. Vielleicht hatte er seine Mailbox noch gar nicht abgehört. Der Gedanke war allerdings dumm, weil er ihre Nummer nicht kennen würde, wenn er seine Nachrichten noch nicht abgehört hätte. Sie erkannte es nun auch am Tonfall seiner Stimme, als er fragte, ob es ihr gut ginge, dass er die panische Nachricht, die sie hinterlassen hatte, gehört haben musste.

»Verdammt, Caroline«, brüllte er sie fast an. »Geht es dir gut? Was zur Hölle ist los?«

Caroline zuckte zusammen. Scheiße. Vielleicht hätte sie ihn doch nicht aus ihrer Wohnung anrufen sollen. Er klang eher sauer als froh darüber, von ihr zu hören. Sie beugte sich auf dem Stuhl nach vorne und umklammerte ihren Bauch. Ihre Unterlippe zitterte und sie schloss die Augen.

Abe nahm Wolf das Telefon ab und funkelte ihn an, als er es ans Ohr hob. Abe wusste, dass Wolf zu aufgeregt war, aber bei Gott, er würde Ice verärgern oder ihr Angst machen, wenn er sich nicht unter Kontrolle bekam.

»Hier ist Abe, Ice. Wolf *wollte* eigentlich ausdrücken, dass er deine Nachricht erhalten hat und sichergehen möchte, dass es dir gut geht«, erklärte er leise und bedeutete Wolf mit einer Geste, sich zu entspannen und aufzuhören, die anderen mit seinen Blicken zu töten.

Caroline seufzte und unterdrückte ein Schluchzen. »Mir geht es gut, Christopher. Vielen Dank. Könntest du Matthew wieder ans Telefon holen? Bitte?« Caroline war überrascht, dass sie sich an seinen richtigen Namen erinnerte. Sie hatte befürchtet, sie könnte ihre richtigen Namen vergessen, und hatte sie in den letzten Wochen mehrmals für sich selbst wiederholt, um dem entgegenzuwirken.

Abe sah zu seinem Teamleiter hinüber. Wolf saß auf einem Stuhl, den Kopf auf die geballten Fäuste gestützt. Er konnte das Weiße auf Wolfs Knöcheln sehen und erkennen, dass er noch nicht in der Verfassung war, rational zu sprechen.

»Ähm, nein, tut mir leid, jetzt gerade nicht. Warum erzählst du mir nicht einfach, was los ist?«

Caroline seufzte. Christopher hatte sie gebeten, ihm zu erzählen, was los war, aber sie wusste, dass es nicht wirklich eine Frage, sondern eher eine Aufforderung war.

»Ich wollte ihn nicht verärgern, Christopher. Gott, kannst du ihm das sagen? Ich ... verdammt ... wenn etwas passiert wäre, wollte ich nicht, dass Matthew glaubt, ich hätte ihn nicht gern wiedergesehen. Das ist alles. Er ist das Beste, das mir in meinem Leben bisher passiert ist.« Sie machte eine Pause, holte tief Luft und fuhr fort: »Dann ... war ich beschäftigt ... und habe vergessen, ihn noch einmal anzurufen.« Das war eine Lüge, aber sie dachte, es sei für den Moment besser, als die Wahrheit zu sagen. Sie wollte nicht gleich damit herausplatzen, dass sie Matthew schrecklich vermisste und ihn jeden Tag, jede Stunde anrufen wollte. Das war selbst für ihre Verhältnisse ein bisschen zu anhänglich.

Abe wiederholte seine Frage: »Was ist passiert? Ich weiß, dass du mir nicht alles erzählst. Du *weißt*, wie ich es hasse, wenn Leute lügen. Erzähl es mir, Ice. Sofort.«

Caroline mochte die Härte in Christophers Stimme nicht, aber sie wusste, dass sie nicht mehr lange um den heißen Brei herumreden konnte. Sie erzählte ihm eine verwässerte Version von dem, was in ihrer Wohnung passiert war.

»Ich bin von der Arbeit nach Hause gekommen und jemand hat versucht einzubrechen. Ich habe mich im Badezimmer versteckt, bis die Polizei kam und der Eindringling verschwunden war.«

Abe wusste, dass mehr passiert war als das, was sie

ihm gerade mitgeteilt hatte. Verdammt, sie hatte bereits versucht, ihren Kampf mit einem verfluchten Terroristen herunterzuspielen. Es stand außer Frage, dass ihre Erklärung von zwei Sätzen nicht einmal *ansatzweise* das wiedergab, was wirklich geschehen war. Er beschloss, es auf sich beruhen zu lassen, bis sie sie persönlich sehen konnten, und informierte sie: »Wir werden noch ein bisschen brauchen, bis wir da sind, wahrscheinlich etwa fünf Stunden. Du bleibst in deiner Wohnung, bis wir dort sind! Okay?«

Caroline zögerte.

»Okay, Ice?«, fragte Abe ungeduldig, als sie nicht sofort zustimmte.

»Ich bin nicht in meiner Wohnung, Christopher«, sagte Caroline mit leiser Stimme.

»Wo zum Teufel bist du dann?«, schrie Abe sie förmlich an.

Caroline zuckte am anderen Ende des Telefons zusammen und setzte sich gerade hin. Ihr Magen tat weh. Das war schrecklich. Sie wollte, dass Matthew und sein Team bei ihr wären, aber sie wollte auch, dass sie in Sicherheit waren. Warum schrie Abe sie an? Mist. Sie zog ihre Beine an und stellte die Füße auf den Stuhl. Mit der einen Hand hielt sie ihre Knie und mit der anderen das Telefon. Bei allem, was vor sich ging, konnte sie das nicht gebrauchen. Am anderen Ende des Telefons ertönte eine neue Stimme.

Dude hatte Abe das Telefon abgenommen. »Ice? Mein Name ist Dude und ich bin in Wolfs Team. Wie ich es verstanden habe, bist du nicht zu Hause. Warum sagst du mir nicht, wo du bist, und wir können persönlich zu dir kommen und uns vergewissern, dass es dir gut geht.«

Caroline schüttelte den Kopf. »Es tut mir leid, Faulkner, du heißt doch Faulkner, richtig? Ich versuche, mir immer die Vornamen zu euren Spitznamen zu merken. Matthew hat mir alles über euch erzählt und ich glaube, ich erinnere mich, aber ich kann auch falschliegen.« Caroline wusste, dass sie Zeit schindete, also fuhr sie fort: »Ich kenne dich aber nicht wirklich. Ich werde niemandem, den ich noch nie getroffen habe, erzählen, wo ich bin, auch wenn du dich im selben Raum wie Matthew und Christopher befindest.«

Ihrer Ansage folgte ein Moment der Stille, bevor eine weitere Stimme an der anderen Seite der Leitung auftauchte.

»Ice, hier ist Mozart. Erinnerst du dich an mich?«

Caroline schnaubte und es kam halb als Lachen und halb als Schluchzen heraus. Es sah so aus, als würden sie das Telefon so lange herumreichen, bis jeder im Team mit ihr gesprochen hatte. »Sicher tue ich das. Du hast da so eine hübsche Stickerei an meiner Seite hinterlassen, Sam.« Sie versuchte, locker zu wirken.

»Stimmt. Wo bist du jetzt?« Mozart war froh, ihre Stimme zu hören und zu wissen, dass sie in Ordnung zu sein schien, aber nicht glücklich darüber, wie sie versuchte, ihn abzuwimmeln. »Warum bist du nicht in deiner Wohnung?«

»Das ist eine lange Geschichte, Sam, aber ich kann es dir jetzt nicht erzählen.«

»Warum nicht, Ice? Bitte, du weißt, dass du uns vertrauen kannst. Wir helfen dir.«

»Ich weiß, aber ich dar... Ich kann es einfach nicht. Okay?«

»Darfst? Du darfst es uns nicht sagen? Was zum Teufel ist los, Ice?«, stotterte Mozart und wurde immer wütender und besorgter um sie.

Wolf hatte sich endlich unter Kontrolle und deutete auf sein Handy. Mozart sah, dass Wolf sich tatsächlich wieder unter Kontrolle zu haben schien, und gab ihm das Telefon, während er ihm zuflüsterte: »Finde heraus, was zur Hölle los ist. Irgendetwas stimmt nicht.«

Wolf nickte knapp und versuchte, die Stimme zu senken, als er wieder ins Telefon sprach. »Caroline? Ich bin es, Matthew.«

»Ich weiß«, sagte Caroline leise, »ich erkenne jetzt deine Stimme.«

»Ich muss wissen, wo du bist, Liebes«, flehte Wolf. Seine Worte waren voller Emotionen.

»Bitte!«

»Matthew, ich darf es niemandem sagen. Ich sollte nicht mal telefonieren.«

Wolf ignorierte diesen Kommentar für den Moment und versuchte, weniger fordernd zu sein. Sie würde es ihm sagen. Er musste nur dafür sorgen, dass sie sich wieder sicher bei ihm fühlte. Mit zärtlicher Stimme flehte er: »Erzähl mir, was passiert ist, Caroline. Bitte. Ich werde das Telefon auf Lautsprecher stellen, damit wir es alle hören können und du es nicht wiederholen musst.«

Caroline seufzte. Wenn Matthew mit dieser leisen, eindringlichen Stimme zu ihr sprach, konnte sie ihm wirklich nichts abschlagen. Sie war nicht glücklich darüber, über Lautsprecher vom gesamten Team gehört zu werden, aber Matthew hatte ein gültiges Argument vorgebacht. Sie wollte ihre Geschichte nicht zigmal wiederholen.

»Es war bereits dunkel, als ich von der Arbeit nach Hause fuhr, und den ganzen Weg über habe ich mich beobachtet gefühlt. Eigentlich hatte ich mich schon die ganze Woche lang so gefühlt.«

Bevor sie weitersprechen konnte, unterbrach Wolf sie. »Warum bist du erst so spät von der Arbeit aufgebrochen und warum hat niemand dafür gesorgt, dass du sicher nach Hause kommst?«

Caroline zögerte. Sie wollte nicht vor Faulkner, Hunter oder Kason mehr über ihre Persönlichkeit ausbreiten. »Matthew, ich habe dir erzählt, wie ich bin. Du *weißt* warum.«

Wolf biss die Zähne zusammen. Teufel noch eins.

Abe mischte sich ein, bevor Wolf etwas sagen konnte. »Caroline, ich bin es, Abe. Wir haben dich vielleicht auf dem Flughafen nicht sofort bemerkt, bevor wir dich kennengelernt haben, aber jeder Mann, der etwas Anstand hat, würde dafür sorgen, dass eine Frau sicher nach Hause kommt.«

Caroline schüttelte den Kopf. Sie verstanden es einfach nicht. Sie waren *da* gewesen. Sie hatten gesehen, wie die männlichen Passagiere des Fluges mit den hübschen Frauen geflirtet und sie ignoriert hatten, als sie sich dazu entschlossen hatte, am Flughafen zu bleiben. Verdammt, *sie selbst* hatten sie dort zurückgelassen. Sie unterdrückte die Tränen. Jetzt war nicht die Zeit dafür. Sie musste diese Geschichte hinter sich bringen.

»Wie auch immer, ich hatte das Gefühl, dass mir

jemand folgt, aber ich habe niemanden gesehen. Als ich zu Hause ankam, hörte ich, wie jemand versuchte, meine Tür zu öffnen. Ich habe das Schlafzimmerfenster zur Feuerleiter geöffnet in der Hoffnung, dass der Einbrecher glaubt, ich wäre auf diese Weise geflohen. Dann habe ich mich im Badezimmer in der Dusche versteckt und den Notruf verständigt. Die Telefonistin war sehr nett. Sie blieb ruhig und versuchte, auch *mich* zu beruhigen.«

Wolf konnte hören, wie ihre Stimme zitterte, während sie davon erzählte, wie sie um Hilfe gerufen hatte, während sie sich in ihrer verdammten Dusche versteckt hatte. »Du hast mich auch angerufen«, murmelte er leise.

Sie vergaß, dass sie auf Lautsprecher war und sein gesamtes Team mithören konnte, und gab zu: »Ja. Ich konnte nur daran denken, dass ich mich so viel sicherer gefühlt hätte, wenn du da gewesen wärst und mich beschützt hättest.«

Jesus. Wolf versuchte, sie zu beruhigen. Er konnte im Ton ihrer Stimme hören, wie ängstlich sie gewesen sein musste. »Es tut mir leid, dass ich nicht da sein konnte. Du hast recht, ich hätte dich beschützt.« Nachdem er ihr Zeit gegeben hatte, das zu verarbeiten, drängte er sie fortzufahren. »Erzähl weiter.«

»Nun, die Polizei kam und ich habe den Beamten erzählt, was passiert ist. Im nächsten Moment tauchte das FBI auf und sagte mir, dass ich an einen sicheren Ort gebracht werden müsste.« Sie senkte die Stimme. »Ich weiß selbst nicht, was los ist, Matthew. Das FBI wollte mir nicht wirklich sagen, warum das Ganze nötig war. Ich weiß nicht, wem ich vertrauen soll, und ich weiß nicht, was los ist. Ich glaube nicht, dass es mit dem Flugzeug zu tun hat, aber selbst wenn, ich habe dem FBI nichts erzählt. Das schwöre ich, Matthew.«

»Schhh, das weiß ich doch, mein Schatz. Ich verspreche dir, wir werden herausfinden, was los ist. Du vertraust uns doch, richtig? Du vertraust mir?«

»Das tue ich, Matthew. Ich vertraue niemandem außer dir, Christopher und Sam.«

»Caroline, du kannst Benny, Cookie und Dude auch vertrauen. Vertraue niemandem außer meinem Team. Niemandem. Verstanden?«

Caroline nickte und erinnerte sich dann daran, dass er sie nicht sehen konnte. »Ja, ich verstehe. Aber ich habe deine anderen Teamkollegen noch nie getroffen. Ich weiß nicht, wie sie aussehen. Wie kann ich ihnen vertrauen, wenn ich sie auf der Straße nicht erkenne, wenn ich sie sehe?«

Daran hatte Wolf nicht gedacht. Abe meldete sich zu Wort.

»Ice, erinnerst du dich noch an den Code, den du benutzt hast, um mir im Flugzeug mitzuteilen, dass etwas nicht stimmt?«

Caroline hatte schon vergessen, dass Christopher und die anderen ihre Unterhaltung mit Matthew mithörten.

»Ja«, antwortete sie langsam.

»Wenn du jemanden von unserem Team triffst, werden wir diesen Code verwenden, wenn wir dir die Hand geben. Wenn also jemand behauptet, er sei Dude oder Cookie oder Benny, und du gibst ihm die Hand und er gibt dir kein Zeichen, weißt du, dass derjenige es nicht ist. Verstehst du?«

»Okay, aber ist das wirklich alles notwendig? Du

machst mir Angst«, sagte sie mit leiser Stimme. »Ich bin doch nur eine einfache Chemikerin. Warum ich? Ich bin nicht für so etwas geeignet.«

Cookie mischte sich ein. »Ice, hier ist Cookie. Zuallererst danke, dass du an diesem Tag im Flugzeug meinen Teamkollegen den Arsch gerettet hast. Und ich kann gut verstehen, dass du uns nicht gleich vertraust. Das ist in Ordnung. Während du dir überlegst, ob du uns vertrauen kannst oder nicht, werden wir herausfinden, was los ist, und wir werden dich beschützen. Okay?«

Caroline holte tief Luft. »Okay, aber *ihr* bleibt in Sicherheit. Ich weiß nicht, was los ist, und ich will nicht, dass ihr euch verletzt oder in irgendetwas verwickelt werdet. Ich bin sicher, das FBI hat alles unter Kontrolle ... Oh ... jemand kommt. Ich muss Schluss machen.«

Bevor sie auflegen konnte, sagte Wolf leise: »Wir holen dich da raus, Ice. Bleib stark.« Die Telefonverbindung wurde unterbrochen.

Wolf und seine Teamkollegen saßen einen Moment verwundert da und sahen sich gegenseitig an.

Schließlich sagte Cookie: »Wir werden herausfinden, was da vor sich geht, Wolf. Wir werden deine Frau beschützen. Wir werden unser Leben dafür einsetzen.«

»Ich zähle darauf, Cookie. Darauf zähle ich«, antwortete Wolf leise und erneut wurde ihm klar, was sein Team bereits wusste. Caroline gehörte ihm. Und er würde beschützen, was ihm gehörte. Und sein Team würde sie ebenfalls beschützen, weil sie Wolfs Frau war.

KAPITEL VIERZEHN

Caroline saß in diesem Zimmer in der kleinen Hütte und wusste nicht, was wirklich los war. Sie hatte mit einem der FBI-Agenten gesprochen, der sie bewachte. Er hatte ihr nicht viel erzählt, aber es genügte, um ein paar Schlussfolgerungen zu ziehen.

Anscheinend war der Entführungsversuch Teil eines größer angelegten Terrorplans gewesen. Die Tatsache, dass er vereitelt worden war und als Folge die Sicherheitsmaßnahmen der Fluglinien verschärft wurden, hatte die Terroristen verärgert und jetzt waren sie hinter ihr her. Sie war sich nicht sicher, woher sie überhaupt wussten, dass sie im Flugzeug gewesen war, da alle vier Terroristen aus dem Flugzeug ihr Leben verloren hatten. Das war der wirklich gruselige Teil an der Geschichte. Jemand, der Bescheid wusste, hatte ihren Namen an die Terroristen weitergegeben. *Terroristen* um Himmels willen!

Caroline fühlte sich wie in einem Film. Solche Dinge passierten Leuten wie ihr doch nicht. Sie war furchtbar gewöhnlich. Sie war nicht mutig, sie war keine Heldin, sie war nicht für so etwas geschaffen.

Sie machte sich Sorgen um ihren Job. Sie hatte gerade erst angefangen und jetzt hieß es, sie könne solange nicht zur Arbeit zurück, bis diejenigen geschnappt wären, die hinter den Drohungen steckten und die auch sie verfolgten. Jesus, das könnten wer weiß wie viele Leute sein! Caroline hasste den Gedanken daran, ihren Job aufgeben zu müssen und womöglich in ein Zeugenschutzprogramm gesteckt zu werden. Sie hatte keine Ahnung, was ihr neuer Chef davon halten würde. Wahrscheinlich hatte er sie bereits abgeschrieben und war schon auf der Suche nach Ersatz.

Das Schlimmste an einem Zeugenschutzprogramm wäre jedoch, Matthew zu verlieren. Sie lernte ihn gerade erst richtig kennen. Sie war nicht so naiv zu glauben, dass sie heiraten würden oder so, immerhin standen sie erst am Anfang ihrer Beziehung, aber der Gedanke, ihn verlassen zu müssen und nie die Chance zu bekommen, ihn besser kennenzulernen, war deprimierend. Man stelle sich vor, gerade als sie den attraktivsten Mann fand, der Interesse an ihr zu haben schien, musste sie für immer verschwinden.

Sie seufzte. Sie konnte nicht einmal mehr mit Matthew *sprechen*, weil der FBI-Agent sie erwischt und ihr das Telefon weggenommen hatte, als sie nach dem Gespräch mit Matthew und seinem Team gerade auflegen wollte. Der FBI-Agent war böse gewesen, aber sie war auch böse. Das war nicht fair. Was sollte sie in dieser dummen Hütte denn nur tun? Warum durfte sie mit niemandem reden? Wie oft wurden Menschen zu ihrer eigenen Sicherheit in Hütten gebracht, nur um darin zu sterben, weil sich jemand angeschlichen hatte? Sie wusste nicht, ob sie sich in einer Wohnung in der Stadt sicherer fühlen würde, aber hier draußen kam sie sich ausgeliefert vor.

Sie hatte das Telefon ein paarmal klingeln hören, während sie sich in ihrem Zimmer aufhielt, es aber ignoriert. Es war das Telefon des FBI-Agenten. Caroline blieb auf ihrem Bett. Sie schlief nicht, aber sie war sehr müde. Sie wünschte sich nichts weiter, als in einen traumlosen Schlaf fallen zu können, aber jedes Mal, wenn sie die Augen schloss, schossen ihr wieder die Bilder von der Entführung durch den Kopf und sie träumte von gesichtslosen Fremden, die auf sie schossen und versuchten, sie zu töten. Sie hatte keine Albträume mehr gehabt, nachdem sie mit Matthew im Hotel übernachtet hatte, aber nach dem Einbruch waren sie mit aller Wucht zurückgekehrt.

Es war nun ein paar Tage her, seit sie mit Matthew und seinem Team gesprochen hatte. Sie hatten ihr versichert, es würde ungefähr fünf Stunden dauern, bis sie bei ihrer Wohnung ankämen, aber sie hatte ihnen nicht verraten, wo sie sich jetzt aufhielt. Sie würde es auch nicht tun, selbst wenn sie genau gewusst hätte, wo sie war. Wenn dem Team ihretwegen etwas zustoßen sollte, könnte sie sich das niemals vergeben. Caroline wusste nicht, was los war, aber sie wollte mit Sicherheit niemanden mit hineinziehen. Außerdem versuchte sie, sich einzureden, dass sie gerade von einer Mission zurückgekehrt waren und ihre Ruhe brauchten. Sie war auf sich allein gestellt, so wie sie es immer gewesen war.

Caroline wusste nicht, wie lange sie auf ihrem Bett gesessen hatte, als sie Stimmen im anderen Raum hörte. Sie stand nicht auf. Es war nur der Schichtwechsel der Agenten. Sie wartete darauf, dass einer an die Tür klopfte, sich vorstellte und nach ihr sah. So wie es jedes Mal passierte, wenn jemand Neues kam. Als sie weiter die Stimmen hörte, ging sie zur Tür und öffnete sie. Sie war geschockt. Matthew! Was machte er hier? Wie hatte er sie gefunden? Was war passiert?

Wolf lächelte Caroline an. Sie sah toll aus ... na ja, nicht wirklich. Sie wirkte müde und gestresst, aber er war so froh, sie zu sehen. Er wandte sich wieder dem Agenten zu. Es hatte eine Weile gedauert, Caroline mit Tex' Hilfe ausfindig zu machen, und keiner in seinem Team mochte, was sie dabei herausgefunden hatten.

Wolf hatte in San Diego mit ihrem Kommandanten gesprochen und ihn davon überzeugt, dass hier etwas Großes im Gange war und dass er und sein Team vor Ort sein müssten. Sein Vorgesetzter hatte zugestimmt, dass es irgendwo beim FBI ein Leck gab, und versprochen, dass er diskrete Untersuchungen anstellen würde.

Sein Kommandant teilte Wolf mit, dass ihr Einsatz von der Navy nicht offiziell genehmigt würde, aber er würde versuchen, sie zu unterstützen. Er gestattete ihnen, in Virginia zu bleiben und den Fall inoffiziell zu bearbeiten. Er hatte ein paar seiner Kontakte bei der Navy und beim FBI eingeschaltet und sie arbeiteten jetzt zusammen.

Es musste beim FBI einen Doppelagenten geben. Das war das Einzige, was Sinn ergab. Jemand hatte der Terrororganisation Informationen darüber zugespielt, was in diesem Flugzeug passiert war, und sie darüber informiert, dass Caroline für das Scheitern der Mission mitverantwortlich war. Infolgedessen war ein Kopfgeld auf Caroline ausgesetzt worden. Die Terroristen wollten sie tot sehen. Sie dachten, wenn sie schon an die SEALs nicht herankämen, dann sollte wenigstens Caroline dafür büßen. Wolf war wütend. Unwissentlich war er dafür verantwortlich, dass sie sich in Lebensgefahr befand und sich in dieser verdammten Hütte verstecken musste.

Wolf hatte auch Angst, und das war für ihn ein neues Gefühl. Er hatte keine Angst um sich selbst, das hatte er nie. Er wusste, wozu er in der Lage war und wozu nicht, und dass er mit allem fertigwerden würde, was die Terroristen mit ihm vorhätten. Er hatte Angst um Caroline. So hatte er noch nie in seinem Leben für einen anderen Menschen empfunden. Er hatte Frauen immer gehen lassen können, aber nicht Caroline. In der kurzen Zeit, seit er sie kannte, hatte sie ihn mit ihrer Lebenseinstellung und ihrem Verhalten in diesem Flugzeug zutiefst beeindruckt.

Wolf wusste, dass es nicht viele Leute gab, die fertiggebracht hätten, was sie getan hatte.

Dank seines Kommandanten in San Diego, der hinter den Kulissen ein paar Strippen gezogen hatte, waren er und sein Team nun Teil der Schutztruppe für Caroline. Sie hatten keine Ahnung, wer der Doppelagent war, aber auf diese Weise konnten sie Caroline während der Suche nach diesem Mistkerl beschützen.

Abe, Benny, Dude, Mozart und Cookie überprüften gerade das Gelände um die Hütte, in der das FBI sie versteckt hielt. Sie richteten Sicherheitszonen ein, um sicherzustellen, dass niemand in die Hütte gelangen konnte, ohne sie vorher zu alarmieren. Die Männer würden abwechselnd Wache halten. Es stand außer Frage, wer mit Caroline in der Hütte sein würde. Es war Wolfs Frau da drin und sie alle würden ihren Teamleiter und seine Frau beschützen.

Caroline wusste nicht, was zum Teufel vor sich ging, nur dass sie an Matthew gedacht hatte und plötzlich war er da. Er sah wundervoll aus. Stark, entschlossen ... und definitiv eine Nummer zu groß für sie. Caroline lächelte Matthew abwesend an, ging dann zurück in ihr Zimmer und schloss die Tür. Das würde ihr den Rest geben. Sie war sich nicht sicher, was genau er hier tat, aber offensichtlich hatte der FBI-Agent ihn erwartet.

Einige Zeit später klopfte Wolf leise an Carolines Tür.

»Darf ich reinkommen, Ice?«, fragte er. Als er keine Antwort bekam, drehte er den Türknauf und öffnete die Tür. Caroline saß auf dem Bett, den Rücken an die Wand gelehnt, die Arme fest vor der Brust verschränkt. Sie sah herzzerreißend verletzlich aus.

Wolf ließ die Tür offen und ging zu ihr hinüber. Er setzte sich vorsichtig ans Ende des Bettes. Er musste seine ganze Willensstärke aufbringen, um sie nicht in die Arme zu nehmen und festzuhalten. Sie hatte ihn mit ihrer Sprachnachricht fast zu Tode erschreckt und bis jetzt, wo er sie wohlauf sah, hatte er sich nicht entspannen können.

»Was machst du hier, Matthew?«, fragte sie leise.

»Ich bin deinetwegen hier«, antwortete er ehrlich.

Caroline schüttelte nur den Kopf. »Das verstehe ich

nicht. Du kennst mich nicht wirklich. Ich verstehe nicht, warum du hier bist. Du solltest nicht hier sein.«

Matthew wusste, dass sie verwirrt war. Verdammt, er war selbst ein bisschen verwirrt. Er versuchte, es zu erklären. »Da ist etwas zwischen uns, Caroline«, sagte er ehrlich. »Ich kann es nicht besser erklären als du. Unsere Küsse waren die ehrlichsten und aufregendsten, die ich jemals erlebt habe. Du *weißt*, wie sehr ich mich zu dir legen und dich die ganze Nacht lieben möchte. Du hast keine Ahnung, wie sehr du jede Nacht meine Willenskraft auf die Probe gestellt hast, nachdem ich dich ins Bett gebracht hatte. Ich wollte bei dir bleiben und dir zeigen, wie sehr ich mit dir zusammen sein wollte.«

Caroline holte tief Luft und glaubte nicht, was er sagte.

»Ja, du hast richtig gehört. Es fiel mir schwerer, dich nur zu küssen, als jemals zuvor bei einer Frau. Aber es ist nicht nur wegen des Sex. Ich mag dich. Du bist intelligent, es ist schön, in deiner Nähe zu sein, und ich möchte alles über dich wissen. Seit dem Augenblick, in dem ich gehört habe, dass du in Schwierigkeiten steckst, gibt es keinen Ort, an dem ich dringender sein musste als hier bei dir. Hier bei dir, um dich zu beschützen und dafür zu sorgen, dass du in Sicherheit bist.« Als sie nichts erwiderte, sondern ihn weiterhin mit ihren großen braunen Augen anstarrte, fragte er: »Warum hast du mich an diesem Tag in deiner Wohnung wirklich angerufen, Caroline? Sei ehrlich.«

Caroline seufzte. Er hatte recht. Matthew hatte es verdient, die Wahrheit zu hören. Sie wusste nicht, was mit ihnen los war, aber was auch immer es war, zumindest schien er es auch zu fühlen.

Ihre Stimme zitterte vor Emotionen und war kaum lauter als ein Flüstern. Sie erklärte ihm ehrlich: »Ich habe dich angerufen, weil du der erste Mensch warst, an den ich gedacht habe, als ich Angst hatte. Ich habe dich angerufen, weil ich mir gewünscht habe, dass du im Falle meines Todes gewusst hättest, dass ich an dich gedacht habe und dass ich dich hätte wiedersehen wollen. Ich wollte nicht, dass du zurück nach Norfolk kommst und denkst, ich hätte nicht noch einmal mit dir zusammen sein wollen. Ich wollte es mehr, als du dir vorstellen kannst, und ich dachte, ich hätte vielleicht keine Chance mehr ...« Ihre Stimme brach ab.

Wolf sagte nichts, sondern tat das, was er schon in dem Moment hatte tun wollen, als er das Zimmer betreten und sie in dem Raum sitzen gesehen hatte. Er griff nach ihr und nahm sie in die Arme. Sie war stocksteif, dann verschmolz sie mit ihm. Sie roch nach Blumen. Vielleicht war es ihr Shampoo, vielleicht war es eine Lotion, die sie benutzte, aber es ging direkt in seinen Kopf. Er schlang die Arme um sie und Caroline verlor sich in ihm. Sie weinte. Sie weinte, weil sie Angst im Flugzeug gehabt hatte, sie weinte, weil sie verletzt gewesen war, sie weinte, als sie sich daran erinnerte, wie allein und verängstigt sie sich in ihrer Wohnung gefühlt hatte, als nur ein dünner Vorhang in ihrem Badezimmer sie von einem Mörder getrennt hatte. Sie weinte vor Erleichterung, dass Matthew von seiner Mission zurück war. Matthew wiegte sie und hielt sie fest. Er war nicht an die Tränen einer Frau gewöhnt, aber auf keinen Fall würde er sie loslassen.

Schließlich ließen ihre Tränen nach und sie schniefte nur noch ab und zu. Wolf zog sich ein Stück zurück und sah ihr ins Gesicht. Sie war nicht gerade »süß«, wenn sie weinte – ihr Gesicht war rot und fleckig. Sie weigerte sich, ihren Blick zu heben. Wolf strich ihr mit dem Daumen über die Wange und hob dann ihr Kinn an, sodass Caroline ihn ansehen musste. Er sagte nichts, beugte sich nur vor und berührte ihre Lippen mit seinen. Es war kein leidenschaftlicher Kuss, aber es fühlte sich richtig an. Es war ein beruhigender Kuss. Es war genau das, was sie in diesem Moment von ihm brauchte.

Er zog sich zurück und sah ihr in die Augen. »Du bist jetzt in Sicherheit. Ich werde alles in meiner Macht Stehende tun, um dafür zu sorgen, dass das so bleibt.«

Caroline glaubte ihm. Er war ein wahrer Held. Und für den Moment war er *ihr* Held. Sie hob ihr Kinn und verlangte wieder nach seinen Lippen.

In der Sekunde, in der sie sich bewegte, war er da. Wolf hatte versucht, sich zurückzuhalten. Sie war verwundbar und er wollte die Situation nicht ausnutzen. Aber mit der ersten Berührung ihrer Lippen war er verloren.

Er verschlang sie. Er streichelte ihre Zunge mit seiner und sie strich an seinen Lippen entlang. Er ließ sich aufs Bett fallen und zog sie mit. Er konnte jeden Zentimeter ihres köstlichen Körpers an seinem spüren. Sie war kurvig und weich und er spürte, wie sich ihre Brustwarzen an seinem Oberkörper aufrichteten.

Er fuhr ihr mit der Hand durchs Haar und legte ihren

Kopf so zurecht, wie er es wollte. Er übernahm vollständig die Kontrolle über den Kuss und drehte sie, bis sie unter ihm lag. Wolf spürte, wie sie die Beine spreizte und sich ihm so noch weiter öffnete. Er legte sich zwischen ihre Schenkel und presste seine Erektion gegen die Hitze von Carolines Unterleib. Himmel! Er musste aufhören. Sofort! Oder es würde kein Zurück mehr geben. Es war der Gedanke an den FBI-Agenten in dem anderen Raum, der Wolf schließlich Einhalt gebot. Zum Teufel, er hatte nicht einmal die Tür hinter sich geschlossen. Wenn er Caroline nehmen würde, dann nicht in irgendeiner beschissenen Hütte mit jemandem im Nebenzimmer, der vielleicht ein Vaterlandsverräter war.

Wolf lehnte sich zurück, konnte es aber nicht ertragen, den Kontakt mit ihr zu unterbrechen. Er vergrub seinen Kopf an ihrem Hals und leckte und saugte an ihrem Ohrläppchen. Das Wimmern aus ihrem Mund ließ ihn noch härter werden. Sie schmiegte sich an ihn und versuchte, ihm näher zu kommen. Sie war verdammt sexy.

»Jesus, Liebling. Ich würde alles dafür geben, um das zu tun, was wir beide wollen, aber wir können nicht, nicht jetzt, nicht hier und nicht, wenn du in Gefahr bist.« Er hoffte, dass Caroline durch seine Worte nicht beleidigt wäre.

Caroline schloss fest die Augen. Gott, Matthew fühlte sich so gut an. Sie war feucht. Sie war noch nie zuvor mit einem anderen Mann so schnell feucht geworden. Nur mit Matthew. Nur mit ihm. Als sie spürte, wie er sich langsam erhob, öffnete sie langsam die Augen. Meine Güte! Er war so sexy und er war hier bei ihr. Das allein war ein Wunder. Sie sah die harte Linie seines Kiefers und seine vom Küssen geschwollenen Lippen. Sie wollte nichts mehr, als ihm die Kleider vom Leib zu reißen, aber leider wusste sie, dass er recht hatte.

»Ich weiß. Wirst du bleiben? Hier? Bei mir?« Caroline war es ein wenig peinlich zu fragen, aber sie brauchte ihn. Sie brauchte seine Nähe. Sie brauchte die Sicherheit, die seine Umarmung versprach.

»Natürlich, Liebling.« Ohne loszulassen, schob er sie weiter auf das Bett und drehte sie auf die Seite. Wolf nahm Caroline in seine kräftigen Arme. Ihr Rücken war an seinen Körper geschmiegt und sie lagen für ein paar Minuten schweigend da. Wolf hatte einen Arm unter ihrem Kopf und der andere war fest um sie geschlungen. Sein Unterarm ruhte zwischen ihren Brüsten und seine Hand lag auf ihrer Schulter. Sie war eingehüllt in seine Arme und es fühlte sich himmlisch an.

»Was ist los, Matthew?«, fragte Caroline schläfrig.

»Schhhhh. Ich werde dir morgen alles erzählen«, sagte er zu ihr. »Schlaf jetzt einfach. Ich halte dich fest.«

Caroline schlief fast sofort ein. Zum ersten Mal seit langer Zeit fühlte sie sich sicher. Matthew war hier, er würde nicht zulassen, dass ihr etwas passierte. Selbst wenn sie bewusstlos oder im Tiefschlaf war, wusste ihr Körper, dass sie in Sicherheit war. In dieser Nacht hatte sie keine Albträume.

KAPITEL FÜNFZEHN

Die nächsten Tage vergingen, ohne dass etwas Aufregendes passierte. Matthew kam jeden Abend zur Hütte und ging am nächsten Morgen wieder. Er hatte ihr gesagt, dass er und sein Team in der Nähe blieben und Wache hielten. Außer Matthew hatte sie aber niemanden gesehen. Sie hätte gern mit Christopher und Sam gesprochen, aber sie war nicht sie selbst. Sie stellte Matthew keine Fragen außer denen, die wirklich notwendig waren. Sie erkundigte sich auch nicht, wo sein Team war. Sie vertraute ihm, dass er dafür sorgte, dass sie in Sicherheit war.

Matthew schlief jede Nacht bei ihr. Sie tauschten noch weitere dieser sehnsuchtsvollen Küsse aus, aber zu ließ er es nicht kommen. Einerseits machte es sie verrückt, aber gleichzeitig wusste sie, dass dies Arbeit für ihn war – sie mussten warten. Fürs Erste genügte es ihr, sicher in seine Arme gekuschelt einschlafen zu können. Sie war nach wie vor nicht davon überzeugt, dass Matthew *wirklich* jemanden wie sie haben wollte, aber sie hoffte es. Er bewies es ihr, Nacht für Nacht. Sie hoffte, dass sich die Sache mit dem Kopfgeld bald erledigt haben würde und sie dann herausfinden konnten, was sie füreinander bedeuteten.

Caroline fand es manchmal einfach zu lächerlich. Sie lebte jetzt in Norfolk und Matthew in San Diego ... wenn er sich überhaupt im Land aufhielt. Sie missgönnte ihm seinen Job nicht, wusste aber, dass es schwierig sein würde, mit jemandem beim Militär zusammen zu sein, insbesondere mit einem SEAL. Aber an diesem Punkt in ihrer Beziehung konnte Caroline ehrlich sagen, dass sie ihnen eine Chance geben wollte. Matthew war das Beste, was ihr seit langer Zeit passiert war, das wollte sie noch nicht aufgeben.

Es lag nicht nur daran, wie gut er aussah. Caroline wusste, dass das ein Grund war, aber es lag viel eher an seiner Art. Er war treu, schlau und aufmerksam. Matthew achtete auf sie, als wäre sie das Wichtigste in seinem Leben. Sie wusste, wenn sie zusammenbleiben würden, würde sie an erster Stelle in seinem Leben stehen – vor seinen Freunden und sogar vorm Militär ... wenn das überhaupt möglich war. Sie wäre eine Närrin, wenn sie ihn gehen lassen würde. Wenn Matthew herausfinden wollte, wohin ihre Beziehung sie führen würde, nachdem dieser ganze Mist hier vorbei war, dann würde sie das auf jeden Fall auch.

Caroline wusste nicht genau, was sie aufgeweckt hatte, aber als sie sich umdrehen wollte, merkte sie, dass Matthew ihr mit seiner großen Hand den Mund zuhielt. Sie versteifte sich. Sie wusste, dass es Matthew hinter ihr war, weil sie seinen einzigartigen Geruch wahrnehmen konnte, aber er war so still wie eine Statue und angespannter, als sie ihn jemals zuvor erlebt hatte. Sie spürte, wie er sich zu ihr hinüberbeugte.

»Gib keinen Ton von dir, okay?«, flüsterte er ihr leise ins Ohr.

Caroline nickte und er hob seine Hand von ihrem Mund. Lautlos rollte er mit seiner Pistole in der Hand vom Bett. Caroline wusste nicht, wo die Waffe herkam, war aber froh zu sehen, dass er vorbereitet war. Sie beobachtete ihn dabei, wie er sich die Zeit nahm, um seine Stiefel anzuziehen.

Sie hatte Angst, sich zu bewegen, zwang sich jedoch, aufzustehen und sich auf die Bettkante zu setzen. Wenn sie fliehen mussten, wollte sie bereit sein. Sie beugte sich vor und schlüpfte in ihre Schuhe, die neben dem Bett standen. Caroline konnte überhaupt keine Geräusche wahrnehmen, aber er hatte offensichtlich etwas Ungewöhnliches gehört.

Wolf lauschte an der Schlafzimmertür. Er öffnete sie leise, hörte oder sah aber immer noch nichts. Er schaute zurück zu Caroline, die auf dem Bett saß. Die letzten Tage waren die Hölle gewesen, er hatte sie festgehalten und geküsst, aber nicht mit ihr geschlafen. Er wollte sich so sehr in ihr vergraben, dass sie *wusste*, dass sie ihm gehörte, aber er musste sich zurückhalten. Es war weder die richtige Zeit noch der richtige Ort dafür. Er hoffte aber, dass sich das bald ändern würde. Sie machten Fortschritte. Jeden Tag traf er sich mit seinem Team, um Dokumente durchzusehen, und er hatte das Gefühl, dass sie langsam herausbekamen, um wen es sich bei dem Verräter handeln könnte.

Wolf hielt sich den Finger an die Lippen und bedeutete Caroline zu bleiben, wo sie war. Er sah, wie sie nickte, und verließ den Raum. Er war sehr stolz auf sie. Sie hatte keine Panik bekommen und keine Fragen gestellt. Sie verstand, worum es ging, und vertraute darauf, dass er seine Arbeit erledigte. Dieses Vertrauen ließ ihn innerlich einen Meter wachsen. Er würde sie nicht im Stich lassen.

Wolf verdrängte die Gedanken an Caroline und konzentrierte sich darauf herauszufinden, was los war. Er hatte einen Job zu erledigen und er wusste, dass er das nicht tun konnte, wenn er nur an sie dachte. Sein Bauchgefühl, dass etwas nicht stimmte, hatte ihn aufgeweckt. Er glaubte etwas gehört zu haben, war sich aber nicht sicher. Er war allerdings nicht bereit, diese Ungewissheit zu tolerieren, nicht, wenn es um Carolines Sicherheit ging.

Er ging in den kleinen Vorraum und versuchte herauszufinden, was nicht stimmte. Er suchte den Raum ab und blieb dann plötzlich stehen. Scheiße. Es roch nach Benzin. Gerade als er einen Schritt zurück in Richtung Schlafzimmertür machen wollte, ging die Vorderseite der Hütte explosionsartig in Flammen auf.

Wolf wurde von der Hitzewelle zurückgestoßen. Er lag für einen Moment auf dem Boden und musste sich orientierten. Noch bevor er aufstehen konnte, stand bereits die Wand auf der anderen Seite der Hütte in Flammen. Matthew konnte nicht atmen. Das Feuer hatte umgehend den gesamten Sauerstoff im Raum verbraucht. Er versuchte, auf dem Boden entlang zu Caroline zu kriechen. Er musste sie erreichen. Wo zum Teufel waren seine Teamkollegen? Er hatte keine Ahnung, was schiefgegangen war, aber es war offensichtlich, dass ihnen etwas Schlimmes widerfahren sein musste. Es war unmöglich, dass jemand an ihnen vorbeigekommen war, um die Hütte in Brand zu setzen.

Die Terroristen hatten gründliche Arbeit geleistet und beide Ausgänge des Gebäudes blockiert. Sie saßen in der Falle. Sein letzter Gedanke, bevor er durch das Einatmen der heißen, giftigen Luft ohnmächtig wurde, galt Caroline, und er schämte sich vor sich selbst, dass er sie im Stich lassen würde.

Caroline bewegte sich nicht von ihrem Platz auf der Bettkannte, bis sie die erste Explosion hörte. Sie sprang vom Bett und lief zur Schlafzimmertür. Was zur Hölle? Die Hitzewelle, die aus dem Vorraum kam, trieb sie fast wieder zurück. Ohne einen weiteren Gedanken zu verschwenden, sank sie zu Boden und kroch auf Händen und Knien in den brennenden Raum.

Sie sah, wie Matthew auf dem Boden lag, während die andere Wand in Flammen aufging. Caroline duckte sich und bedeckte mit den Händen ihren Kopf. Scheiße. Scheiße. Scheiße. Sie schaffte es gerade noch, nicht wie ein kleines Mädchen zu kreischen, aber ein entsetztes Krächzen entwich ihrer Kehle, bevor sie es unterdrücken konnte.

Sie schaute auf und sah, wie Matthew versuchte, auf sie zuzukriechen, und dann bewegungslos zusammensank. Caroline zögerte keine Sekunde und kroch zu ihm hinüber, packte ihn unter den Armen, ähnlich wie sie es mit dem Terroristen im Flugzeug getan hatte, und schleifte ihn zurück ins Schlafzimmer. Es war ein langsamer Prozess, weil Matthew schwer war und die Hitze und der Rauch in dem Raum jede Bewegung erschwerten.

Die Hütte füllte sich schnell mit Rauch. Erst als sie Matthew zurück ins Schlafzimmer gebracht und die Tür geschlossen hatte, stellte sie fest, dass sie eingeschlossen waren. Sie lief ins Badezimmer, schnappte sich ein Handtuch, tränkte es schnell mit Wasser und stopfte es in den Spalt unter der Schlafzimmertür. Es reduzierte ein bisschen den Rauch, der ins Zimmer gelangte, stoppte ihn aber nicht vollständig. Früher oder später würde sich das gesamte Schlafzimmer mit Rauch füllen und es würde nicht lange dauern, bis die Flammen durch die Wand brachen.

Caroline holte zwei ihrer T-Shirts aus einer der Schubladen. Sie lief erneut ins Bad, wohl wissend, dass sie nur wenig Zeit hatte, und tränkte sie mit Wasser. Sie wickelte sich eins um Nase und Mund und lief zurück zu Matthew. Er lag immer noch dort auf dem Boden, wo sie ihn verlassen hatte. Unbeholfen band sie ihm das andere T-Shirt um den Kopf. Sie musste ihn vor dem Rauch schützen, der in den Raum eindrang. Caroline handelte jetzt vollkommen instinktiv.

Sie lief zum einzigen Fenster im Raum, zog vorsichtig den Vorhang zurück und sah hinaus.

BUMM.

Caroline sprang zurück und ging in die Hocke, als das Fenster zerbarst. Diesmal konnte sie nicht anders als vor Angst zu schreien und sie bedeckte ihren Kopf, als das Fensterglas auf sie herunter regnete. Mist. Sie kroch zu

Matthew hinüber, der nach wie vor regungslos auf dem Boden lag.

»Das wäre ein wirklich guter Zeitpunkt, um aufzuwachen, Matthew«, sagte sie zitternd, als sie ihm die Pistole aus der Hand nahm. Sie schüttelte ihn einmal kräftig. Er antwortete nicht und Caroline gestattete sich einen verzweifelten Schluchzer, bevor sie sich wieder zusammenriss. Wenn sie jetzt anfangen würde zu weinen, könnte sie nicht mehr aufhören.

Es sah so aus, als hätten die Terroristen sie gefunden. Sie hatten die Vorderseite und eine Seite der Hütte in Brand gesteckt, um sie in diesen Raum zu drängen. Der einzige Ausweg war das Fenster ... allerdings warteten draußen mit Sicherheit einige Männer nur darauf, dass sie die Hütte auf diesem Weg verließen. Sie würden sterben. Sie wollte nicht sterben und sie wollte definitiv nicht, dass Matthew starb. Sie würde nicht aufgeben. Sie war kein SEAL, was konnte sie nur tun?

Sie versuchte, wie ein Soldat zu denken. Was würde Matthew tun, wenn er bei Bewusstsein wäre? Sie sackte innerlich zusammen, als sie durch das Fenster sah und niemanden entdecken konnte. Wie sollte sie sich mit der Waffe, die sie jetzt in der Hand hielt, verteidigen, wenn sie nicht einmal sehen konnte, auf wen sie schießen sollte?

Ein paar Tränen liefen Caroline aus den Augen. Worin bestand der beste Weg zu sterben? Verbrennen? Rauchvergiftung? Erschossen werden? Scheiße. Keine dieser Optionen kam infrage. Sie musste sich zusammenreißen. Matthew würde nicht einfach aufgeben, wenn sie bewusstlos auf dem Boden läge. Er würde alles tun, um sie zu beschützen. Sie würde dasselbe tun.

Sie versuchte nachzudenken. Caroline musste darauf hoffen, dass Matthews Teamkollegen ihr zu Hilfe kommen würden. Er hatte ihr erzählt, dass sie die Umgebung im Auge hatten. Sie würden bald hier sein. Sie versuchte, sich einzureden, dass sie gerade da draußen waren und daran arbeiteten, sie und Matthew hier herauszuholen. Sie riskierte erneut einen Blick durch das Fenster. Dort! Endlich sah sie jemanden, einen Mann, rechts. Sie hielt die Pistole aus dem Fenster und drückte den Abzug. Der Rückschlag der Waffe war stärker, als sie erwartet hatte, und sie fiel zu Boden. Sie hörte draußen einen Schrei, dann wieder Stille. Hatte sie ihn getroffen? Sie bezweifelte es. Sie riskierte einen weiteren Blick. Nein, er war immer noch da.

Der Rauch im Raum wurde immer dicker. Sie ging zurück zu Matthew, zog ihn näher ans Fenster und versuchte, das Glas auf dem Boden zu umgehen. Sie war sich nicht sicher, wie sie hier rauskommen sollten, aber sie würde Matthew nicht zurücklassen. Gab es nicht einen SEAL-Kodex oder so? Sie versuchte, sich zu erinnern. Christopher hatte ihr auf dem Flughafen so etwas erzählt, als das Team nach ihr gesucht hatte.

Nun, sie war kein SEAL, aber sie ließ Matthew nicht zurück, nur um in dieser dummen Hütte zu sterben. Der einzige Grund, warum er hier war, war *sie*. Sie würde nicht mit dem Wissen leben können, dass er ihretwegen getötet worden war. Scheiße. Sie musste aufhören, an Matthews Tod zu denken.

Gerade als sie wieder aus dem Fenster schauen

wollte, hörte sie weitere Schüsse. Sie hoffte, dass es ein gutes Zeichen war. Da keine Kugeln durch die Wände ihres Gefängnisses drangen, schloss sie daraus, dass es die Verstärkung war, die zu ihrer Rettung kam. Kurz darauf hörte sie eine dringliche Stimme von draußen.

»Wolf? Ice?«

Caroline riskierte einen Blick aus dem Fenster. Es war Sam. Er stand vor dem Fenster. Sie stand auf und es platzte aus ihr heraus: »Hier!«

Mozart hatte sich noch nie mehr gefreut, jemanden zu sehen, wie Ice in diesem Moment. Er war überrascht worden, als die Hütte in Flammen aufgegangen war. Jemand oder mehrere Leute hatten sich offenbar an ihnen vorbeigeschlichen. Er hatte sich sofort darangemacht, die Täter zu finden und Wolf und seine Frau aus der Kabine herauszuholen.

»Wo ist Wolf?«, fragte er aufgeregt.

»Er ist hier, aber er ist bewusstlos.« Caroline hustete. Sie hatte keine Ahnung, wie sehr es wehtat, in einem brennenden Gebäude zu atmen. Wie naiv, aber woher sollte sie das auch wissen?

»Wir holen zuerst dich raus und dann Wolf«, befahl Mozart. Er steckte seine Pistole ins Holster und griff nach ihr. Das Fenster befand sich im Erdgeschoss, aber da das Gelände auf dieser Seite der Hütte abschüssig war, war es ungefähr eineinhalb Meter über dem Boden. Caroline schüttelte den Kopf.

»Nein. Matthew zuerst.«

Mozart wollte gerade widersprechen, aber Caroline war bereits vom Fenster verschwunden. Verdammt. Er hatte keine Zeit, mit ihr zu streiten. Er war sich nicht sicher, ob es noch andere Terroristen gab, aber er wusste bestimmt, dass Ice und Wolf keine Zeit mehr blieb. Das Dach brannte bereits und die gesamte Hütte stand kurz davor einzustürzen. Er sah, wie Ice sich mit Wolfs schlaffem Körper zum Fenster vorkämpfte. Er griff nach dem Fensterbrett, um sich hineinzuziehen und ihr zu helfen, ließ aber schnell wieder los. Das Metall um das Fenster war glühend heiß.

»Vorsicht, Ice«, sagte Mozart eindringlich. »Es ist sehr heiß.«

Caroline nickte. Sie hörte ihn, ließ aber Matthew nicht aus den Augen. Er hatte ein paarmal gestöhnt, sie hoffte also, er würde aufwachen. Sie zog ihn schnell so nahe wie möglich ans Fenster, löste das T-Shirt von seinem Kopf und legte es auf die Fensterbank. Sie hörte, wie es zischte, als sie das nasse Tuch auf das glühende Metall legte. Sie schob noch einmal, so fest sie konnte, bis Matthew direkt unter dem Fenster auf dem Bauch lag.

Caroline packte Matthew erneut, zog seine Arme nach draußen und befahl Sam, nach ihm zu greifen. Sie drückte und Mozart zog, bis Matthew aus dem Gebäude glitt. Caroline schaute schnell hinaus und sah, dass Sam ihn aufgefangen hatte und langsam auf den Boden legte.

»Okay, komm schon, Ice. Jetzt du.« Mozart hob die Arme, um sie aus der brennenden Hütte zu ziehen.

Caroline schüttelte wieder den Kopf. »Nein, nimm Matthew und geh, ich bin direkt hinter euch. Ich brauche keine Hilfe. Bring ihn einfach von hier weg und in Sicherheit.«

Mozart war frustriert, aber sie hatte recht. Sie mussten Wolf hier rausholen. Er beugte sich runter und hob seinen Teamkollegen wie ein Feuerwehrmann über seine Schulter.

»Okay, ich hab ihn. Jetzt schwing deinen Arsch da raus. *Sofort!*«, brüllte Mozart Ice an.

Caroline ignorierte den Zorn in Sams Stimme. Sie wusste, dass er gestresst war und sie nicht wirklich anschreien wollte. Sie drehte sich um und sah sich im Raum um, um etwas zu finden, das sie benutzen konnte, um aus dem Fenster zu klettern, ohne sich zu verbrennen. Das T-Shirt war zusammen mit Matthew herausgerutscht.

Sie nahm ein Kissen vom Bett und legte es über das heiße Fensterbrett. Es fing sofort an zu qualmen. Jetzt oder nie. Sie hatte keine Zeit mehr. Sie legte erst ein Bein und dann das andere über das Fensterbrett. Sie warf noch einmal einen Blick hinter sich und sah, wie die Wand des Schlafzimmers einstürzte. Sie stieß einen Schrei aus und sprang. Es war nicht sehr tief bis zum Boden, aber sie fiel trotzdem zur Seite, als sie aufkam. Sie stand sofort auf und lief hinter Sam her.

Mozart nahm sich die Zeit, sich umzudrehen und nach Ice zu sehen, als sie von der brennenden Hütte wegliefen. Sie war neben ihm. Sie hatte Schnitte an Armen und Beinen von den Glasscherben, ihr Gesicht war voller Ruß und sie hustete wie eine Kettenraucherin, aber sie war auf den Beinen und rannte. Das musste vorerst genügen.

»Warum bist du nicht geflohen, Ice?«, fragte Mozart, der nicht einmal außer Atem war. Er war offensichtlich gut in Form und es war nur ein kleiner Dauerlauf für ihn.

»SEALs lassen SEALs nicht zurück«, entgegnete

Caroline zwischen zwei Hustenanfällen und keuchte: »Ich konnte ihn nicht zurücklassen. Ich konnte es einfach nicht.«

Gerade als sie die Baumgrenze erreichten, trat ein Mann hinter einem Baum hervor und hielt seine Pistole direkt auf sie gerichtet.

»Sofort stehen bleiben!«, rief er mit bedrohlicher Stimme.

Mozart wusste, dass er ihn ohne Probleme erledigen konnte. Als er sich aber nach vorne beugte, um Wolf auf dem Boden abzusetzen, sah er weitere Männer hinter den Bäumen hervorkommen, alle mit Gewehren oder Pistolen auf sie gerichtet. Scheiße. Er war gut, aber nicht *so* gut. Wo war bloß sein Team?

»Ich wette, du fragst dich gerade, wo deine Teamkollegen sind, oder?«, spottete der Mann und schien seine Gedanken zu lesen. »Sie werden nicht kommen. Sie sind leider ›indisponiert‹.« Er warf den Kopf in den Nacken und gab das böseste Lachen von sich, das Caroline jemals gehört hatte.

»Du hast mir schon viel zu lange Ärger gemacht, Schlampe! Jetzt bin ich an der Reihe, dir einen Schritt voraus zu sein. Ihr SEALs haltet euch für unbesiegbar, aber das seid ihr nicht.«

Noch bevor einer von ihnen reagieren konnte, hob der Mann seine Pistole und schoss auf Mozart. Mozart spürte, wie die Kugel seinen Kopf streifte, und fiel zu Boden. Verdammt, das tat weh. Er hörte Ice schreien. Großer Gott, Ice. Er fühlte Wolfs Körpergewicht auf seinem Rücken. Er versuchte angestrengt, nicht das Bewusstsein zu verlieren. Er musste wach bleiben und

Caroline da rausholen. Er musste sie beschützen und sicherstellen, dass es Wolf gut ging.

Caroline schrie, als sie sah, wie Sam zu Boden ging und Matthew dabei weiter festhielt. Bevor sie überhaupt daran denken konnte, wegzulaufen oder sich zu wehren, liefen zwei Männer auf sie zu und packten sie. Sie versuchte, um sich zu schlagen und zu treten, aber ihr wurden die Arme hinter dem Rücken gefesselt, noch bevor sie die Gelegenheit dazu bekam.

Die Kabelbinder, die sie dazu benutzten, schnitten ihr sofort ins Fleisch. Sie hatten sie so fest angezogen, dass die Durchblutung abgeschnitten wurde. Sie kümmerten sich offensichtlich nicht um ihr Wohlbefinden. Das erschreckte sie mehr als alles andere.

»Nein, aufhören! Was macht ihr da?«, fragte sie und kämpfte gegen den Griff der beiden Männer und die Fesseln an. Sie brachten sie zu dem Kerl, der auf Sam geschossen hatte.

»Du wirst mit uns kommen, Schlampe«, grinste der Mann und schlug ihr mit dem Handrücken ins Gesicht. Caroline wäre zu Boden gegangen, wenn sie nicht von den anderen Männern festgehalten worden wäre. Verdammt, das tat weh. Ihr brummte der Schädel. Sie hustete. Jesus, sie steckte wirklich in Schwierigkeiten.

Mozart kämpfte am Boden. Er hatte gehört, was der Mann gesagt hatte. Scheiße, er musste Ice helfen. Er durfte nicht zulassen, dass dieser Kerl sie mitnahm. Ihm schwirrte der Kopf und er konnte die Arme nicht richtig bewegen. Er würde gleich ohnmächtig werden. Er würde ihr nicht helfen können.

Der Mann wandte seine Aufmerksamkeit wieder Sam

und Matthew am Boden zu und richtete seine Pistole auf sie.

»Nein. Nein. *Nein*!«, schrie Caroline und kämpfte noch härter. Sie ignorierte den Schmerz in ihren Armen von dem festen Griff der Männer. »Lass sie in Ruhe. Du wolltest doch mich. Du hast mich, also lass sie in Ruhe!«

Der Mann drehte sich mit einem Augenzwinkern zu Caroline um. »Du willst nicht, dass ich sie töte?«, fragte er mit giftiger Stimme.

Caroline schüttelte heftig den Kopf.

Der Mann lachte böse. »Was wirst du für mich tun, wenn ich sie am Leben lasse?«

Caroline war verängstigt. Sie hatte keine Ahnung, was dieser Mann mit ihr vorhatte, aber sie wusste, dass er sie nicht wirklich um Erlaubnis fragte. Er würde sie sofort töten, wenn er wollte. »Alles, was du willst. Ich mache, was immer du willst. Töte sie nur nicht. Sie sind nur meinetwegen hier.« Sie würde auf die Knie fallen, wenn das helfen würde, aber der Mann gab ihr nicht einmal die Möglichkeit, das zu tun.

Der Kerl drehte ihr den Rücken zu und ging zu Sam und Matthew. Er zog ein Messer aus seiner Tasche und beugte sich zu Sam hinunter. Noch bevor Caroline den Mann bitten konnte, ihn nicht zu verletzen, hatte er Sam schon in die Wange geschnitten. Lachend wiederholte er den Schnitt, wieder und wieder. Dann stellte er sich hin und drückte seinen Stiefel in Sams Gesicht, als würde er einen Käfer unter seinem Fuß zerquetschen.

Als er sich wieder zu Caroline umdrehte, die ihn entsetzt ansah, spottete er: »In Ordnung, ich werde sie nicht töten, aber sie werden sich wünschen, lieber tot zu sein, wenn meine Männer mit ihnen fertig sind. Wir haben andere Möglichkeiten, sie leiden zu lassen.« Er nickte zwei weiteren Männern in der Nähe zu und sie gingen zu Sam und Matthew hinüber.

Caroline kämpfte mit aller Kraft, aber das einzige Ergebnis war, dass ihre Handgelenke bluteten. Das Letzte, was sie sah, als sie weggeführt wurde, waren die beiden Männer, die auf Sam und Matthew eintraten, die bewusstlos auf dem Boden lagen.

KAPITEL SECHZEHN

Wolf ging in dem Raum auf und ab. Es war jetzt sechs Stunden her, seit Caroline entführt worden war. Sein Hals war noch immer gereizt vom Einatmen des Rauchs und er hustete noch, aber er lebte. Er war froh, dass er sich nicht daran erinnern konnte, wie er und Mozart zusammengeschlagen worden waren. Der Rest des Teams war gerade noch rechtzeitig eingetroffen, um zu verhindern, dass die beiden Schläger sie umbrachten.

Die Terroristen waren klug. Sie hatten ein Ablenkungsmanöver inszeniert, das Benny, Dude und Cookie auf die falsche Fährte gelockt hatte. Wolf wusste nur, was er von seinem Team erfahren hatte, das gerade dazugestoßen war, als die Terroristen ihn und Mozart verprügelten. Er hatte keine Ahnung, was mit Caroline passiert war und wie sie aus der Hütte entkommen waren. Höchstwahrscheinlich hatte Mozart sie beide gerettet und auf der Flucht wurden sie überwältigt.

Mozart war immer noch bewusstlos. Er hatte einen Streifschuss am Kopf und war krankenhausreif zusammengeschlagen worden. Besonders besorgt war Wolf um Mozarts Gesicht. Jemand hatte es zerschnitten und in der Wunde befand sich genügend Dreck, um eine ernsthafte Infektion zu verursachen. Mozart war immer der »Schönling« ihres Teams gewesen und Wolf befürchtete, dass seine Tage als Frauenschwarm vorbei waren. Sein Gesicht sah nicht gerade hübsch aus, aber das war es nicht, was die Ärzte im Moment beunruhigte. Sie mussten geduldig sein und abwarten, wie lange es dauerte, bis er wieder aufwachen würde. Dude, Abe, Benny, Cookie und er versuchten nun herauszufinden, was zur Hölle passiert war und wo zum Teufel Caroline steckte.

Wolf hatte Schmerzen, aber er ignorierte seine Verletzungen. Er hatte in der Vergangenheit schon Schlimmeres erlebt und trotzdem weitergemacht. Diesmal war es anders, sie hatten seine Caroline entführt. Er schloss verzweifelt die Augen und öffnete sie dann schnell wieder. Er hatte keine Zeit, sich selbst zu bemitleiden oder in Panik zu geraten. Er musste herausfinden, was zur Hölle los war und wo Caroline steckte. Es war an der Zeit, Tex anzurufen. Wenn jemand sie finden konnte, dann war es Tex.

Caroline öffnete langsam die Augen. Sie hatte Schmerzen. Überall. Sie hatte keine Ahnung, wo sie war. Der Mann, der sie entführt hatte, hatte sie in einen Geländewagen gesteckt und einer der anderen Typen hatte sie mit einem Tuch über Nase und Mund betäubt. Sie wusste, dass es Chloroform war, und hatte so hart wie sie konnte dagegen angekämpft, aber schlussendlich hatte sie nichts gegen die Wirkung ausrichten können.

Als sie zu sich kam, war sie an diesen dummen Stuhl gefesselt und die verdammten Kabelbinder waren immer noch um ihre Handgelenke gewickelt. Jetzt waren sie aber auch noch an den Armlehnen des Stuhls befestigt, auf dem sie saß. Sie konnte sehen, wie das Blut an den Lehnen heruntertropfte. Jesus, es war wie in einem schlechten Film. Der Stuhl, die Kabelbinder, das Chloroform ... wenn es ihr nicht selbst passiert wäre und sie nicht so verängstigt wäre, würde sie darüber lachen.

Der Mann, der Sams Gesicht zerschnitten und befohlen hatte, ihn und Matthew zu verprügeln, betrat den Raum. Sie hoffte, dass sie nicht trotz seines Versprechens doch getötet worden waren. Sie befand sich in einer Art Lagerhaus. Er kam direkt auf sie zu und spuckte ihr ins Gesicht. Caroline war so überrascht, dass sie dem Speichel nicht einmal auswich. Sie fühlte, wie er ihr über die Wange lief, als der Kerl sie anschrie.

»Du dumme Schlampe«, knurrte der Mann sie an. »Deinetwegen habe ich *alles* verloren! Alles war durchgeplant und hätte todsicher funktioniert, bis du es vermasselt hast. *Du*. Es ist alles *deine* Schuld! Diese Idioten von Hinterhof-SEALs hätten niemals gemerkt, was los ist, wenn du sie nicht gewarnt hättest.« Der Mann schimpfte weiter. »Du wirst mir alles erzählen, was in diesem Flugzeug passiert ist. Ich will genau wissen, woher du von dem Eis wusstest und wie ihr meine Männer überwältigt habt!«

Caroline wollte ihm nichts sagen. Es war schon

genug, dass er wusste, dass sie involviert war. Sie hatte in ihrem ganzen Leben noch nie so viel Angst gehabt. Selbst als sie sich in der Dusche versteckt und Angst gehabt hatte, laut zu atmen, war sie nicht *so* verängstigt gewesen wie jetzt. Jesus, jede Situation, in die sie geriet, war schlimmer als die letzte. Diesmal wusste sie, dass sie sterben würde. Die Regierung traf keine Vereinbarungen mit Terroristen und außerdem wusste niemand, wo sie war. Matthew und Sam waren bewusstlos gewesen, als sie von der Lichtung entführt worden war, und sie hatte niemanden in der Nähe gesehen. Wenn seine Männer in der Nähe gewesen *wären*, hätten sie doch verhindert, dass sie entführt wurde ... oder nicht?

Selbst als ihr kurz der Gedanke durch den Kopf schoss, dass sie die Entführung vielleicht haben geschehen lassen, um ihre Teamkollegen zu retten, verwarf sie den Gedanken schnell wieder. Sie hatte den Rest des Teams noch nicht getroffen, aber wenn die anderen Männer auch nur annähernd so waren wie Matthew, oder zum Teufel wie Christopher oder Sam, dann hätten sie nicht einfach zugesehen, wie sie entführt wurde. Sie musste sich beherrschen. Irrationales Denken würde ihr nicht das Leben retten. Wenn sie eine Chance haben wollte, aus dieser Zwickmühle wieder herauszukommen, dann musste sie ihr Gehirn einschalten.

Obwohl sie Angst hatte, schwor sie sich, dass sie diesem Wahnsinnigen nichts erzählen würde, was ihm helfen könnte, ein anderes Flugzeug zu entführen oder weitere Menschen zu verletzen. Sie wandte den Blick ab und sah sich stattdessen im Raum um. Um überhaupt eine Chance zu haben, musste sie versuchen herauszufinden, wie sie hier rauskommen konnte.

»Du willst nicht reden, Schlampe?«

Caroline ließ den Blick zurück zu dem verrückten Mann wandern, der vor ihr stand. Sie sah ihn nur an, ohne ein Wort zu sagen.

Er beugte sich zu ihr vor. Caroline konnte seinen üblen Körpergeruch wahrnehmen. Es war, als hätte er seit Tagen nicht geduscht, oder sogar seit Wochen. Er näherte sich ihr noch weiter und flüsterte ihr wie ein Liebhaber ins Ohr: »Du wirst mir alles erzählen, was passiert ist, oder ich werde dich so leiden lassen, dass du mich anflehen wirst, mir alles erzählen zu dürfen, was ich wissen will. Dann wirst du mich bitten, dich zu töten.« Er leckte langsam mit seiner Zunge über ihren Hals bis zu ihrem Ohr. Dann biss er so fest in ihr Ohrläppchen, dass Caroline befürchtete, es würde in zwei Teile zerreißen. Sie konnte nicht anders als zu wimmern und versuchte, sich vom Schmerz zu lösen. Sie wollte es ihm nicht zeigen, aber sie war nicht so abgebrüht. Sie war nur ... sie.

Der Mann stand auf und schlug sie mit dem Handrücken. Er gab ihr keine Chance, sich von dem Schlag zu erholen, bevor er erneut ausholte. Dann trat er so fest er konnte gegen ihr Schienbein. Er fuhr fort, sie zu schlagen und gelegentlich zu beißen. Er versuchte alles, um sie zum Reden zu bringen, aber Caroline hielt den Mund.

Caroline hatte stoisch begonnen und nicht auf jeden Schlag reagiert, aber bald schrie sie bei jedem Treffer auf und spürte, wie ihr Tränen über die Wangen liefen. Der

Mann wusste, dass er sie verletzte, aber er hörte nicht auf. Er lachte nur, während er sie schlug.

Caroline wusste, dass sie sterben würde, aber sie sollte verdammt sein, wenn sich dieser Verrückte ihr Wissen zunutze machen könnte, um andere zu verletzen oder zu töten. Sie sagte nichts, während er auf sie einschlug, und versuchte immer wieder, seinen Schlägen und Tritten auszuweichen, was nicht oft gelang.

Schließlich hörte er auf. Caroline wusste, dass es nicht an irgendetwas lag, das sie getan hatte, sondern eher daran, dass er müde wurde. Er atmete schwer und keuchte, als wäre er ein paar Kilometer gelaufen. Er schwitzte stark und sein Gesicht war rot angelaufen.

»Du bist eine dumme Schlampe. Keine Sorge, ich lasse dich jetzt allein, aber ich komme wieder. Dann machen wir da weiter, wo ich aufgehört habe. Ich werde einige meiner Freunde mitbringen. Du kannst einfach hier sitzen bleiben und über die Möglichkeiten nachdenken, wie ich dir Schmerzen zufügen kann, bevor ich dich langsam umbringe. Ich werde meinen Männern auch erlauben, sich an dir auszutoben. Hattest du schon mal einen Gangbang? Nein? Nun, dann bleib einfach sitzen und denke darüber nach. Du kannst dir die Schmerzen und das Elend ersparen, wenn du mir einfach erzählst, was ich wissen will. Wenn du das tust, werde ich dir ein schnelles Ende bereiten. Wenn nicht, wirst du einen furchtbar schmerzvollen Tod sterben. Das kann ich dir versprechen. Meine Männer werden dafür sorgen, dass du aus jedem Loch blutest, bevor sie dich töten. Sie werden zusehen, wie du verblutest, und dabei lachen.« Er spuckte sie noch einmal an und verließ dann den Raum.

Caroline drehte sich der Kopf. Sie schloss die Augen und versuchte, alles zu verarbeiten. Sie war immer noch auf dem Stuhl gefesselt und Blut tropfte von ihrem Kopf. Ihre Augen waren zugeschwollen. Aber sie lebte noch ... fürs Erste. Sie glaubte dem Mann, wenn er sagte, er würde sie leiden lassen. Sie hatte die Blicke der Männer gesehen, die sie in den Geländewagen gestoßen hatten. Sie würden nicht zaghaft mit ihr umgehen. Sie hatte verdammte Angst. Sie wollte nicht langsam sterben oder überhaupt sterben, aber sie konnte und wollte auch nicht andere unschuldige Menschen zum Sterben verurteilen.

Caroline versuchte herauszufinden, wo sie war. Wenn sie überhaupt eine Chance haben wollte, hier rauszukommen, musste sie sehr aufmerksam sein. Mit ihren geschwollenen Augen und dem Blut im Gesicht konnte sie nicht gut sehen, also versuchte sie, etwas zu hören.

Da ... was war das? Möwen. Diese Vögel machten immer diese krächzenden Geräusche, wenn sie durch die Luft flogen. Sie musste irgendwo am Meer sein. Für einen Moment war sie stolz auf sich, bemerkte dann aber, dass Norfolk über die ganze Küste verteilt war. Mist. Das würde niemandem helfen. Sie konnte etwas hören, das klang wie Schiffshörner. Sie versuchte, sich mehr zu konzentrieren, schloss aber schließlich einfach die Augen. Sie war so müde ...

Es hätten Minuten oder Stunden vergangen sein können, als sie hörte, wie die Tür zu dem höhlenartigen Raum quietschend geöffnet wurde. Ein Mann kam herein, nicht derselbe Mann, der sie zuvor geschlagen hatte. Sie hatte ihn noch nie gesehen, aber er trug einen dreiteiligen schwarzen Anzug und sein Haar war akkurat nach hinten gekämmt. Er sah in der kerkerartigen Atmosphäre der dreckigen Umgebung so deplatziert aus, wie er es bei einem Rodeo in Texas getan hätte. Drei weitere Männer folgten ihm, darunter der Kerl, der sie zuvor geschlagen hatte. *Oh scheiße. War es das jetzt?* Caroline schluchzte. Sie bedauerte mit jeder Faser ihres Wesens, dass sie nicht mit Matthew geschlafen hatte. Plötzlich wünschte sie sich inbrünstig, sie hätte ihre Bedenken darüber eher abgetan und sich schneller dafür entschieden, mit ihm ins Bett zu gehen.

Der Mann im Anzug sah sie nicht an und sagte nichts. Er war damit beschäftigt, ein Stativ aufzubauen. Oh Gott. Wollte er die Männer dabei *filmen*, wie sie sie vergewaltigten? Er montierte die Videokamera auf dem Stativ und richtete sie auf sie. Er stellte sich dahinter und nickte den anderen Männern zu. Caroline sah, wie das rote Licht der Kamera aufleuchtete, und schauderte, als die Männer auf sie zukamen und mit den Fingerknöcheln knackten. Nein, nein, nein, das konnte sie nicht ertragen. Sie kreischte, als sie nach ihr griffen.

Wolf saß am Tisch und hatte die Fäuste geballt. Er war ein SEAL. Er sollte eigentlich dazu in der Lage sein, die Welt zu retten, aber er fühlte sich hilflos, weil er den einen Menschen, der ihm am meisten bedeutete, nicht retten konnte. Er und sein Team hatten stundenlang darüber gesprochen, was sie als Nächstes tun würden. Tex arbeitete verzweifelt mit seinen Hackern zusammen, um herauszufinden, wohin die Männer Caroline gebracht hatten. Sie hatten einige Hinweise, aber noch keinen definitiven Ort. Cookies Telefon klingelte und er hob schnell ab.

»Jawohl. Verstanden. Ich werde es ihm sagen.« Er legte auf. »Schau mal auf deine E-Mails, Wolf«, sagte Cookie. »Das war der Kommandant, er hat gerade ein Video erhalten. Ich soll dir ausrichten, dass sie es zurückverfolgen.«

Cookie rief Tex an, um ihn über die E-Mail zu informieren und ihn zu bitten, sie ebenfalls zurückzuverfolgen. Sie wussten, dass der Kommandant es auch versuchte, aber Tex konnte in den meisten Fällen schneller Ergebnisse erzielen als jeder andere. Wolf rief schnell seine E-Mails auf dem Laptop ab und das Team versammelte sich, um sich das Video anzusehen.

Die fünf Männer sahen es voller Entsetzen und Wut. Es war nichts, was sie in der Vergangenheit nicht schon selbst gesehen oder erlebt hatten, aber das war Caroline. Wolfs Ice. Das machte einen himmelweiten Unterschied.

Das Video zeigte Caroline, wie sie an einen Stuhl gefesselt war. Offensichtlich war sie geschlagen worden. Ihre Handgelenke bluteten von den Kabelbindern, mit denen sie gefesselt war, und Blut tropfte von ihrem Kopf. Aber ihr Gesicht. Jesus. Sie hatten sie bis zur Unkenntlichkeit verprügelt. Ihre Augen waren zugeschwollen und ihr Gesicht war voller Blutergüsse. Ihr T-Shirt war zerrissen und hing von einer Schulter herunter. Man konnte den weißen BH-Träger auf ihrer Haut sehen. Sie atmete schnell und unregelmäßig.

Ein Mann redete, aber Wolf hörte ihn kaum. *Seine* Frau war verletzt. Herr im Himmel. Damit konnte er nicht umgehen. Er hielt die Wiedergabe des Videos an und verschränkte die Hände hinter dem Kopf. Er ging schnellen Schrittes auf und ab und holte tief Luft. Er *musste* damit umgehen. Er konnte Caroline nicht im Stich lassen. Er musste sich konzentrieren.

Seine Teamkollegen erlaubten ihm die kurze Unterbrechung. Niemand sprach ihn an. Niemand machte falsche Zusicherungen. Sie wussten nicht, was sie auf dem Rest des Videos sehen würden. Es war an Wolf, wann und ob er das Video weiter abspielen wollte.

Wolf ging auf und ab und versuchte, den Mut zu fassen, den Rest der Aufnahme anzuschauen. Er wusste nicht, wie er reagieren würde, wenn seine Frau vor seinen Augen getötet würde. Er musste es für sich behalten. Wolf wollte zu der Nacht zurückkehren, in der er Carolines weichen, süßen Körper in den Armen gehalten hatte, und holte tief Luft. »*Fuck!*« All seine Ängste und Sorgen ließen sich mit diesem Wort zusammenfassen. Im Zimmer war es ruhig. Niemand sagte etwas. Alle konnten Wolfs Angst spüren.

Schließlich drehte er sich zum Laptop um und klickte mit der Maus, um die Wiedergabe dieses schrecklichen Videos fortzusetzen.

»Sag mir, was passiert ist!«, schrie der Mann und schlug sie. Während sie schwieg, brüllte er sie weiter an. »Woher wusstest du, dass das Eis mit Drogen versetzt war? Ich weiß, dass du es warst. Diese idiotischen SEALs sind dumm wie Brot. Ich weiß, dass sie es nicht waren. Woher wusstest du, was los war? Wie sind sie auf meine Männer aufmerksam geworden?«

Die SEALs konnten sehen, dass der Mann immer

aufgeregter wurde, als er Caroline weitere Fragen stellte und sie sich weigerte zu antworten. Irgendwann hörte Wolf, wie Cookie leise sagte: »Jesus, sag es ihm einfach, Liebes. Gott, sag ihm einfach, was er wissen will.«

Doch sie tat es nicht.

Abe ging hinter den Männern auf und ab. Er konnte nicht mehr hinsehen. Diese Mistkerle. Wie konnten sie das einer Frau antun? Ihrer Ice? Warum erzählte sie ihnen nicht einfach alles und ersparte sich diese Qualen?

Sie sahen, wie der Mann, der Caroline zuvor angeschrien hatte, nun aufhörte, sie zu befragen, und in die Kamera blickte. Er verlor jetzt völlig die Beherrschung und schimpfte über die SEALs, dass sie sich einbildeten, sie seien Gottes Geschenk an die Welt, und dass sie sich für unbesiegbar hielten.

Der Mann wetterte und schlug weiter auf Caroline ein, aber plötzlich hörten sie eine Stimme von jemandem, der nicht im Bild war. Es musste noch jemand anderes im Raum gewesen sein. Sie hatten nur die drei Männer gesehen, die abwechselnd auf Caroline eingeschlagen hatten. »Wie gefällt es euch, meine Befragung zu beobachten? Ich finde es ziemlich ... unterhaltsam.« Das Lachen, das auf die flache Aussage folgte, war entsetzlich. Plötzlich wurde es ihnen klar.

»Das ist der Verräter«, sagte Benny mit Hass in der Stimme. »Das ist der Mistkerl, der hinter allem steckt.«

Bevor irgendjemand etwas sagen konnte, wurde die Kamera hochgehoben und das Team bemerkte, dass der mysteriöse Verräter nun das Gerät hielt.

Die SEALs mussten zusehen, wie der Unbekannte die

Kamera zu Caroline trug. Er zoomte an ihr Gesicht und sprach die ganze Zeit direkt zu den SEALs.

»Wie fühlt es sich an zu sehen, wie sie geschlagen wird? Wie fühlt es sich an zu sehen, wie das Blut aus ihrem Schädel tropft, und zu wissen, dass ich dafür verantwortlich bin?« Er zoomte auf ihre Handgelenke. »Schaut euch nur an, wie sie versucht hat, mir zu entkommen. Die Kabelbinder schnüren ihr die Blutzirkulation ab. Seht nur, wie ihre Finger schon blau werden.«

Dann lachte er mit einem so bösen Lachen, dass es Wolf und seinem Team förmlich einen Stich versetzte.

Der Mann trat zurück, sodass Caroline auf dem Stuhl wieder vollständig zu sehen war. Sie bemerkten außerdem, wie die anderen Männer rechts und links von ihr auftauchten.

»Du meine Güte, nein«, stöhnte Wolf. Er konnte das nicht mehr ertragen. Er wandte sich vom Computerbildschirm ab. Sie würden sie töten und das konnte er nicht mit ansehen. Er würde das Video nicht mehr anhalten, aber er sollte verdammt sein, wenn er beobachtete, wie seine große Liebe starb. Dann änderte er seine Meinung und wandte sich abrupt wieder dem Bildschirm zu. Nein, er wollte es sehen. Er brauchte die Motivation, um ihn am Laufen zu halten, sobald sie verstorben war. Er brauchte einen Grund, um jeden dieser Männer und jeden weiteren Terroristen in ihrer Organisation zu finden und dafür bezahlen zu lassen.

Das Team sah, wie einer der Männer gegen den Stuhl trat und sie zur Seite umkippte, immer noch an den

Stuhl gefesselt. Sie konnten ihr schmerzerfülltes Stöhnen hören, als ihr Kopf hart auf den Boden prallte.

Der dafür verantwortliche Mann lachte nur im Hintergrund.

»Das war wunderbar. Ich bin überrascht, dass ihr Kopf nicht aufgeplatzt ist.« Die Kamera näherte sich wieder Carolines Gesicht. Die körperlose Stimme ertönte aufs Neue. »Du willst mir doch jetzt sagen, was ich wissen will, oder nicht, Liebling?«, spottete er.

»Ich werde es Ihnen erzählen«, murmelte Caroline, während Blut von ihrer ramponierten und zerrissenen Lippe tropfte.

Abe jammerte, tatsächlich jammerte er. »Nein, gütiger Gott, tu es nicht.« Sie wussten nicht, ob es besser war, den Mund zu halten oder diesem wahnsinnigen Mann zu erzählen, was er wissen wollte. Wer wusste schon, was er mit ihr anstellen würde, nachdem sie ihm verraten hatte, woher sie gewusst hatte, dass das Eis mit Drogen versetzt gewesen war.

Wolf beugte sich zum Bildschirm, als könnte er den Mann hinter der Kamera dazu bringen, einen Fehler zu machen und vor die Videokamera zu treten. Der Bruchteil einer Sekunde würde genügen und Tex würde seine Magie anwenden und in kürzester Zeit hätten sie ein Foto. Er sah, wie Caroline etwas Blut aus ihrem Mund spuckte und versuchte, den Kopf vom Boden zu heben. Sie lag immer noch auf der Seite.

Sie klang schrecklich. Sie murmelte nur und ihre Worte waren verschwommen. »Du willst wissen, was passiert ist, Arschloch?«

Bei dem bestätigenden Grunzen des Mannes fuhr sie

fort: »Na, dann fick dich. Du und deine Armee von *Möchtegern*-Terroristen könnt euch zurück auf euer Partyboot verpissen, auf dem ihr hierher gesegelt seid, und euch zur Hölle scheren!« Sie hatte direkt in die Kamera geschaut, während sie das sagte, nicht zu dem Mann, der neben ihr stand, nicht in die Augen des Mannes mit der Kamera. Es war, als würde sie jedem einzelnen Mitglied des SEAL-Teams direkt in die Augen sehen. Für einen Moment herrschte Stille im Raum, dann kommentierte der Mann hinter der Kamera lässig: »Nun, nun. Deine Schlampe ist nicht sehr klug, Wolf, oder? Wir bleiben in Kontakt.« Dann wurde das Video schwarz.

Wolf versuchte, sich zusammenzureißen, verlor aber die Beherrschung. Sie hatten nichts. Gar nichts. Er knurrte und trat gegen einen Hocker, der durch den Raum flog.

In die Stille des Raumes sagte Abe unerwartet: »Spiel noch einmal den letzten Teil ab.«

Wolf drehte sich ungläubig zu ihm um. »Willst du die Scheiße noch mal sehen? Was zum Teufel, Abe?«

Abe hörte nicht zu. Er griff an Wolf vorbei, ignorierte seine ungläubige Frage und griff nach der Maus, ohne darauf zu warten, dass Wolf tat, worum er ihn gebeten hatte. Sie sahen erneut, wie Caroline getreten wurde und dann wieder unheimlich in die Kamera starrte und sagte: »*Na, dann fick dich. Du und deine Armee von Möchtegern-Terroristen könnt euch zurück auf euer Partyboot verpissen, auf dem ihr hierher gesegelt seid, und euch zur Hölle scheren!*«

Abe spielte es noch einmal ab. Und ein weiteres Mal. Wolf war kurz davor, ihn mit Gewalt davon abzubringen. Er konnte es sich nicht noch einmal ansehen, ohne den

Verstand zu verlieren. Er konnte ihre verschwommenen schmerzerfüllten Worte nicht mehr ertragen. Er fühlte, wie es ihm das Herz brach.

Abe wandte sich an seine Teamkollegen. »Habt ihr das mitbekommen?«

»Ja, verdammt«, sagte Dude eindringlich. »Es ist nicht viel, aber es ist wenigstens ein Anfang.«

Wolf schüttelte den Kopf und starrte seine Teamkollegen an. Was hatte er verpasst? Was hatten Dude und Abe entdeckt, was ihm entgangen war? So sehr er Carolines geschundenes und verletztes Gesicht nicht mehr sehen oder ihre gequälte Stimme nicht mehr hören wollte, er musste es selbst hören.

»Na, dann fick dich. Du und deine Armee von Möchtegern-Terroristen könnt euch zurück auf euer Partyboot verpissen, auf dem ihr hierher gesegelt seid, und euch zur Hölle scheren!«

Plötzlich begriff er es. Caroline gab ihnen Hinweise. Segeln und Partyboot ... Sie musste irgendwo in der Nähe des Meeres sein. Sie hatte sie direkt angeschaut und wollte, dass sie es verstanden. Es war nicht viel, da Norfolk eine Hafenstadt war, aber die Bemerkung mit dem Partyboot musste *etwas* bedeuten. Caroline kannte den Unterschied zwischen Marineschiffen, Containerschiffen und Ausflugsbooten. Sie hatten sich sogar darüber unterhalten, als sie sich auf dem Stützpunkt über den Unterschied zwischen einem Schiff und einem Boot erkundigt hatte. Sie hatte ihn damit aufgezogen, dass er nicht wollte, dass sein männliches SEAL-Schiff als Boot bezeichnet wurde. Ihre Formulierung konnte kein Zufall sein.

Die Männer standen vom Tisch auf. Cookie telefonierte bereits mit ihrem Kommandanten und Abe sprach mit Tex. Sie würden sie finden, sie mussten sie finden.

Wolf dachte an seine Frau. Er liebte sie. Caroline war sein Ein und Alles. Sie war unglaublich und wenn er sie verlor, wüsste er nicht, was er tun würde. Sie könnte bereits tot sein. Sie hatten sie vielleicht getötet, nachdem sie das Video aufgezeichnet hatten, aber das glaubte er nicht.

Wolf dachte noch einmal darüber nach, dass der Typ hinter der Kamera ihn bei seinem Namen genannt hatte. Er kannte ihn oder zumindest wusste er *von* ihm. Sie mussten herausfinden, wer er war, und zwar schnell. Im Moment war Caroline sein Hauptanliegen, aber Wolf wusste auch, dass sie aus Gründen der nationalen Sicherheit auch diese Ratte stoppen mussten. Der Mann würde Caroline am Leben halten, um sie zu verspotten. Wolf wusste nicht, warum er sich dessen so sicher war, aber wenn sie sie in dem Video nicht getötet hatten, war sie noch am Leben. Sie würden sie für irgendetwas brauchen. Sie mussten sie nur finden, bevor es zu spät war.

»Halte durch, Ice. Wir werden dich retten.« Wolf hoffte, dass seine leidenschaftlichen Worte es irgendwie durch den Kosmos bis in ihr Herz schafften.

KAPITEL SIEBZEHN

Caroline öffnete nicht die Augen, als sie hörte, dass die Männer in den Raum zurückkehrten. Sie hatten sich nicht die Mühe gemacht, den Stuhl wieder aufzurichten, nachdem sie die Videokamera ausgeschaltet hatten. Sie konnte also nichts weiter tun, als auf dem Boden zu liegen und sich auf das Atmen zu konzentrieren.

Sie glaubte nicht, dass sie noch weitere Angriffe vertragen könnte. Sie hatte Atembeschwerden. Höchstwahrscheinlich hatte sie einige gebrochene oder zumindest geprellte Rippen von den letzten Schlägen, die sie einstecken musste. Sie fragte sich, ob Matthew und die anderen ihre Nachricht erhalten hatten. Sie fand es nicht sehr klug oder hilfreich, aber vielleicht konnten sie irgendetwas herausfinden.

Während sie darauf gewartet hatte, dass die Männer zurückkamen und wieder anfingen, auf sie einzuschlagen, hatte sie bemerkt, dass die Geräusche draußen sich nicht so anhörten wie an den Docks, zu denen Matthew sie gebracht hatte. Es hörte sich auch nicht so an wie auf der Werft. Sie konnte daraus also nur schlussfolgern, dass sie sich an einem kleineren Dock befinden musste. Deshalb hatte sie auch »Boot« und nicht »Schiff« gesagt. Sie wusste, dass Matthew es verstehen würde. Sie hatte mit ihm über das Leben auf seinem Boot gescherzt und er hatte sie korrigiert, dass es ein Schiff sei und kein Boot. Es war etwas weit hergeholt, aber sie musste es versuchen.

Sie konnte nicht mehr klar denken. Sie hatte nichts zu essen oder zu trinken bekommen. Ihr Mund war mehr als trocken und für einen Schluck Wasser hätte sie getötet. Sie ging davon aus, dass es sich nicht lohnen würde, jemandem Nahrung zu geben, den man ohnehin töten wollte. Wenn Matthew und sein Team sie nicht bald finden würden, würde es sowieso keine Rolle mehr spielen.

Sie fühlte, wie zwei Männer den Stuhl, an den sie gefesselt war, hochhoben und wieder aufrecht hinstellten. Caroline sackte in die Fesseln, die sie am Stuhl festhielten. Autsch. Sie spürte, wie die Kabelbinder gelockert wurden, und fiel fast wieder zu Boden. Ihre Handgelenke waren jedoch immer noch an die Armlehnen gefesselt, sodass sie nirgendwo hingehen konnte. Sie versuchte nicht, sich zu bewegen, sie konnte einfach nicht mehr. Sie war außer Gefecht gesetzt. Vorsichtig öffnete sie ihre geschwollenen Augen sah den Mann an, der vor ihr hockte. Es war der dreckige, stinkende Typ, der ihr mit Vergewaltigung gedroht hatte. Der gestriegelte Typ mit dem Dreiteiler war nirgendwo zu sehen.

»Bist du jetzt nicht mehr so arrogant, Schlampe?«,

spuckte er und fuhr dann fort, als würden sie ein echtes Gespräch führen. »Es ist wirklich schade, weißt du? Meine Männer wollten unbedingt zum Zug kommen, aber jetzt sind sie nicht mehr interessiert. Sie hätten gern herausgefunden, ob du in jeder Lage der gleiche Hitzkopf bist, ob sie dich nun von hinten nehmen oder dich vergewaltigen, während du auf dem Rücken liegst.«

Caroline zuckte nicht einmal zusammen. Nichts, was dieser Mann zu ihr sagte, konnte sie noch beunruhigen. Sie wusste, dass er wahrscheinlich keine Scherze machte, aber sie interessierte sich nur noch dafür, wie er sie töten würde. Sie wusste, dass es unangenehm werden würde, und versuchte, sich auf jede Möglichkeit vorzubereiten. Sie blendete ihn aus und überlegte, ob es wehtun würde, wenn er ihr die Kehle durchschnitt.

Der Mann redete weiter, während einer seiner Männer mit einer Schere die Kabelbinder an ihren Handgelenken durchtrennte. Caroline stöhnte bei dem Schmerz, der sie durchfuhr, aber sie weigerte sich zu schreien. Sie wusste, dass sie besonders brutal mit ihr umgingen, nur um sie dazu zu bringen, sie anzuflehen.

»Es ist zu schade, dass du nicht mit uns kooperierst. Wir werden aber auch ohne dich Erfolg haben. Ich werde schon noch dahinterkommen, wie du es herausgefunden hast. Ich bin fertig mit dir. Er ist fertig mit dir. Ich werde dafür sorgen, dass dein Freund erfährt, wie erbärmlich du warst. Wir werden eine kleine Bootsfahrt machen ... Ich gebe dir noch eine letzte Chance ...«

Als sie sich von ihm abwandte und sich weigerte, etwas zu sagen, grunzte er und stand auf. Er deutete auf einen seiner Männer, der vortrat und sie sich über die

Schulter warf. Caroline schrie vor Schmerzen auf, die durch ihren Körper schossen. Sie wusste jetzt sicher, dass ihre Rippen gebrochen waren. Der Schmerz in ihrem Brustkorb war fast unerträglich. Sie schnappte nach Luft. Es war der schlimmste Schmerz, den sie jemals in ihrem Leben gefühlt hatte. Sie wünschte, sie würde ohnmächtig werden.

Wenn sie so etwas früher im Fernsehen gesehen hatte, hatte sie Mitleid mit den Frauen gehabt, die von ihren Freunden oder Ehemännern geschlagen wurden, aber sie hatte nie wirklich über die Schmerzen nachgedacht, die sie durchmachten. Sie hatte ihre blauen Augen gesehen und gehört, wie sie sagten, dass es wehtat. Solange man es nicht am eigenen Leib erfahren hatte, konnte man dieses Gefühl aber nicht wirklich beschreiben.

Caroline wünschte sich von ganzem Herzen, Matthew wäre hier. Sie wusste, dass es irrational und unmöglich war, aber sie wollte es so sehr. Sie war nie die Art von Mensch gewesen, die sich auf einen Mann verlassen wollte, aber Gott, sie hätte alles getan, wenn er sie nur gehalten und ihr gesagt hätte, dass alles in Ordnung käme. Er hätte gewusst, was zu tun war.

Sie hätte geweint, wenn sie dazu noch in der Lage gewesen wäre. Und doch konnte sie sich nur noch an dem Mann festhalten, der sie trug, und versuchen, flache, vorsichtige Atemzüge zu nehmen. Bei ihrem Glück ließ er sie am Ende noch fallen, nur um über ihre Reaktion zu lachen. Sie schloss die Augen. Gütiger Gott, würde dieser Albtraum jemals enden?

Wolf beobachtete das Lagerhaus genau. Sie hatten Glück gehabt. Tex hatte sein weitreichendes Netzwerk von Militärangehörigen, privaten Ermittlern, Polizisten und Hackern darauf angesetzt, nach verdächtigen Aktivitäten Ausschau zu halten. Nach nur einer halben Stunde hatte einer seiner Kontakte ihn auf ein Lagerhaus im alten Teil von Norfolk aufmerksam gemacht. Es befand sich in der Nähe eines Docks, wo er mit seinem Boot angelegt hatte, und er hatte ungewöhnliche Aktivitäten festgestellt. In der Nähe gab es einen großen Jachthafen mit Booten, die bis zu einer Million Dollar kosteten, und außerdem kleineren Fischerkähnen.

Tex hatte die Spur weiterverfolgt und eigenhändig Handyverbindungen und andere elektronische Daten aus der Gegend ausgewertet. Er hatte sich außerdem in eine Überwachungskamera auf dem Dock gehackt und bestätigt, dass sich mindestens einer der Männer aus Carolines Video in der Nähe aufhielt.

Wolfs Team machte sich sofort auf den Weg dorthin, richtete rundherum einen Sicherheitsbereich ein und überwachte für einen Moment das Geschehen. Sie sahen, wie zwei der Männer aus dem Video das Gebäude betraten. Das war's. Wolf wollte losschlagen und Caroline aus den Fängen dieser Verrückten befreien, aber er wusste, dass es nicht so einfach war. Er musste seine Gefühle außen vor lassen. Er hatte Abe als Leiter für die Mission eingesetzt, weil er wusste, dass er selbst auf keinen Fall objektiv urteilen konnte. Es ging um Caroline, *seine* Ice.

Das Team hatte in der Vergangenheit an vielen

Rettungseinsätzen teilgenommen und würde höchstwahrscheinlich in Zukunft noch viele weitere absolvieren. Sie wussten aber alle, dass diesmal eine besondere Situation vorlag. Im Wesentlichen ging es um die Rettung eines Teammitgliedes. Ice gehörte zu Wolf. Sie alle wussten das und standen hundertprozentig dahinter, sie lebendig da rauszuholen. Keiner von ihnen war von ihrem Mut auf dem Video unberührt geblieben.

Sie waren darin geschult, wie man mit Befragungstaktiken umging und wie man die Auswirkung von Schlägen mindern konnte. Verdammt, die Qualen, die sie in der Grundausbildung und im SEAL-Camp hatten durchmachen müssen, waren mehr, als die meisten Menschen jemals erleiden mussten. Sie hatten jahrelange Erfahrung damit. Caroline hatte keine, aber trotzdem hatte sie das, was ihr angetan worden war, besser eingesteckt, als jeder andere Zivilist es gekonnt hätte. Sie war so unschuldig wie jeder andere, den sie jemals getroffen hatten. Sie gehörte zu ihnen. Sie war Ice.

Abe hatte keine Probleme damit, das Sagen zu haben. Wolf wusste, dass er von allen im Team am besten verstand, wie viel Caroline ihm bedeutete und wie sehr er sie selbst retten wollte. Abe hatte ihren Mut persönlich erlebt. Cookie, Dude und Benny kannten ihre Tapferkeit nur aus dem Video und von den Erzählungen der anderen. Sie *kannten* sie jedoch noch nicht. Auch wenn es für sie nicht »nur« ein Job war, für ihn und Abe war es persönlich.

Sie wussten, dass sie das Gebäude nicht einfach stürmen konnten. Sie mussten abwarten und den Verräter hinter der Kamera dingfest machen. Nur so könnten sie es beenden und Caroline könnte mit ihrem Leben fortfahren. Wolf wollte nicht, dass Caroline ihn verließ, aber er wollte, dass sie angstfrei leben konnte. Nach diesem Vorfall könnte sie vielleicht ihre Meinung darüber ändern, ob sie etwas mit ihm zu tun haben wollte. Wenn er wüsste, dass es zu ihrem Besten wäre, würde er sie sogar selbst verlassen. Aber er wollte, dass sie lebte. Es war wichtig für ihn, dass sie lebte.

Er hatte nicht viel weiter gedacht, als von seiner Mission zurückzukehren und Caroline wiederzusehen. Aber nach allem, was in der kurzen Zeit nach ihrer Rückkehr in die Staaten geschehen war, hatte sich seine Sichtweise verändert. Jetzt, nachdem er sie für ein paar Nächte in seinen Armen gehalten hatte, wollte er sie nicht mehr gehen lassen. Er würde sie nicht gehen lassen, selbst wenn sie nur halb so viel Interesse an ihm zeigte, wie er an ihr hatte.

Während das Team das Lagerhaus beobachtete, kamen zwei Männer heraus, von denen einer Caroline über seiner Schulter trug. Wolf sah, wie sie versuchte, sich mit den Armen an dem Rücken des Mannes festzuhalten, aber sie hatte Probleme. Abe musste ihn erst am Arm berühren, bis ihm klar wurde, dass er drauf und dran war, die Männer sofort anzugreifen. Jede Faser seines Körpers sträubte sich dagegen, den Kerlen zu erlauben, sie weiter von ihnen wegzutragen, und nichts dagegen zu unternehmen. Er *wusste*, dass sie den Mann finden mussten, der hinter der versuchten Flugzeugentführung steckte, aber es zu *wissen* war beinahe nicht genug. Sie sahen zu, wie die Männer zu den Booten gingen, die auf der anderen Seite des Docks lagen.

Wolf und Abe schlichen sich um das Gebäude herum. Wolf vertraute darauf, dass Benny noch in Position war. Sie hatten ihn als verdeckten Ermittler eingesetzt. Hoffentlich würden ihn die Drecksäcke nicht erkennen, da sie ihm bereits zuvor an der Hütte begegnet waren. Niemand wusste, ob die Terroristen die anderen Mitglieder des Teams tatsächlich gesehen hatten, aber sie mussten dieses Risiko eingehen. Wolf ging davon aus, dass Benny in seiner Verkleidung so oder so nicht erkannt werden würde.

Benny war als Fischer verkleidet, der gerade seinen Fang in der Nähe des Docks putzte. Sie wollten so viele Informationen wie möglich sammeln, bevor sie angriffen. Wenn die Terroristen versuchten, Caroline woanders hinzubringen, sollte Benny versuchen herauszufinden, was er konnte. Sollte sie auf dem Wasserweg weggebracht werden, mussten sie wissen, auf welchem Boot sie sich befand. Es gab zu viele Boote, um es erraten zu können. Sie wussten, dass sie ihre Chance auf Rettung dann verspielt hätten.

Sie sahen, wie sich die Terroristen Benny näherten.

»Die hat wohl zu tief ins Glas geschaut, was?« Benny lachte und tat so, als hätte er an diesem Tag beim Angeln auch ein paar Bier über den Durst getrunken.

Der Mann mit Caroline achtete darauf, ihr Gesicht von Benny abgewandt zu halten. Er schlug ihr auf den Hintern und sagte: »Ja, so ähnlich.« Sie hielten sich nicht länger auf, sondern gingen weiter und behielten Benny dabei im Auge.

Benny stand auf, als sie an ihm vorbeigingen. Er machte keine Anstalten, sich ihnen in den Weg zu stellen, da er wusste, dass sie in der Überzahl waren und er sich im Wesentlichen auf einer Aufklärungsmission befand. Nachdem sie ihn passiert hatten, setzte er sich wieder und tat so, als würde er weiter an seinem Fisch arbeiten.

Als sie sahen, dass der Angler nichts Verdächtiges tat, drehten sich die Männer um und gingen weiter zügig in Richtung Dock.

Caroline hob den Kopf, um den betrunkenen Fischer auf sie aufmerksam zu machen. Sie musste dafür sorgen, dass jemand sah, dass hier etwas nicht stimmte und dass sie verletzt war. Sie musste jemandem eine Nachricht übermitteln. Als sie den Kopf hob, sah sie, wie der Fischer sie anstarrte. Sie wollte nicht, dass noch jemand in diese Sache hineingezogen wurde, aber sie musste etwas tun. Sie öffnete den Mund, um etwas zu sagen. Sie wusste nicht was, aber irgendetwas. Doch bevor sie etwas herausbringen konnte, gingen sie um eine Ecke.

Kurz bevor sie hinter einem kleinen Gebäude verschwanden, glaubte sie zu sehen, wie der Fischer die Hand hob. Es sah so aus, als wollte er ihr etwas mitteilen, aber es war zu spät. Sie waren schon um die Ecke verschwunden und er war außer Sichtweite. Caroline war zu erschöpft, um zu weinen. Sie hatte ihre letzte Chance verpasst, das wusste sie. Sie senkte den Kopf und wusste nicht, wie viel sie noch ertragen konnte.

Benny sah zu, wie die Gruppe um die Ecke verschwand. Scheiße. Er hatte versucht, Ice wissen zu lassen, dass sie da waren, um sie zu retten, aber er hatte zu lange gewartet und wusste nicht, ob sie verstanden hatte, was er ihr hatte sagen wollen. Er hatte ihr mit einer

Geste »Hilfe ist unterwegs« signalisiert, hatte aber in ihrem Blick keine Bestätigung entdecken können.

Benny packte die Fische, die er vorgetäuscht hatte zu putzen, in einen Korb und ging betont lässig auf das Lagerhaus zu. Er musste sich mit seinem Team treffen und ihr Schnellboot bereit machen. Er hatte das Boot gesehen, zu dem Caroline gebracht worden war. Teilweise war er froh, dass die Rettungsaktion aufs Wasser verlagert wurde. SEALs waren im Allgemeinen auf jede Art von Kampf vorbereitet, aber es gab nichts Besseres als einen Kampf auf dem Wasser. Dafür waren sie ausgebildet.

Caroline zuckte kaum mehr zusammen, als sie auf einen Sitz auf dem kleinen Motorboot geworfen wurde. Sie war mittlerweile völlig gefühllos. Oh, es tat immer noch weh, aber ihr bevorstehender Tod verdrängte die Schmerzen.

Die Männer würdigten sie keines Blickes, als sie das Boot zum Ablegen vorbereiteten. Sie überlegte, ob sie über Bord springen sollte, glaubte aber nicht, dass es ihr helfen würde. Sie wusste, dass sie eine gute Schwimmerin war, aber sie würde einfach wieder herausgefischt werden. Außerdem war sie sich nicht sicher, wie gut sie sich mit ihren Verletzungen im Wasser schlagen würde. Bei ihrem Glück würde das Blut, das immer noch aus ihren Handgelenken und ihrem Kopf tropfte, einen Hai anziehen und sie würde gefressen werden.

Die Männer hatten vor, sie weiter zu foltern, dessen war sie sich sicher. Sie wollten sichergehen, dass sie einen besonders schmerzvollen Tod erlitt. Sie entschied, dass sie besser dran war abzuwarten, was sie vorhatten. Wenn sie die Gelegenheit dazu bekam, könnte sie vielleicht über Bord springen, wenn sie nicht hinschauten. Sobald sie auf See waren, hätte sie eine bessere Chance. Es dämmerte langsam und die einbrechende Dunkelheit würde ihr von Nutzen sein. Sie musste nur abwarten und versuchen, Geduld zu haben.

Sie sah zu, wie die Männer um das Boot herumgingen und es zum Ablegen bereit machten. Gerade als sie losfahren wollten, gesellten sich der stinkende Mann und der Mann im Anzug zu ihnen. Der stinkende Mann ging direkt auf sie zu und schlug ihr hart ins Gesicht, dann lachte er. Der Mann im Anzug ignorierte sie einfach und ging in die kleine Kabine. Sie war zum Tode verurteilt, das wusste sie.

Wolf war froh, dass die Sonne unterging. Die Dunkelheit würde ihnen zum Vorteil gereichen. Seine Haut kribbelte. Er war bereit, Caroline aus der Gefahr zu befreien und wieder in seinen Armen zu halten. Sie folgten dem Motorboot in einiger Entfernung. Es war ja nicht so, als könnten sie sie auf offener See verlieren. Es machte es allerdings auch schwieriger, ihnen unbemerkt zu folgen. Nach einer Weile würde es aber auch keinen Unterschied mehr machen, ob die Terroristen wussten, dass sie da waren oder nicht. Es war nur die Frage, wie schnell sie sie einholen könnten, bevor Caroline getötet wurde.

Wolf wusste, dass ihr Boot schneller war als das der

Terroristen, aber er wollte noch abwarten und sehen, was sie vorhatten. Bei jeder Rettung war das oberste Ziel, die gefangene Person lebendig zu befreien. Bis sie wussten, welches Ass die Terroristen noch im Ärmel hatten, konnten sie nicht für Carolines Sicherheit garantieren.

Wolf und seine Männer sahen aus einiger Entfernung zu, wie der Verräter an Bord des Bootes ging. Sie waren nicht nahe genug, um ihn erkennen zu können. Wolf saß stumm und regungslos da. Mit jeder Faser seines Wesens konzentrierte er sich auf das Boot, das vor ihnen durch das unruhige Wasser glitt. Alle Männer, die seine Frau geschlagen hatten, befanden sich auf diesem Boot. Wenn es nach ihm ginge, würden sie heute alle sterben – nachdem er Caroline in Sicherheit gebracht hatte.

Caroline hielt sich an der Seite des Sitzes fest und zuckte jedes Mal zusammen, wenn das Boot auf eine Welle stieß. Ihre Rippen taten höllisch weh. Sie versuchte, es zu ignorieren und sich darauf zu konzentrieren, wo sie waren. Wenn sie zurück ans Ufer schwimmen musste, musste sie sicher sein, die richtige Richtung einzuschlagen. Bei ihrem Glück würde sie den Terroristen entkommen, nur um anschließend auf die offene See hinauszuschwimmen anstatt zum Ufer.

Nachdem das Boot gefühlsmäßig kilometerweit gefahren war, hielt es endlich an. Der Mann im Anzug kam aus dem Steuerhaus und sah schweigend zu, wie einer der anderen Männer ihre Knöchel packte. Caroline konnte nicht klar denken und war von dem kalten

Auftreten des Mannes im Anzug abgelenkt. Sie hatte vollkommen vergessen, sich zu wehren oder über Bord zu springen. Sie bemerkte die Gewichte, die mit Ketten an ihren Knöcheln befestigt wurden, erst, als es bereits zu spät war. Sie versuchte, den Mann zu treten, aber es nützte nichts mehr. Oh. Mein. Gott. Sie würde wirklich sterben. In einer kleinen Ecke ihres Gehirns hatte sie die Hoffnung aufrechterhalten, dass sie entkommen würde, aber es war nun offensichtlich, was sie mit ihr vorhatten.

Der Mann im Anzug hielt wieder die Kamera in der Hand.

»Verabschiede dich von deinem SEAL, Schlampe. Es muss nicht so weit kommen. Du kannst mir immer noch erzählen, was ich wissen will.« Er machte eine Pause, als würde er ihr die Gelegenheit zu reden geben und ihr damit das Leben retten.

Caroline starrte ihn an und weigerte sich zu sprechen. Sie wusste, dass er sie sowieso töten würde, selbst wenn sie jetzt auspacken würde. Er war verrückt. In seinem faltenfreien, makellosen Anzug sah er eigentlich vernünftig aus, aber es war offensichtlich, dass er von der ganzen Gruppe der Verrückteste war. Caroline wollte nicht sterben, aber sie hatte keine andere Wahl mehr.

»Wie ich es mir gedacht habe. Tapfer bis zum Ende, nicht wahr? Nun, wir werden sehen, wie mutig du bist, wenn du auf dem Meeresboden sitzt. Keine Sorge, ich werde dafür sorgen, dass dein SEAL deine letzten lebenden Minuten sieht. Ich bin mir sicher, er wird sich für den Rest seines Lebens selbst die Schuld geben.« Er lachte vor sich hin. Dann nickte er dem stinkenden Mann zu. Er packte sie unter den Armen und einer der anderen Männer ergriff ihre Beine. Der dritte Mann hob die Gewichte auf. Zusammen gingen sie zur Seite des Bootes.

Caroline schlug um sich und kämpfte gegen sie an. Verzweifelt kratzte sie mit ihren Fingernägeln über das Gesicht des einen Mannes. Sie fand endlich ihre Stimme wieder und fing an zu schreien. Sie flehte sie an, es nicht zu tun, und versprach, ihnen alles zu erzählen, was sie wissen wollten. Bei der Erkenntnis ihres unmittelbar bevorstehenden Todes verlor sie alle Vorsätze, edel und mutig zu sein. Die Männer lachten nur über ihren erbärmlichen Fluchtversuch und warfen sie über Bord, als würden sie Müll entsorgen.

Caroline schnappte nach Luft und war sich sicher, dass es verdammt wehtun würde, wenn sie auf dem Wasser aufschlug. Sie würgte und schluckte eine Menge Wasser, als sie eintauchte. Verdammt, es *tat* weh. Sie war auf der Seite mit den gebrochenen Rippen gelandet. Sie fühlte, wie sie schnell begann unterzugehen. Zum Glück waren ihre Hände nicht gefesselt und sie konnte damit versuchen, an die Oberfläche zu gelangen. Glücklicherweise hatte ihr Körper einen natürlichen Auftrieb. Sie würde diese fünfzehn Extrapfund auf den Hüften nie wieder bereuen.

Sie schnappte nach Luft, bevor sie erneut unterging. Sie versuchte es noch einmal und schaffte es, schnell genug mit den Füßen zu treten, um nicht zu sinken. Die Gewichte, die an ihren Knöcheln festgebunden waren, waren zum Glück nicht allzu schwer. Sie hatten sie unterschätzt. Sie wusste natürlich, dass sie nicht die Energie haben würde, es lange durchzuhalten. Sie war schwer, hatte Schmerzen und war müde. Als gute Schwimmerin wusste sie, dass sie sich nicht ewig so über Wasser halten konnte. Sie würde auf keinen Fall überleben, sollte sie auf offener See zurückgelassen werden.

Die Wellen brachen über ihrem Kopf, als sie auf und ab schwankte. Caroline wusste nicht, warum sie davon ausgegangen war, dass das Wasser mitten auf dem Meer ruhig sein würde. Es war gut, dass sie Chemikerin und nicht Ozeanologin war. Jedes Mal wenn sie nach Luft schnappte, schluckte sie Wasser. Da sie aber Luft bekam, durfte sie sich wohl nicht beschweren.

Sie hörte den Mann im Anzug vom Boot aus rufen. Sie waren in ihrer Nähe, aber nicht nahe genug, sodass sie die Seite des Bootes ergreifen könnte. Sie umkreisten sie, als würden sie sie weiter verspotten.

»Wir holen dich wieder an Bord, wenn du mir von dem Flugzeug erzählst. Du musst mir nur sagen, woher du von dem Eis wusstest, und du kannst leben.«

Er spielte nur ein Spiel mit ihr, das wusste sie. Sie hatte versprochen, ihnen alles zu erzählen, bevor sie über Bord geworfen worden war. Wenn er es wirklich wissen wollte, hätte er ihr zugehört, bevor er sie hatte ins Wasser werfen lassen.

»Fick dich!«, schrie Caroline den Mann an, obwohl es kein lauter Schrei war. Sie sah, wie das dumme rote Licht der Kamera weiter blinkte. Der Mistkerl filmte sie immer noch. Der Mann neben ihm hob den Arm. Oh mein Gott. Wirklich? Jetzt wollten sie sie erschießen? Sie würgte ein Schluchzen herunter. Es wäre alles so viel einfacher, wenn sie nicht so wahnsinnig gern am Leben bleiben wollte.

Caroline holte tief Luft und ließ sich sinken. Sie sollte verdammt sein, wenn sie auch noch auf sich schießen lassen würde, nach allem, was sie durchgemacht hatte. Entführt, erstochen, verfolgt, in die Luft gejagt, gekidnappt, geschlagen, über Bord geworfen und *dann erschossen*? Nein, verdammt noch mal, nein.

Sie erinnerte sich vage an eine Fernsehsendung, in der die Protagonisten sich unter Wasser duckten, um sich vor den Kugeln zu schützen, weil die Kugel abgebremst und abgelenkt wurde, sobald sie auf das Wasser traf. Sie kannte nicht wirklich die wissenschaftliche Begründung dafür, aber sie hoffte, dass es nicht alles nur erfunden war.

Aufgrund der Gewichte an ihren Knöcheln sank sie schnell. Caroline hörte auf zu denken und sank einfach. Es war fast wie schweben. Die Stille war himmlisch.

Abe gab Vollgas und raste jetzt direkt auf das andere Boot zu. Sie hatten entsetzt gesehen, wie Caroline schreiend über Bord geworfen wurde, dann mit Erleichterung, wie sie wieder auftauchte. Jetzt oder nie. Wolf und Benny waren bereit zum Entern und Dude und Cookie hatten bereits ihre Taucherausrüstung angelegt. Sie hatten den Plan besprochen und jeder von ihnen kannte seine Aufgabe. Sie arbeiteten schon so lange zusammen, dass sie beinahe gegenseitig ihre Gedanken lesen konnten. Sie waren ein SEAL-Team und sie waren hier, um ihre Arbeit zu erledigen. Ein Fehlschlag war keine Option. Es war definitiv keine Option, wenn einer von ihnen involviert war. Und Ice gehörte zu ihnen. Zu einhundert Prozent.

Sie hörten die Schüsse, als sie sich dem Boot der Terroristen näherten. Wolfs Herz schlug ihm bis zum Hals. Caroline musste okay sein, sie musste es einfach sein.

»Legt sofort die Waffen nieder, United States Navy!«, brüllte Abe über den Lautsprecher ihres Bootes. Er richtete das Flutlicht auf das andere Boot und blendete die Mannschaft teilweise. Sie sahen, wie zwei Männer im Steuerhaus Deckung suchten. Jedenfalls hörten die Schüsse auf, sobald sie verschwanden. Einer der Männer, die in das Lotsenhaus geflohen waren, hatte auf Caroline geschossen. Der Mann im Anzug lachte nur und richtete die Kamera auf sie. Der vierte Mann, der Caroline auf dem Video am meisten geschlagen hatte, stand einfach nur arrogant da.

»Denkt ihr, ihr könnt sie retten?«, schrie der Mann im Anzug. »Das glaube ich kaum. Habt ihr nicht die Ketten an ihren Knöcheln gesehen? Ihr werdet sie nie finden. Die dreckige Hündin liegt schon längst auf dem Meeresboden.«

Lass ihn reden, lass ihn reden, sagte Wolf sich immer und immer wieder und weigerte sich, auf den anderen Mann loszugehen. Er musste ihn ablenken. Er musste seinen Job machen. Carolines Leben hing davon ab.

»Ergib dich und wir werden dich verschonen«, antwortete er laut, wusste im gleichen Moment aber, dass das nicht passieren würde. Er versuchte trotzdem, den Mann zu überzeugen.

Schließlich schaltete der Mann die Kamera ab.

»Niemals!«, schrie er zurück und zog eine Pistole aus seiner Tasche. Er richtete sie auf das Boot der SEALs und schoss. Wolf duckte sich gerade noch rechtzeitig und hätte schwören können, dass er die Kugel über seinen Kopf zischen hörte.

»Ich gebe dir noch eine Chance, Arschloch«, schrie Wolf erneut und achtete darauf, in Deckung zu bleiben.

Als keine Antwort kam, gab Benny Abe das Signal, sich vom Boot der Terroristen zurückzuziehen. Sie mussten es auf andere Weise versuchen. Sie hatten immer einen Plan B. Tatsächlich wusste jeder, dass Plan B meistens der eigentliche Plan A war, sie versuchten es trotzdem immer zuerst auf die »nette« Art.

Wolf wusste, dass der Kommandant sauer sein würde, aber sie hatten größere Sorgen, nämlich Caroline. Sie hatten dem Verräter die Chance gegeben aufzugeben, aber er hatte sie nicht genutzt. Sie hatten ihn verhören wollen, um mehr über seine Verbindungen und die Terrorzelle zu erfahren, aber jetzt hatten sie keine andere Wahl mehr. Alle im Team hofften, dass es sich um einen unabhängig agierenden Bundespolizisten handelte, aber bis sie wieder auf dem Stützpunkt waren und das Video analysieren konnten, konnten sie sich nicht sicher sein, was heute Abend eigentlich vor sich gegangen war.

Es war die übliche Vorgehensweise, ihre Missionen wenn möglich zu filmen. Benny hatte die Kamera angeschlossen, bevor sie das Dock verlassen hatten. Tex würde es sich ansehen und prüfen können, wie weitreichend die Vernetzung des Verräters war. Zum Teufel, Tex wusste wahrscheinlich schon jetzt, wer der Verräter war, nachdem er die Überwachungsbänder vom Hafen analysiert hatte. Der Mann war einfach gut in dem, was er tat.

Es blieb nicht viel Zeit, um Caroline zu retten und sich um diese Arschlöcher zu kümmern. Entweder sie oder Caroline, doch eigentlich gab es da nichts zu entscheiden. Es war höchste Zeit zuzuschlagen.

Sie gaben den Terroristen den Eindruck, dass sie aufgaben, und zogen sich zurück. Einer der Terroristen ließ den Motor ihres Bootes an und sie begannen, sich in Bewegung zu setzen. Wolf und Abe konnten gerade noch ein Lachen hören, bevor der Attentäter Vollgas gab. Wolf zählte bis drei und drehte den Kopf zur Seite, um seine Augen zu schützen, als das Boot explodierte.

Teile des Terroristenbootes flogen um sie herum ins Wasser. Wolf und Abe wussten, dass die Kerle damit erledigt waren.

Wolf verschwendete keinen Gedanken mehr an die vier Männer, die buchstäblich vor seinen Augen explodiert waren. Es ging ihm tatsächlich am Arsch vorbei. Ihn interessierte nur Caroline. Hatten sie zu lange gebraucht? Lebte sie noch?

Caroline spürte, wie sie immer tiefer sank. Der Druck auf ihre Ohren fing an zu steigen, und das weckte sie aus ihrer Lethargie. Scheiße, sie war zu tief gesunken. Sie glaubte nicht, dass sie es zurück an die Oberfläche schaffen würde, bevor ihr die Luft oder Energie ausging.

Ihr ganzer Körper schmerzte, aber sie musste es versuchen. Sie begann gerade, ihre Arme zu benutzen, um wieder an die Oberfläche zu schwimmen, als sie jemand von hinten packte. Caroline geriet in Panik. Sie trat mit ihren gefesselten Beinen um sich und versuchte, denjenigen, der sie festhielt, mit den Armen zu erwischen. Aber ihre Arme wurden fest an ihre Seiten gedrückt. Oh mein Gott, sie würde sterben. Sie würde genau hier sterben. Nach allem, was sie durchgemacht hatte, nach all den Strapazen und Kämpfen. Es war nicht fair. Sie könnte genauso gut so viel Wasser einatmen wie nur möglich, um es zu beschleunigen.

Caroline spürte, wie etwas über ihr Gesicht gelegt wurde, und wollte sich davon befreien, aber sie konnte der natürlichen Reaktion ihres Körpers, Sauerstoff zu inhalieren, nicht entkommen. Das war es dann, sie war tot ... aber irgendwie war sie es auch nicht.

Sie atmete wieder ein. Sauerstoff. Das auf ihrem Gesicht war eine Tauchermaske. Gierig inhalierte sie den Sauerstoff. Sie hatte immer noch Angst, aber für den Moment bekam sie wenigstens Luft. Sie versuchte, den Kopf zu drehen, aber die Hand, die die Maske auf ihrem Gesicht festhielt, war zu stark. Sie fing wieder an, in Panik zu geraten. Wurde sie wieder von den Terroristen entführt? Hatten sie im Wasser auf sie gewartet? Wollten sie, dass sie glaubte, sie würde sterben, bevor sie wieder gefangen genommen wurde? War das eine neue Art von Folter?

Kurz bevor sie komplett in Panik geriet, fühlte Caroline, wie die Person hinter ihr eine ihrer Hände nahm und ihren zweiten und vierten Finger fest auf ihre Hand drückte. Caroline schluchzte fast vor Erleichterung. Matthew ... nein, es war nicht Matthew, aber es war eines seiner Teammitglieder. Sie ergriff die Hand des Mannes und drückte so fest sie konnte zu, was in ihrem Zustand wahrscheinlich nicht besonders fest war, um ihn wissen zu lassen, dass sie verstanden hatte. Dass sie wusste, dass er zu Matthew gehörte. Sie war einfach froh, dass sie sie gefunden hatten. Sie wollte weinen, aber sie musste sich auf das Atmen konzentrieren.

Sie hatte keine Ahnung, wie es möglich war, dass er im Wasser bei ihr war, genau in dem Moment, wo sie ihn brauchte, aber sie konnte jetzt nicht weiter darüber nachdenken. Sie würde es später zu schätzen wissen. Sie versuchte, sich zu entspannen. Sie ließ sich vollständig in die Arme des Mannes fallen, damit er sicher wusste, dass sie verstanden hatte, dass er da war, um ihr zu helfen.

Er hob eine ihrer Hände zu der Maske auf ihrem Gesicht und drückte fest darauf. Sie nickte. Verstanden! Sie musste die Maske festhalten. Das würde sie schaffen.

Cookie entspannte sich ein wenig. Sie hatte verstanden. Er hatte Angst, Caroline wäre zu sehr in Panik und litt unter Schmerzen, dass sie sich nicht mehr an ihr Zeichen erinnerte, das Wolf ihr gezeigt hatte. Nach allem, was er von Wolf, Abe und Mozart über sie gehört hatte, hätte er jedoch wissen müssen, dass sie ihren Kopf behalten und darauf vertrauen würde, dass er alles tat, um sie beide lebend hier herauszubringen.

Cookie war bereit gewesen, sie wenn nötig außer Gefecht zu setzen, aber es war viel einfacher, wenn sie mit ihm zusammenarbeitete. Er war doppelt dankbar, dass er sie erreicht hatte, bevor sie bewusstlos geworden war. Es wäre viel schwieriger gewesen, wenn er sich unter Wasser noch Gedanken über Wiederbelebungsmaßnahmen hätte machen müssen. Natürlich waren sie alle in Lebensrettungstechniken geschult, aber niemand legte besonderen Wert darauf, dies auch durchzuführen. Cookie war sich nicht sicher, was über ihnen vorging, aber er wusste, dass sie nur begrenzt Zeit hatten.

Cookie konnte im Moment nichts gegen die Gewichte an Carolines Knöcheln tun, aber er würde sich durch die zusätzliche Last und die Tatsache, dass sie ihre Beine nicht benutzen konnte, nicht bremsen lassen. Er begann, sich weiter vom Boot der Terroristen zu entfernen. Er musste sie ein gutes Stück wegbringen, bevor Dude es in die Luft jagte. Die Stoßwelle unter Wasser könnte sie genauso leicht töten wie eine Kugel oder Sauerstoffmangel.

Er schwamm so schnell wie möglich. Immer wieder vergewisserte er sich, dass Ice noch die Maske auf ihrem Gesicht festhielt und den lebensrettenden Sauerstoff einatmete.

Jedes Mal wenn er sie anschaute, atmete sie noch. Er wusste, dass er gerade noch rechtzeitig gekommen war. Er konnte sehen, dass sie all ihre verbleibende Energie aufbringen musste, um die Maske festzuhalten. Sie half ihm nicht beim Schwimmen und sie lag schwer in seinen Armen.

Wolf sah sich um. Es war schwer, etwas im Wasser zu erkennen bei all den Wrackteilen, die um sie herumschwammen. Wo war Dude? Wo war Cookie? Wo war Caroline? Scheiße. Er war noch nie zuvor so besorgt über den Ausgang einer Mission gewesen. Benny gesellte sich zu ihm an der Seite des Bootes, während Abe langsam um die Wrackteile manövrierte. Alle suchten auf der Oberfläche nach einem Lebenszeichen ihrer Teamkollegen. Abe entdeckte zuerst etwas. Es war Dude. Er steuerte das Boot neben ihn und Wolf und Benny halfen, ihn an Bord zu ziehen.

Dude nahm seine Maske ab.

»Habt ihr sie schon geborgen?«, fragte er und war genauso besorgt wie Wolf. Wolf schüttelte den Kopf und wusste, dass Dude Ice und Cookie meinte. Dann stand er wieder auf, um weiter die Wasseroberfläche abzusuchen. Dude richtete sich auf und half ihm.

»Cookie und ich haben uns etwa fünfzig Meter vom Boot entfernt getrennt. Er ist hinter Ice her getaucht, die sich unter Wasser ducken musste, als dieses Arschloch anfing, auf sie zu schießen. Ich bin um den Bug herum. Genau wie wir es geplant hatten, habe ich den Sprengstoff am Boot befestigt, während ihr sie abgelenkt habt, und hab mich dann zurückgezogen, gerade als sie sich aus dem Staub machen wollten. Den Rest kennst du ja.«

Wolf nickte abwesend. Er kannte den Plan und wusste, dass Dude seinen Teil vorschriftsmäßig erledigt hatte. Trotz seiner kaputten Hand mit dem fehlenden Finger war Dude der beste Sprengstoffexperte, den er jemals gesehen hatte. Es gab keine Bombe, von der er nicht wusste, wie sie zu entschärfen war, und es gab keinen Sprengstoff, den er nicht optimal einsetzen konnte. Obwohl er Dude sehr dankbar war, dass er die Pattsituation aufgelöst hatte, fragte er sich nur, wo Cookie und Caroline waren. Er musste unbedingt wissen, ob sie gesund und munter war.

Gerade als Cookie mit Ice von dem Boot wegschwamm, von dem sie ins Wasser geworfen worden war, spürte er die Explosion. Es war nahe, aber nicht zu nahe. Sie hatten es geschafft. Er schwamm weiter unter Wasser, um sicherzugehen, dass sie nicht von herumfliegenden Trümmern getroffen wurden. Nach allem, was sie durchgemacht hatten, wollte Cookie nicht, dass sie jetzt noch von irgendetwas über oder unter Wasser getroffen wurden. Er schwamm noch etwas weiter, um sicherzugehen, dass sie wirklich in Sicherheit und vollständig von Dunkelheit umgeben waren. Er wusste nicht genau, was über ihren Köpfen passiert war ... er wusste, was passieren *sollte*, aber er wusste genauso gut, dass nicht immer das *eintrat*, was vorgesehen war.

Nachdem Cookie sicher war, dass sie weit genug weg waren, stiegen sie langsam an die Oberfläche. Es war jetzt stockfinster. Er sah das SEAL-Boot etwa fünfhundert Meter zu seiner Linken. Die Lichter des Bootes schaukelten aufgrund der Wellen auf und ab. Er gab aber nicht sofort ein Signal, da er sich davon überzeugen musste, dass es wirklich sicher war und dass Ice in Ordnung war. Er wusste, dass Wolf über die Verzögerung sauer sein würde, aber er würde nach allem, was Ice durchgemacht hatte, nicht noch einmal ihr Leben riskieren.

Er hielt sie immer noch mit einem Arm fest. Sie war schwer durch die Ketten an ihren Knöcheln, aber sie war nicht in Gefahr zu sinken. Cookie war der beste Schwimmer von allen. Das war einer der Gründe, warum er überhaupt ins Wasser gegangen war. Wolf hatte sich freiwillig gemeldet, aber sie alle wussten, dass er auf dem Boot bleiben musste. Der Mann auf dem Video wusste, wer er war, und es wäre besser, wenn er dort wäre, um zu versuchen, mit ihm zu verhandeln. Cookie wusste, dass es Wolf schwerfiel, ihm den Vortritt zu lassen und zuzustimmen. Es war eine unausgesprochene Tatsache, dass Wolf durchdrehen würde, wenn Caroline es nicht überlebt hätte. Es war besser, Cookie im Wasser zu haben, nur für den Fall.

Cookie hielt Ice mit dem Rücken zu ihm gewandt mit einem Arm fest. Mit dem anderen versuchte er, ihre Hände von der Tauchermaske zu lösen, die sie immer noch mit einem Todesgriff an Ort und Stelle festhielt.

Nicht loslassen. Nicht loslassen, sagte Caroline immer wieder zu sich selbst. Es war ihr Mantra. Sie war so müde und hatte solche Schmerzen, aber sie wusste, dass sie diese Maske weiterhin vor ihr Gesicht halten musste, sonst würde sie sterben. Caroline hörte etwas ... Sie versuchte, sich zu konzentrieren, aber sie war so müde ... Endlich bemerkte sie, dass jemand mit ihr sprach.

»Es ist okay, Ice. Du bist in Sicherheit. Du kannst die Maske jetzt loslassen. Es ist alles in Ordnung. Du hast es geschafft. Ich halte dich. Wir sind nicht mehr unter Wasser ... Du bist in Sicherheit ...« Cookie redete beruhigend auf sie ein. Er würde so lange weitermachen, bis sie aus ihrer Benommenheit herauskam.

Caroline öffnete ihre geschwollenen Augen so weit wie möglich. Sie konnte nicht viel erkennen, da es dunkel war, aber sie konnte in der Ferne ein Licht aufblitzen sehen. Sie spürte, wie sie in den Wellen auf und ab schaukelte. Sie versuchte, ihre Arme zu entspannen, aber sie wollten sich nicht bewegen. Schließlich zwang sie sich, die Maske loszulassen. Cookie streckte die Hand aus und nahm die Maske von ihrem Gesicht, sobald sie losgelassen hatte. Caroline holte tief Luft und ein Stechen fuhr durch ihre verletzten Rippen. Sie packte fest den Arm, der über ihrer Brust lag und sie über Wasser hielt. Sie konnte den Mann hinter sich nicht sehen, aber sie wusste, dass er einer von den Guten war, einer von Matthews Teamkollegen.

»D-d-danke«, brachte sie mit leiser, gebrochener Stimme heraus.

Cookie drückte sie sanft als Antwort. »Du hast ganze Arbeit geleistet, Ice. Ich bin erst ganz zum Schluss gekommen, als du ein bisschen Hilfe brauchtest. Wie wäre es, wenn wir dich jetzt hier rausholen?«, fragte er leise. Er spürte, wie sie nickte und lächelte. Er schaltete die Signalleuchte ein und sie warteten.

»Schau, da!«, sagte Benny und zeigte aufs Meer hinaus. Ungefähr fünfhundert Meter entfernt sahen sie ein Licht im Wasser.

»Gott sei Dank«, murmelte Wolf und wusste, dass Cookie Caroline gefunden hatte. Er weigerte sich, etwas anderes zu glauben. Er drehte sich um, um sicherzugehen, dass Abe Cookie gesehen hatte, aber Abe drehte bereits das Boot und fuhr in ihre Richtung. Wolf beobachtete, wie das Licht immer näher kam. Endlich konnte er sehen, wie Caroline sicher in Cookies Armen lag. Er hatte befürchtet, sie für immer verloren zu haben. Mein Gott! Als sie weder Cookie noch sie ausfindig machen konnten, hatte Wolf schon begonnen, das Schlimmste anzunehmen. Er hätte wissen müssen, dass sie zu stur war, um einfach zu sterben. Abe steuerte das Boot direkt neben sie.

»Vorsicht, Wolf«, sagte Cookie leise. »Sie ist ziemlich schwer verletzt. Außerdem hat sie Ketten an den Knöcheln.«

Wolf ballte die Hände zu Fäusten. Er wollte die Terroristen am liebsten noch einmal töten. Er nickte steif und signalisierte, dass er die Worte seines Freundes gehört hatte.

Cookie beugte sich wieder zu Caroline vor.

»Ice, du musst jetzt meinen Arm loslassen. Wolf ist hier ... Er wird dir ins Boot helfen ... okay?«

Caroline nickte und öffnete ihre geschwollenen Augen, schloss sie aber schnell wieder. Das Licht vom Boot tat ihr in den Augen weh. Vorsichtig löste sie die Hände von Cookies Arm und wartete.

Sie konnte selbst nicht mithelfen. Sie musste darauf warten, dass jemand sie auf das Boot zog. Schließlich merkte sie, wie Matthew seine Arme um ihre Taille legte und Cookie losließ. Sie fühlte sich sehr schwer an ... ach ja, sie hatte immer noch die Gewichte an den Knöcheln.

Wolf nahm Caroline vorsichtig an der Taille und zog sie zu sich hoch. Sie war schwerer als gedacht und er sah, dass es an den Gewichten lag, die an ihre Knöchel gekettet waren. Er zog sie langsam über die Seite des

Bootes und als er es geschafft hatte, ließ er sich zurückfallen, sodass sie auf seinem Körper landete. Ihre Kleider durchnässten ihn schnell, aber er bemerkte es nicht einmal. Sie hatte nicht nach ihm gegriffen, sondern hielt die Arme vor ihrer Brust zusammengepresst. Er konnte hören, wie sie flach atmete.

»Mein Gott, Caroline«, flüsterte er ihr zu. »Gott sei Dank. Gott sei Dank habe ich dich wieder. Du bist in Sicherheit.« Er plapperte und konnte nicht aufhören. Er wusste nur, dass seine Caroline sicher in seinen Armen lag, angeschlagen und verletzt, aber in Sicherheit.

Caroline hörte Matthew in ihren Gedanken. Sie fand irgendwie die Kraft, ihre Augen einen Spaltbreit zu öffnen. Sie konnte ihren Kopf nicht von seiner Schulter heben, aber sie schaffte es, eine Hand flach auf seine Brust zu legen. Sie konnte fühlen, wie sein Herz schlug, und es beruhigte sie. Endlich war sie in Sicherheit. »Ich mache dich ganz nass«, sagte sie noch leise, bevor sie ohnmächtig wurde.

Benny und Dude lösten die Ketten von ihren Knöcheln, während sie zurück in Richtung Küste fuhren. Wolf rührte sich nicht. Er konnte nicht. Er schlang die Arme um seine Frau und hielt sie fest. Er konnte ihre geschwollenen Augen sehen und bemerkte, dass irgendwo noch Blut aus ihrem Kopf tropfte. Sie hatte durch die Hölle gehen müssen, aber jetzt war sie hier und am Leben.

Cookie deckte Ice und Wolf mit einer Decke zu. Wolf nickte seinem Teamkollegen dankend zu. Er hielt Caroline dicht an seinem Oberkörper und betete, dass es ihr gut gehen würde. Er zählte ihre Atemzüge und tröstete sich damit, dass sie nach allem, was sie durchgemacht hatte, tatsächlich noch atmete. Sie fühlte sich so zerbrechlich in seinen Armen an. Er hatte Angst, sie zu bewegen. Er wusste, dass sie schwer verletzt war, und es war seinetwegen passiert. Er wusste, dass sie ihm niemals recht geben würde, aber er wusste auch, dass es die Wahrheit war. Er hatte Entscheidungen zu treffen.

KAPITEL ACHTZEHN

Caroline stöhnte. Sie hatte Schmerzen. Sie versuchte, sich zu erinnern, was passiert war und warum sie so schwer verletzt war. Die Erinnerung kam blitzartig zurück. Die Hütte, Matthew, das Lagerhaus, das Boot ... sie öffnete die Augen – oder versuchte es zumindest. Wow, ihr Gesicht tat wirklich weh. Sie legte sich eine Hand an die Wange und spürte, wie geschwollen sie war. Oh Mann. Schließlich zwang sie sich, die Augen zu öffnen, und sah sich um. Sie befand sich in einem Krankenzimmer. Sie lag im Krankenhaus. Sie hasste Krankenhäuser. Sie sah sich um. Bis auf sie war es leer. Sie versuchte, ihre Enttäuschung zu unterdrücken. Matthew hatte keinen Grund, da zu sein, wenn sie aufwachte, aber sie hatte gehofft, dass er es sein würde. Wo waren alle? Sie wollte hier raus ... sie wollte ... verdammt. Sie schloss die Augen und war eine Sekunde später wieder eingeschlafen.

Nachdem Wolf und sein Team Caroline im Navy-Krankenhaus abgesetzt hatten, riefen sie ihren Kommandanten an. Sie hatten ihm alles erklärt, was in dieser Nacht passiert war. Tex hatte die Bänder analysiert und bearbeitet. Überraschenderweise war der Mann im Anzug leicht zu identifizieren gewesen. Als Tex das Bild an Wolf geschickt hatte, hatte er den Mann sofort erkannt.

Er war ein FBI-Agent und Wolf hatte nach ihrer Landung in Nebraska tatsächlich mit ihm gesprochen. Es war also kein Wunder, dass er in der Nähe gewesen war, um mit ihnen zu reden, denn schließlich hatte er dafür gesorgt, dass das Flugzeug überhaupt hatte notlanden müssen. Offensichtlich hatte er sich freiwillig gemeldet, um nach Nebraska zu reisen und die Passagiere zu befragen. Wolf, Abe und Mozart hatten schon nach dem Gespräch das Gefühl gehabt, dass etwas mit dem Agenten nicht stimmte. Ihre Instinkte hatten sie nicht getäuscht.

Sie hatten keine Ahnung, was sein Motiv gewesen war und was wirklich hinter der ganzen Aktion gesteckt hatte, im Moment war es aber auch nicht wirklich wichtig. Wolf war nur wichtig, dass Caroline gerettet worden war. Es war Aufgabe des FBIs herauszubekommen, wer noch Teil dieser Verschwörung war. Um ihres Landes willen hoffte Wolf, dass er allein gearbeitet hatte. Gott wusste, dass ihre Arbeit schon schwiwig genug war, wenn sie nur gegen ausländische Terroristen kämpfen mussten.

Wolf war dankbar, dass sie über das, was wirklich passiert war, mit so gut wie niemandem gesprochen hatten. Die einzige Person, die wirklich alle Details über den Flug und Carolines Rolle wusste, war ihr SEAL-Kommandant. Sie mussten über alles berichten, was in Virginia passiert war, und die Auswirkungen sowohl für das FBI als auch für das SEAL-Team waren höchstwahrscheinlich längerfristig, aber Wolf bereute nichts. Nicht solange Caroline in Sicherheit war.

Wolf versuchte, seine Teamkollegen zu ignorieren. Sie waren nicht glücklich mit ihm. Nicht glücklich war eine Untertreibung, sie waren sauer. Sie hatten fast die ganze Nacht gestritten und er wollte es immer noch nicht einsehen. Er war nicht gut für Caroline. Seht, was mit ihr passiert ist, nachdem sie ihn getroffen hatte. Nur schlechte Dinge. Sie wäre beinahe bei einer Flugzeugentführung gestorben, dann wurde in ihre Wohnung eingebrochen und sie wurde ins Zeugenschutzprogramm gesteckt, dann entführt, verprügelt, angeschossen und war schließlich fast ertrunken. Es war nicht sicher, eine Beziehung mit einem SEAL einzugehen. Warum konnten seine Teammitglieder das nicht einsehen?

Sie wollten warten, bis Ice aufwachte, nachdem sie sie ins Krankenhaus gebracht hatten. Cookie, Benny und Dude wollten sie kennenlernen, wenn sie bei Bewusstsein war, nicht halb bewusstlos auf den Planken eines Bootes. Cookie mehr als alle anderen. Caroline schien alle zu beeinflussen. Sie hatte Cookie zutiefst beeindruckt, was nicht häufig vorkam. Er hatte allen erzählt, wie sie in Panik geraten war, aber sofort ihr Signal erkannt hatte. Wie sie sich danach entspannt hatte und sich von Cookie in Sicherheit hatte bringen lassen und sich dann auch noch bei ihm bedankt hatte, während sie mitten im verdammten Ozean trieben.

Sie waren sauer, dass Wolf sie aufgeben wollte. Sie konnten nicht verstehen, wie er Ice allein im Krankenhaus zurücklassen konnte, obwohl er sich so um sie gesorgt hatte. Sie *wussten*, dass er sie liebte, aber aus irgendeinem Grund war er jetzt, wo sie in Sicherheit war, stur geworden.

Wolf konnte nur noch daran denken, was Caroline durchgemacht hatte. Sie hatte zwei gebrochene Rippen und zahllose Schnittwunden, Prellungen und Kratzer. Ihre Handgelenke mussten stark bandagiert und die Kopfwunde mit acht Stichen genäht werden. Sie war dehydriert und schwach, weil sie nichts gegessen und getrunken hatte. Sie war fast zu Tode geprügelt worden, hatte aber trotzdem ihre Willensstärke behalten. Auf dem Weg ins Krankenhaus hatte sie immer wieder gesagt: »Ich habe nicht geredet, ich schwöre, ich habe ihm nichts erzählt.« Wolf hatte sie beruhigen können, aber sobald er sie losgelassen und im Krankenhaus auf die Trage gelegt hatte, begann sie erneut, es zu wiederholen. Es brach ihm buchstäblich das Herz, sie dort zu lassen, aber er *wusste*, dass es das Richtige war, egal was sein Team sagte.

Cookie, Benny und Dude betraten auf Zehenspitzen das Krankenzimmer, so leise wie drei erwachsene Männer eben gehen können. Sie gingen auf die Frau zu, die im Krankenbett am Fenster lag. Sie schlief. Sie sah furchtbar aus. Ihr Gesicht war voller Blutergüsse, ihre Arme sahen nicht viel besser aus. Den Rest von ihr konnten sie nicht sehen, aber sie wussten, dass sie ein paar gebrochene Rippen hatte und höchstwahrscheinlich blaue Flecke am ganzen Körper.

Die drei Männer hatten schon bei ihr bleiben wollen, als sie eingeliefert wurde, aber Wolf hatte sie nicht gelassen. Heute waren sie ohne ihn gekommen. Sie mussten sie persönlich sehen. Sie hatten von Mozart und Abe so viel über sie gehört und Wolf mit ihr auf dem Boot beobachtet.

Frauen waren etwas, worüber sie in der Vergangenheit nicht viel nachgedacht hatten. Sie liebten Frauen, liebten es, mit Frauen zu *schlafen*, aber darüber hinaus hatten sie nie viel über sie nachgedacht. Sie fragten sich, warum diese Frau so besonders war. Was brachte ihre Teamkollegen dazu, Dinge zu tun, die sie niemals getan hätten, bevor sie sie getroffen hatten? Cookie und Benny saßen auf der einen Seite und Dude auf der anderen.

Caroline wurde unruhig. Was hatte sie aufgeweckt? Sie öffnete die Augen und konnte gerade noch einen Schrei unterdrücken. Da saßen drei Männer auf ihrem Bett. Große Männer. Waren sie da, um ihr Schaden zuzufügen? Hatte Wolf alle Terroristen erledigt? Sie versuchte nachzudenken ... Was konnte sie als Waffe benutzen? Kurz bevor sie in Panik geriet, streckte ihr einer der Männer seine Hand entgegen.

»Schön dich kennenzulernen, Ice. Ich bin Dude.«

Caroline sah den Mann und seine ausgestreckte

Hand an. Dude. Einer von Matthews Männern? Sie griff vorsichtig nach seiner Hand und schüttelte sie. Sie beschloss, ihm einen Vertrauensvorschuss zu geben. »Schön, dich kennenzulernen, ich bin Caroline.« Ihre Stimme klang kratzig und leise.

Sie wartete und spürte es schließlich. Sein zweiter und vierter Finger drückten etwas stärker gegen ihre Hand als der Rest. Sie lächelte. »Faulkner, richtig?«, fragte Caroline den großen Mann.

Er nickte und lächelte, erwiderte aber: »Dude.«

»Ich bin Benny«, sagte einer der anderen Männer leise zu ihr. Caroline drehte sich zu ihm um und er gab ihr das gleiche Signal. Sie waren Matthews Teamkollegen. Gott sei Dank. Sie glaubte nicht, dass sie es im Moment geschafft hätte, einem weiteren verdammten Terroristen zu entkommen.

»Benny ...« Sie dachte einen Moment nach und sagte dann vorsichtig: »Kason?«

Benny hob ihre Hand an seine Lippen und küsste sie sanft. »Das bin ich.«

Caroline wandte sich an den dritten Mann, als Kason ihre Hand losließ. »Dann musst du Hunter sein«, sagte sie zitternd und wurde etwas emotional, als sie den Mann traf, der ihr Leben buchstäblich in seinen Händen gehalten hatte.

Er nickte und anstatt ihr die Hand zu reichen, stand er auf, beugte sich zu ihr herunter und umarmte sie vorsichtig. Für Caroline fühlte es sich richtig an. Es tat immer noch ein bisschen weh, aber sie ignorierte den Schmerz und konzentrierte sich darauf, dem großen SEAL, der sie festhielt, ihre Wertschätzung zu zeigen.

»Danke, Hunter«, hauchte sie ihm ernst ins Ohr. »Danke.« Sie brauchte nichts anderes zu sagen. Sie spürte, wie Hunter nickte und sie vorsichtig wieder aufs Bett legte.

Caroline sah die drei Männer an, die um sie herumsaßen.

»Es ist so schön, euch endlich kennenzulernen. Geht es euch allen gut? Ich bin mir nicht sicher, was da draußen passiert ist. Ich weiß, dass Hunter mich gerettet hat, als ich unter Wasser war, aber ich kann mich nur vage daran erinnern, was danach geschehen ist. Was ist mit dem Mann im Anzug passiert?«

Dude wusste, über wen sie sprach, und konnte die Angst in ihrer Stimme hören. »Es ist vorbei, Ice. Du musst dir nie wieder Sorgen um ihn machen. Er war es, der hinter allem steckte. Er war ein verärgerter FBI-Agent. Es sieht so aus, als hätte er allein gearbeitet und als steckte kein Netzwerk oder etwas Ähnliches dahinter. Er kann dir niemanden mehr auf den Hals hetzen. Du bist in Sicherheit.« Dude war sich nicht hundertprozentig sicher, ob das stimmte, aber auf keinen Fall würde er irgendetwas sagen, was Ice in irgendeiner Weise beunruhigen könnte. Sie hatte genug durchgemacht.

Caroline atmete erleichtert aus. »Gott sei Dank. Aber geht es euch auch gut? Sind die anderen in Ordnung?«

Benny nickte. »Wir sind alle in Ordnung, Ice. *Du* bist es, um die wir uns Sorgen machen.«

Caroline versuchte, nicht zu weinen. Es war schön, dass sie sich um sie sorgten, aber wenn sie ehrlich war, waren sie nicht die Männer, die sie wirklich sehen wollte. Sie wollte Matthew sehen, um sicherzugehen, dass es ihm gut ging ... verdammt, nur um einen Moment mit ihm zusammen zu sein. Aber er war nicht da. Sie hatte ihn seit der Fahrt mit dem Boot nicht mehr gesehen und selbst daran erinnerte sie sich kaum noch. Es war offensichtlich, dass er entschieden hatte, dass sie es nicht wert war. Das tat weh. Sie hatte wirklich gedacht, dass er sie mochte. Er war zumindest verdammt gut darin gewesen, ihr das Gefühl zu geben, das stand fest.

»Wie geht es Sam?«, beeilte sich Caroline zu fragen und versuchte, ihren Schmerz darüber zu verbergen, dass Matthew sie nicht sehen wollte.

»Es geht ihm gut«, sagte Cookie. »Er meckert schon, weil er endlich aus dem Krankenhaus entlassen werden und wieder arbeiten will. Er wird in den nächsten Tagen mit uns nach San Diego zurückfliegen.« Er erwähnte nicht die Narben auf Mozarts Gesicht und wie schlimm es wirklich war. Cookie wusste, dass Caroline sich wahrscheinlich schon schuldig genug fühlte.

Caroline wurde das Herz schwer, nachdem sie Hunters Worte gehört hatte. Sie flogen also zurück. Bald. Innerhalb der nächsten paar Tage. Sie hatte gewusst, dass das passieren würde, aber sie hatte auch gehofft, Matthew noch einmal zu sehen oder zumindest mit ihm sprechen zu können, bevor sie abreisten. Sie versuchte, sich zusammenzureißen.

»Ich bin mir sicher, er kommt wieder auf die Beine«, sagte sie mit einem gezwungenen Lächeln. »Bitte grüßt ihn herzlich von mir.«

»Natürlich, Ice. Er wäre mitgekommen, wenn er gekonnt hätte«, sagte Benny noch.

»Ich weiß. Ich bin nur froh, dass es ihm gut geht.«

Für einen Moment war Stille im Raum. Caroline wollte nicht fragen, wo Matthew war oder warum er sie nicht besucht hatte. Aber sie wollte es *so* gern wissen. Als könnte er ihre Gedanken lesen, sagte Cookie sanft: »Er weiß nicht, dass wir hier sind.«

Caroline nickte, obwohl es sich anfühlte, als würde ihr das Herz herausgerissen. Matthew wollte sie nicht sehen und er wollte auch nicht, dass seine Freunde sie besuchten. Das tat mehr weh, als sie jemals zugegeben hätte.

Benny fuhr fort und versuchte, sie aufzumuntern. »Wir wollten dich sehen ... dich *wirklich* kennenlernen. Es ist seltsam, einen unserer eigenen Teamkollegen nicht richtig zu kennen.« Er lächelte sie an.

Caroline versuchte zurückzulächeln, wusste aber, dass sie kläglich scheiterte, als Kason ihr Lächeln nicht erwiderte. »Danke Jungs, aber ihr wisst, dass ich nicht Teil des Teams bin. Ich bin *eurem* Team nur in die Quere gekommen.«

Keiner der drei Männer lächelte.

Cookie griff in seine Tasche und zog etwas heraus. Er nahm ihre Hand, legte etwas auf ihre Handfläche und schloss sanft ihre Hand, bevor sie sehen konnte, was es war. Als er sich wortlos zurücklehnte, öffnete Caroline ihre Hand und sah es sich an. Es war seine SEAL Trident Anstecknadel.

»Du *bist* ein Teil dieses Teams, Ice«, sagte er zu ihr. »Ich kann mir keine andere Person vorstellen, weder Frau noch Mann, die so widerstandsfähig gewesen wäre wie du in den letzten Wochen. Du hast nicht aufgegeben, du hast nicht gezögert, das zu tun, was du für richtig hieltest, auch wenn du Angst hattest. Am wichtigsten aber ist, dass du unseren Teamkollegen das Leben gerettet hast ... mehr als ein Mal. Wenn du uns brauchst, werden wir für dich da sein.«

Er legte Caroline einen Finger unters Kinn, hob ihren Kopf, damit sie ihn ansah, und legte seine Hand auf ihre, als sie die Nadel fest umklammerte. »Ich weiß nicht, ob du etwas über den Budweiser-Pin weißt und was er symbolisiert.« Als sie den Kopf schüttelte, fuhr Cookie fort: »Jeder SEAL erhält seine Anstecknadel, nachdem er die Grundausbildung abgeschlossen und die SEAL-Qualifizierung absolviert hat und sich offiziell SEAL nennen darf. Es symbolisiert unsere Bruderschaft und dass wir zusammen trainieren und zusammen kämpfen. Die meisten von uns sind besonders stolz darauf.«

»Aber ...«, versuchte Caroline ihn zu unterbrechen, aber Cookie schnitt ihr das Wort ab.

»Du bist eine von uns. Du hast dir deinen Budweiser-Pin verdient, Ice. Du hast ihn *mehr* als verdient.«

Caroline spürte, wie eine Träne aus ihrem geschwollenen Auge über ihre Lippe lief. Sie konnte nur nicken. Sie war so gerührt von Cookies Geste. Sie wollte die Arme um ihn legen, aber sie wusste, dass es zu sehr wehtun würde. Wahrscheinlich hätte sie etwas Tiefgründiges erwidern sollen, aber sie hatte nur einen Gedanken im Kopf und sie wusste, dass die Jungs ihr helfen würden.

»Könnt ihr mich hier rausholen?«, flehte sie leise und unterdrückte ein Schluchzen. »Ich hasse Krankenhäuser.«

Abe setzte sich neben Wolf. Er wollte seinem Freund am liebsten etwas Verstand einprügeln, beschloss aber stattdessen, es auf die verbale Art zu versuchen.

»Ich habe gestern mit Mozart gesprochen«, sagte er leise.

Wolf nickte. Mozart war in Ordnung. Er war endlich aufgewacht und es schien ihm gut zu gehen. Sein Gesicht war noch vernarbt und es würde noch eine Weile dauern, bis es verheilen würde, aber insgesamt hatte er Glück gehabt. Er würde wieder zum Team stoßen, sobald sie nach San Diego zurückkehrten.

»Wir haben darüber gesprochen, was in der Hütte passiert ist.« Wolf zuckte zusammen. Er konnte sich an nichts mehr erinnern. Er erinnerte sich nur noch an das Feuer und wie er versucht hatte zu atmen, nichts anderes. Da nur Caroline und Mozart dabei gewesen waren, wusste er nicht, wie es schließlich dazu gekommen war, dass Caroline entführt worden war, außer dass er sie nicht beschützt hatte. Er hatte seinen Job nicht erledigt. Es fiel ihm schwer, über die Schuldgefühle hinwegzukommen.

Abe gab seinem Teamleiter einen kurzen Überblick über den Ablauf der Geschehnisse, basierend auf dem, was Mozart ihm erzählt hatte.

»Nachdem Mozart die beiden Terroristen erschossen hatte, die am Fenster gelauert hatten, um jeden zu töten, der versuchen würde herauszukommen, entdeckte er Ice. Er wollte sie herausholen, aber sie wollte nicht ohne dich gehen. Sie hat dich zum Fenster gezogen und dafür gesorgt, dass Mozart dich zuerst rausholt. Er hat sie gefragt, was zum Teufel sie sich denkt, und sie hat geantwortet, dass SEALs keine SEALs zurücklassen.«

Abe wartete einen Moment, damit Wolf die Information sacken lassen konnte, bevor er fortfuhr. »Sie war in dieser Hütte, die überall um sie herum in Flammen stand, und anstatt sich selbst so schnell wie möglich in Sicherheit zu bringen, hat sie dafür gesorgt, dass *du* zuerst gerettet wirst. Sie hätte dich niemals verlassen. Sie hat so hart gekämpft wie sie konnte. Als sie aber erkannte, dass sie dich nur beschützen konnte, indem sie bereitwillig mit diesem Arschloch mitging ... hat sie genau das getan.«

Abe beobachtete seinen Teamleiter einen Moment dabei, wie er verzweifelt versuchte, die Wahrheit über Carolines Vorgehen zu akzeptieren.

»Ich sehe es so, Wolf, wenn sie dich in dieser verdammten, brennenden Hütte nicht im Stich gelassen hat ... warum zum Teufel lässt du sie jetzt im Stich? Du *weißt*, dass sie Krankenhäuser hasst. Erinnerst du dich, wie wir sie zum Arzt bringen wollten, nachdem sie im Flugzeug verletzt worden war? Erinnerst du dich noch, wie sie reagiert hat? Jesus, Wolf, wir wissen alle, dass ihr beide verrückt nacheinander seid. Wir wissen, dass sie zu dir gehört. Warum tust du Caroline und dir selbst das an?«

»Sie ist nur meinetwegen da drin«, gab Wolf zum ersten Mal laut zu.

»Schwachsinn«, entgegnete Abe sofort und überraschte Wolf mit seiner expliziten Ausdrucksweise.

»Sie ist da drin, weil sie ein widerstandsfähiges

Mädchen ist. Die meisten Frauen, die ich kenne, hätten aufgegeben und wären längst tot. Verdammt, die meisten Frauen, die ich kenne, hätten sich in diesem Flugzeug hinten zusammengekauert und nichts getan. Denk mal darüber nach. Sollte ich *jemals* eine Frau finden, die mich an erste Stelle setzt, die sich immer zuerst um mich sorgt, bevor sie an sich selbst denkt, dann werde ich sie festhalten und sie nie wieder loslassen. Wenn Ice nicht so zäh wäre, hätte sie auf fünf verschiedene Weisen sterben können. Aber sie ist nicht tot. Sie lebt und wünscht sich nur, dass du bei ihr wärst. Du hast eine fantastische Frau gefunden und wirfst sie einfach weg. Sie ist verdammt loyal und lässt sich von niemandem etwas gefallen. Genau die Art von Frau, die du brauchst. Du wirst nie eine bessere finden als sie. Sie gehört zu dir. Du musst nur mutig genug sein, dir ein Mal in deinem verdammten Leben das zu nehmen, was du willst. Es gibt keine Garantie, dass irgendeiner von uns morgen noch da sein wird. Wir könnten die Treppe hinunterstürzen oder von einem Auto überfahren werden. Es gibt keine Garantien im Leben, aber eines kann ich dir mit Sicherheit sagen, wenn du jetzt nicht zu ihr gehst, wirst du es für den Rest deines Lebens bereuen.«

Abe wartete wieder und ließ seine Ansprache wirken. Dann fuhr er fort: »Benny, Dude und Cookie waren gestern bei ihr.«

Wolf sah ihn schnell an. Er wollte nicht fragen, musste es aber auch nicht. Abe wusste, was er wissen wollte.

»Sie sieht schlecht aus. Sie ist niedergeschlagen und

depressiv. Cookie hat ihr seinen Budweiser-Pin gegeben und ihr versichert, sie sei Teil unseres Teams.«

Wolf biss die Zähne zusammen. *Er* sollte bei ihr sein. *Er* sollte derjenige sein, der sie mit seinem Pin ins Team aufnahm. Aber er konnte nicht. Nur so konnte er sie beschützen.

»Sie hat sie um einen Gefallen gebeten«, sagte Abe. »Sie hat sie gebeten, sie aus dem Krankenhaus zu holen.«

»Sie ist noch nicht bereit, entlassen zu werden!«, brach es wütend aus Wolf heraus. »Was zur Hölle denkt sie sich? Sag mir, dass sie es nicht getan haben!«

Abe fuhr ruhig fort und ignorierte Wolfs Gefühlsausbruch. »Hat sie dir jemals erzählt, warum sie Krankenhäuser nicht mag?«

Wolf schüttelte den Kopf. Er konnte sich nur daran erinnern, wie sie ihnen mitgeteilt hatte, dass sie Krankenhäuser hasst, als Mozart sie im Flugzeug genäht hatte.

»Während du komplett neben der Spur bist, hat Tex ein paar Nachforschungen angestellt«, sagte Abe gereizt. »Mit zweiundzwanzig hatte sie einen Autounfall und musste drei Monate im Streckverband im Krankenhaus verbringen. Ihre Eltern konnten sie nicht besuchen, weil ihr Vater gerade einen neuen Job angefangen hatte und keinen Urlaub nehmen konnte. Sie waren schon älter und ihre Mutter war nicht in der Lage, allein zu reisen. Außerdem hatte Ice behauptet, dass es ihr gut ginge. Es überrascht mich nicht, dass sie ihre Verletzungen gegenüber ihrer Mutter heruntergespielt hat. Anscheinend gab es einige Komplikationen, aber das Krankenhaus war überfüllt und die Ärzte überlastet. Über den gesamten Zeitraum hatte sie nur *zwei* Besucher. Der eine war der

Anwalt des Mannes, der sie angefahren hatte, der andere ein Typ, mit dem sie damals ausging. Er kam ein Mal und dann nie wieder. Sie war Tag und Nacht in diesem Zimmer eingesperrt, war bereits wund gelegen und hatte zahlreiche andere Beschwerden, weil niemand da war, um für sie zu kämpfen. Niemand kümmerte sich darum, dass diese gewöhnliche Frau ohne Partner Tag für Tag allein in ihrem Zimmer saß.« Abe verstummte und ließ das, was er gesagt hatte, sacken.

Wolf biss die Zähne zusammen. Kein Wunder, dass seine Caroline so stark war. Sie musste es sein.

Abe konnte sehen, dass Wolf verletzt war. Er hatte nicht vorgehabt, ihn zu verärgern, aber er musste dafür sorgen, dass er begriff, was er wegwarf.

»Die Jungs haben sie aus dem Krankenhaus geholt und zurück in ihre Wohnung gebracht. Sie hat ihnen versichert, dass es ihr gut geht, bevor sie gegangen sind. Dann sind sie zu mir gekommen.« Er machte eine Pause. »Ein SEAL lässt einen SEAL nicht zurück. Niemals, Wolf. Willst du sie wirklich zurücklassen, nach San Diego zurückkehren und so tun, als würde sie dir nichts bedeuten? Willst du sie wirklich hierlassen, in dem Glauben, *sie* sei eine Last für dich ... für uns? Das denkt sie nämlich. Sie denkt dasselbe wie du, dass es *ihre* Schuld ist, dass wir in all das hineingezogen wurden. Eines kann ich dir versichern, wenn du sie nicht willst, ist das deine Angelegenheit, aber der Rest des Teams wird mit ihr in Kontakt bleiben. Wir mögen sie. Wir respektieren sie. Wir kümmern uns um sie, wenn du es nicht tust.«

»Sie nicht *wollen*, Abe?«, fragte Wolf ungläubig und konnte die Moralpredigt nicht mehr ertragen. Er stand abrupt auf und ging im Zimmer auf und ab. »Gott, ich will nichts mehr als sie. Aber ...«

Abe unterbrach ihn. »Nichts aber, Wolf. Wenn du sie willst, dann hol sie dir. Sonst findet sie jemand anderen.«

Abe klopfte Wolf wie unter Männern üblich auf die Schulter und ging davon. Er hatte gesagt, was er zu sagen hatte. Wenn Wolf nicht auf ihn hörte, würde er um die Versetzung in ein anderes Team bitten. Er könnte nicht für einen Mann arbeiten, der nicht das tun würde, was für ihn und die Frau, die er liebte, am besten war.

Zehn Minuten später sah Abe, wie Wolf das Gebäude verließ und in einen Wagen stieg. Er hoffte, dass Wolf zu seiner Frau fuhr. Abe hatte alles getan, was er konnte. Jetzt lag es an Wolf.

Caroline hörte die Türklingel, ignorierte sie jedoch. Sie kuschelte sich tiefer in die Kissen auf ihrer Couch. Sie wollte niemanden sehen. Sie wollte mit niemandem reden. Sie wollte nicht einmal ihren Chef anrufen. Sie hatte keine Ahnung, ob sie ihren Job noch hatte oder nicht, aber sie fühlte sich noch nicht stark genug, um es jetzt herauszufinden. Sie wollte nur die Augen schließen und die letzten Wochen vergessen, zumindest das meiste davon.

Als das Klingeln an der Wohnungstür nicht aufhörte, zog Caroline sich vorsichtig die Decke über den Kopf. Sie nahm an, dass es wahrscheinlich jemand war, der ihr etwas verkaufen wollte. Sie konnte sich nicht vorstellen, wer sonst vor ihrer Tür stehen sollte. Verdammt, sie *kannte* doch niemanden hier außer dem SEAL-Team und sie hatte Hunter, Kason und Faulkner am Vortag entschlossen weggeschickt. Sie hatte ihnen versichert, dass es ihr gut ginge, dass sie sich großartig fühlte und sie in Kontakt bleiben würden.

Tatsache war aber, dass es ihr nicht gut ging. Sie war depressiv und hatte immer noch starke Schmerzen. Sie hatte keinen Appetit und hatte sich nicht einmal die Mühe gemacht, sich etwas anzuziehen. Endlich hörte das Läuten der Türklingel auf. Gott sei Dank. Sie schloss die Augen. Vielleicht würden die emotionalen und körperlichen Schmerzen nachlassen, wenn sie nur lange genug schlief.

Wolf hatte keine großen Probleme, das Schloss an Carolines Tür zu knacken. Sie müsste wirklich für etwas mehr Sicherheit sorgen. Jeder, der auch nur ein bisschen davon verstand, Schlösser zu knacken, würde hier ohne Probleme reinkommen. Kein Wunder, dass der verdammte Terrorist so einfach einbrechen konnte. Er schloss leise die Tür hinter sich und drang weiter in Carolines Wohnung vor. Alles war still. Er ging durch die Küche ins Wohnzimmer und sah Caroline auf der Couch liegen. Sie hatte die Decke über den Kopf gezogen, sodass er nur ihre Haare sehen konnte. Er ging zu ihr und kniete sich neben sie.

»Caroline«, sagte er leise.

Caroline war noch nicht ganz eingeschlafen, als sie ihren Namen hörte. Sie öffnete die Augen und schreckte hoch. Sie sah Matthew, als ihr die Decke vom Gesicht rutschte, dann stöhnte sie und fiel zurück auf die Couch. Verdammt. Das tat weh.

»Es tut mir so leid, Liebes«, ärgerte sich Wolf, »ich wollte dich nicht erschrecken.«

»Wie bist du hier reingekommen? Ach, egal«, jammerte Caroline gereizt. Er war ein SEAL. Eine verschlossene Tür würde ihn nicht aufhalten. »Was willst du?«

»Dich«, sagte Wolf schlicht. Er hatte es satt, mit dieser Frau um den heißen Brei herumzureden.

Caroline öffnete die Augen und sah den Mann an, der neben ihr kniete. »Was?«, fragte sie und glaubte nicht, was sie gerade gehört hatte.

»Dich. Ich will dich«, wiederholte Wolf. »Ich war ein Idiot. Seit ich dich in diesem Krankenhaus zurückgelassen habe, habe ich mich jeden Tag selbst getreten und wollte zu dir zurück. Ich bin nicht der romantischste Typ, dem du jemals begegnen wirst, aber ich verspreche dir, du wirst niemanden kennenlernen, der dir mehr ergeben ist als ich. Es tut mir leid, dass ich so ein Idiot war, aber jetzt bin ich hier und ich will dich nicht mehr gehen lassen.«

Caroline lag fassungslos da. Matthew sagte all das, was sie sich jemals von einem Mann hätte wünschen können, aber meinte er es ernst? Natürlich tat er das. Er hätte es nicht gesagt, wenn er es nicht ernst gemeint hätte.

»Ich dachte, du hättest mich verlassen«, murmelte sie traurig und sah Matthew in die Augen.

»Ich konnte nicht«, sagte Wolf ehrlich. Er stand auf und nahm Caroline vorsichtig in die Arme, setzte sich auf die Couch und legte sie auf seinen Schoß. Er war froh, als sie sich nicht beschwerte, sondern es sich an seiner Brust gemütlich machte und die Augen schloss.

Caroline war so müde und er roch so gut.

»Es ist okay, Baby, schlaf weiter, ich gehe nirgendwo hin.«

Caroline vermutete, dass sie ihren letzten Gedanken wohl laut geäußert haben musste. Sie nickte und war innerhalb von Sekunden eingeschlafen.

Wolf saß ungefähr eine Stunde lang mit Caroline auf seinem Schoß da, beobachtete sie beim Schlafen und streichelte ihr Haar. Er war so dankbar, dass sie ihn nicht gleich wieder rausgeworfen hatte, aber er wusste auch, dass sie erschöpft war und wahrscheinlich nicht klar denken konnte. Schließlich legte er sie vorsichtig auf die Couch, strich mit seinem Finger über ihr immer noch verletztes Gesicht, zog seine Jacke aus und ging in die Küche, um sich an die Arbeit zu machen.

Als Caroline aufwachte, roch sie etwas Leckeres. Sie setzte sich langsam auf und stöhnte. Jesus, sie hatte es satt, sich so hilflos zu fühlen. Plötzlich sah sie Matthew, er war tatsächlich noch da.

»Caroline, du musst etwas essen«, sagte er sanft. »Ich habe dir eine Suppe gemacht.«

»Du bist immer noch hier.« Die Worte kamen heraus, ohne dass sie darüber nachdachte.

»Ich bin noch da. Jetzt komm schon. Auf geht's.« Er half ihr auf und brachte sie in den kleinen Essbereich vor der Küche. Er setzte sie auf einen Stuhl und holte zwei Schmerztabletten heraus.

»Die nehme ich nicht gern«, sagte Caroline gereizt.

»Das spielt keine Rolle«, gab er zurück. »Du brauchst sie. Du hast Schmerzen.«

»Die machen mich schläfrig und ich fühle mich komisch, wenn ich sie nehme«, jammerte Caroline und fühlte sich mürrisch und unwohl.

»Ice, du brauchst sie. Bitte. Ich bin hier, um dir zu helfen, und du kannst so lange schlafen, wie du willst.«

»Wie meinst du das?«, fragte sie ihn vorsichtig.

»Ich meine, dass ich so lange hierbleibe, wie du mich brauchst.«

»Und was passiert dann?«, fragte sie Matthew streng. »Was passiert, wenn es mir besser geht und ich dich hier nicht mehr brauche?«

»Ich hoffe, dass du mich für immer so sehr brauchst, wie ich dich brauche.«

Caroline saß fassungslos da und sagte nichts. Ihr Herz hellte sich ein wenig auf. Er *klang* ernst, aber meinte er es wirklich?

Wolf fuhr fort, als hätten seine Worte nicht nur ihr Leben verändert. »Ich weiß, dass wir einige Dinge in Bezug auf unsere Jobs klären müssen, aber ich weiß auch, dass ich dich nicht mehr gehen lassen will. Ich will mit dir zusammen sein, wenn ich nicht bei der Arbeit bin. Ich möchte nach einer Mission zu dir nach Hause kommen. Bitte sag, dass du uns eine Chance gibst.«

Wolf hielt inne. Sie hielt sein Herz in ihren Händen.

Eine Träne lief über Carolines Gesicht. »Ja, Matthew. Das will ich auch. Aber ich habe Angst. Ich weiß, dass das, was du tust, höllisch gefährlich ist. Ich will dich nicht verlieren.«

»Du wirst mich nicht verlieren. Das werde ich nicht zulassen.«

Caroline lächelte. Sie hatte keine Ahnung, wie sie es anstellen sollte, aber sie wusste, dass sie alles Nötige tun würde. Sie liebte diesen Mann.

»Ich liebe dich, Matthew.« Plötzlich wurde ihr klar, dass sie ihm das noch nie zuvor gesagt hatte.

»Ich liebe dich auch, Caroline. Und du wirst Cookie seine verdammte Anstecknadel zurückgeben. Wenn du irgendjemandes Budweiser-Pin behältst, dann den von mir.«

Caroline lächelte. Sie wusste, dass die Anstecknadel eine große Sache war, aber offensichtlich hatte sie keine Ahnung, *wie* wichtig sie war. »Okay, Matthew«, sagte sie zufrieden. Caroline wusste, dass es funktionieren würde. Matthew würde sich darum kümmern.

*

Das nächste Buch der Reihe *Schutz für Alabama* ist JETZT erhältlich! Holen Sie es sich sofort!

EPILOG

»Ernsthaft, Hunter, hör auf. Ich bin kein Invalide. Ich kann meine Sachen selbst tragen.«

»Ich weiß, dass du kein Invalide bist, Ice, aber dieser Karton ist einfach zu schwer für dich. Ich mach das schon.«

Caroline schnaufte, ließ sich von Hunter den Karton abnehmen und sah zu, wie er ihn ins Haus trug. Sie konnte wirklich keinem von Matthews Freunden böse sein. Sie liebte sie alle. Nicht so sehr, wie sie Matthew liebte, aber sie wusste nicht, was sie ohne sie tun würde. Sie hatten ihr Bestes gegeben, um dafür zu sorgen, dass sie und Matthew Zeit miteinander verbringen konnten, solange sie noch auf der anderen Seite des Landes gewohnt hatte. Sie wusste, dass sie einige Jobs für ihn übernommen hatten, damit er mehr Zeit für sie hatte.

Als sie Sams Gesicht zum ersten Mal wiedersah, brach sie in Schluchzen aus. Sie weinte nicht wegen seines Aussehens. Sie sagte nur mit Bestimmtheit: »Es ist meine Schuld.«

Mozart war sauer, nahm ihr Gesicht in seine Hände und sagte in strengem Ton: »Schwachsinn, Ice! *Du* hast das nicht getan. Die Terroristen waren es. Und wenn ich es noch einmal machen müsste, würde ich es genauso wieder tun.«

»Aber dein armes Gesicht ...«

Sam erwiderte nichts, sondern verschränkte nur die Arme und funkelte sie an. Schließlich legte er zwei Finger auf ihre Lippen und ließ sie ihre Gedanken nicht zu Ende aussprechen. »Im Ernst, es geht mir gut. Ja, ich habe Narben. Ja, manchmal schauen Frauen mich infolgedessen nicht mehr an, aber das bedeutet mir nichts, Ice. Und jetzt möchte ich nie wieder hören, dass du dich bei mir dafür entschuldigst. Hast du verstanden?«

Caroline nickte nur. »Okay, aber du lässt mich dir etwas von dieser Creme besorgen, die hilft, die Narbenbildung zu reduzieren. Ich weiß, dass einige Frauen diese Creme benutzen, wenn sie einen Kaiserschnitt hatten. Du wirst sie jeden Abend auftragen, bis ich dir sage, dass du damit aufhören kannst.« Sie versuchte, bestimmend zu klingen, wusste aber nicht, wie gut es ihr gelungen war, als Sam sie nur mit seiner Hand in ihrem Nacken zu sich heranzog und auf die Stirn küsste.

Caroline beobachtete Sam danach noch eine Weile und es sah so aus, als hätte er ihr die Wahrheit gesagt. Er schien nicht mehr so besorgt um sein Gesicht zu sein. Im Laufe der Zeit würde es etwas verheilen, aber er würde niemals so »hübsch« sein wie zuvor. Sie gab ihm die Creme, die sie für ihn besorgt hatte. Er murrte, versprach aber, sie zu benutzen. Caroline wusste, dass das niemals ausreichen würde, um ihre Schuldgefühle vollständig loszuwerden, aber sie hatte versprochen, es nicht noch einmal zur Sprache zu bringen.

Nach fünf Monaten hatte Caroline genug von ihrer Fernbeziehung mit Matthew. Als sie eines Nachts im Bett lagen, erklärte sie ihm, dass sie keine Zeit mehr verlieren wollte. Sie hatte ihren alten Chef in Kalifornien kontaktiert und er hatte ihr versprochen, dass sie ihren Job zurückbekommen könnte. Sie hatten noch immer keinen Ersatz für sie gefunden, deshalb wäre er begeistert, wenn sie zurückkäme.

Matthew verschwendete keine Zeit. In der Sekunde, in der sie ihm sagte, sie wollte nach Kalifornien zurück, hatte er schon einen Immobilienmakler kontaktiert und sich an die Arbeit gemacht, um eine Wohnung für sie zu finden. Sie einigten sich schließlich auf ein kleines Haus mit Keller. Es war nicht ihr Traumhaus, aber sie würde überall leben, solange Matthew bei ihr war.

Sie verbrachten ein paar lustige Abende mit dem Team. Als Caroline sie das erste Mal gesehen hatte, hatte sie die Männer für die reinsten Sexobjekte gehalten – anscheinend sahen das die Frauen in Kalifornien genauso. Sie wechselten ihre Partnerinnen so oft wie sie ihre Schuhe, was *sehr* oft war. Sogar Sams Narben schienen die meisten Frauen kaum abzuhalten, was sehr zu ihrer Erleichterung beitrug. Caroline versuchte, diese schmierigen Frauen zu tolerieren, so gut sie konnte. Zum Glück wusste Matthew, wie sie empfand, und wenn sie sich trafen, entschuldigte er sie, dass sie früher gehen mussten.

Dann gingen sie nach Hause und liebten sich bis in die frühen Morgenstunden. Das war das Beste daran, mit Matthew in derselben Stadt zu wohnen. Sie konnte ihn haben, wann immer sie wollte. Und sie wollte ihn sehr. Sie waren gut aufeinander abgestimmt, was ihre Libido betraf. Matthew schien nie müde zu werden und sorgte immer dafür, dass sie auf ihre Kosten kam. Im Gegenzug ließ sie Matthew im Bett die Oberhand, aber selbst dann musste sie nie unbefriedigt einschlafen. Es war ein guter Kompromiss.

Carolines Leben war wunderbar und sie hätte nicht glücklicher sein können. Es war natürlich äußerst nervenaufreibend, wenn Matthew und sein Team auf eine Mission gehen mussten. Eines Nachts hatte Matthew versucht, sie zu beruhigen, als er bemerkte, wie besorgt sie darüber war.

»Caroline, ich weiß, es ist nicht einfach, mit mir zusammen zu sein, aber du musst wissen, dass ich stets alles tun werde, um zu dir zurückzukehren. Wie könnte ich anders, nachdem du so hart dafür kämpfst hast, am Leben zu bleiben, bis ich dich gefunden habe und retten konnte? Vertrau mir. Vertraue dem Team.«

Sie hatte verstanden. Sie *hatte* gekämpft, um zu leben – für ihn zu leben. Wenn sie ihn nicht geliebt hätte, hätte sie längst aufgegeben, spätestens als sie im Meer getrieben war und versucht hatte, sich über Wasser zu halten.

Alles war gut in ihrem Leben. Sie hatte fast alles, was sie jemals gewollt hatte. Das Einzige, was fehlte, waren Freundinnen. Sie hatte in ihrem Leben nie enge Freunde gehabt, aber sie wollte es. Überall um sie herum sah sie Mütter, die mit ihren Töchtern einkauften, Freundinnen im Schönheitssalon, die den Tag genossen, oder Frauen, die sich zum Mittagessen trafen.

Sie hatte gehofft, Matthews Teamkollegen würden Frauen finden, mit denen sie sich anfreunden konnte, aber so langsam gab sie auf. Diese Schlampen, mit denen die Männer ausgingen, gehörten definitiv *nicht* zu der Art von Frauen, mit denen sie befreundet sein wollte. Sie hatte keine Ahnung, was sie in ihnen sahen ... Okay, sie *hatte* eine Ahnung, aber sie wusste auch, dass sie außerhalb des Schlafzimmers nicht gut genug für sie wären.

Caroline dachte an Christopher. Er war mit einer der Schlimmsten aus dem ganzen Haufen zusammen, einem Mädchen namens Adelaide. Sie tat so, als wäre sie etwas Besseres als Caroline, und das machte sie verrückt. Sie musste sich für *wirklich* gut im Bett halten. Der Christopher, den *sie* kannte, hatte etwas viel Besseres verdient. Sie kannte seine Vergangenheit und es wurde Zeit, dass er eine gute Frau fand. Jemanden, der ihn an erste Stelle setzte. Sie seufzte. Genauso gut könnte sie sich den Himmel auf Erden wünschen. Adelaide war sich wohl bewusst, was für einen guten Fang sie gemacht hatte. Wer wusste schon, was sie tun würde, um ihn zu behalten?

Caroline spürte, wie Matthew seine Arme um sie legte und nach hinten zog. Sie lehnte sich zurück und ließ sich gegen ihn fallen.

»Bist du glücklich?«

»Musst du das erst fragen?«, gab Caroline zurück. Sie legte den Kopf auf seine Schulter und spürte, wie er sich zu ihr drehte, um ihre Schläfe zu küssen.

»Ist das Haus nicht zu klein für dich?«

Caroline drehte sich in Matthews Armen. »Es ist mir

egal, wo wir leben. Ich möchte einfach jede Nacht in deinen Armen einschlafen und morgens genau dort wieder aufwachen. Ich liebe dich. Ich würde alles noch einmal durchmachen, solange ich wieder hier lande.«

Wolf sagte nichts, beugte sich nur vor und küsste sie. Leidenschaftlich.

»Hey ihr beiden, hört auf! Helft uns lieber, die Kartons reinzutragen.«

Sie lachten, als Faulkner sie anranzte. Caroline lächelte Matthew an. Sie hatte keine Ahnung, wie sie so viel Glück haben konnte, am Ende diesen Mann gefunden zu haben, aber sie gab ihn nicht wieder her. Er gehörte ihr. Jetzt und für immer.

BIOGRAFIE

Susan Stoker ist die New York Times, USA Today und Wall Street Journal Bestsellerautorin der Buchreihen »Badge of Honor: Texas Heroes«, »SEAL of Protection«, »Die Delta Force Heroes« und einigen mehr. Stoker ist mit einem pensionierten Unteroffizier der US-Armee verheiratet und hat in ihrem Leben schon überall in den Vereinigten Staaten gelebt – von Missouri über Kalifornien bis hin zu Colorado. Zurzeit nennt sie die Region unter dem großen Himmel von Tennessee ihr Zuhause. Sie glaubt ganz und gar an Happy Ends und hat großen Spaß daran, Geschichten zu schreiben, in denen Romantik zu Liebe wird.

Besuchen Sie Susan im Netz!
www.stokeraces.com
facebook.com/authorsusanstoker
twitter.com/Susan_Stoker

SUSAN STOKER

bookbub.com/authors/susan-stoker
instagram.com/authorsusanstoker
Email: Susan@StokerAces.com

BÜCHER VON SUSAN STOKER

SEALs of Protection
Schutz für Caroline (Buch Eins)
Schutz für Alabama (Buch Zwei)
Schutz für Fiona (Buch Drei) **(erhältlich ab Anfang Feb 2020)**

Die Delta Force Heroes:
Die Rettung von Rayne (Buch Eins)
Die Rettung von Emily (Buch Zwei)
Die Rettung von Harley (Buch Drei)
Die Hochzeit von Emily (Buch Vier)
Die Rettung von Kassie (Buch Fünf)

Und auch die folgenden Bücher von Susan Stoker werden in Kürze auf Deutsch erhältlich sein:

Aus der Reihe »Die Delta Force Heroes«:
Die Rettung von Bryn (Buch Sechs) (Feb 2020)
Die Rettung von Casey (Buch Sieben) (April 2020)
Die Rettung von Wendy (Buch Acht) (Juni 2020)
Die Rettung von Mary (Buch Neun) (Sept 2020)
Die Rettung von Macie (Buch Elf) (Okt 2020)

Aus der Reihe »SEALs of Protection«:
Protecting Fiona (Buch 3)
Marrying Caroline (Buch 4)
Protecting Summer (Buch 5)
Protecting Cheyenne (Buch 6)
Protecting Jessyka (Buch 7)
Protecting Julie (Buch 8)
Protecting Melody (Buch 9)
Protecting the Future (Buch 10)
Protecting Kiera (Buch 11)
Protecting Alabama's Kids (Buch 12)
Protecting Dakota (Buch 13)
The Boardwalk (Buch 14)

www.ingramcontent.com/pod-product-compliance
Lightning Source LLC
LaVergne TN
LVHW021654060526
838200LV00050B/2352